el

MENSAJE
DEL MULTIMILLONARIO

el MENSAJE
DEL MULTIMILLONARIO

J.S. Scott

traducción de Roberto Falcó

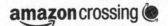

Título original: *The Billionaire's Touch*
Publicado originalmente por Montlake Romance, Estados Unidos, 2016

Edición en español publicada por:
AmazonCrossing, Amazon Media EU Sàrl
5 rue Plaetis, L-2338, Luxembourg
Junio, 2018

Copyright © Edición original 2016 por J. S. Scott

Todos los derechos están reservados.

Copyright © Edición en español 2018 traducida por Roberto Falcó Miramontes
Producción editorial: Wider Words
Diseño de cubierta por Cristina Giubaldo / studio pym, Milano
Imagen de cubierta © sergio34/Shutterstock; © Brian Jackson/Alamy Stock Photo

Impreso por: Ver última página
Primera edición digital 2018

ISBN: 9782919801626

www.apub.com

SOBRE LA AUTORA

J. S. Scott, prolífica autora de novelas románticas eróticas, es una de las escritoras con más éxito del género y ha ocupado los primeros puestos en las listas de libros más vendidos de *The New York Times* y *USA Today*. Aunque disfruta con la lectura de todo tipo de literatura, a la hora de escribir se inclina por su temática favorita: historias eróticas de romance, tanto contemporáneas como de ambientación paranormal. En la mayoría de sus novelas el protagonista es un macho alfa y todas tienen un final feliz, seguramente porque la autora no concibe terminarlas de otra manera. Vive en las hermosas Montañas Rocosas con su esposo y dos pastores alemanes muy mimados.

Entre sus obras destaca la serie «Los Sinclair», de la que forma parte la presente novela.

Este libro está dedicado a mi amada madre, Jennie, que dejó este mundo el 22 de agosto de 2015, tras una larga batalla contra la enfermedad de Parkinson. Gracias a ella he llegado a ser escritora. Fue una gran lectora de novela romántica y yo empecé a devorar sus libros a una edad muy temprana, porque en mis años de adolescencia leía las novelas de Harlequin cuando ella las acababa. Dichas lecturas fueron el punto de partida de mi amor por las novelas románticas y acabaron desembocando en el deseo de escribirlas yo misma. Mi madre consideraba que el trabajo, el esfuerzo y la amabilidad te permitían llegar lejos en la vida. Tenía razón y siempre intento seguir su ejemplo.

Te quiero, mamá, y te echaré de menos todos los días durante el resto de mi vida. Siempre estarás viva en los recuerdos que atesoro sobre lo extraordinaria que fuiste. Gracias por ser mi mayor admiradora y por mostrarte tan orgullosa de mí.

De tu hija, que nunca te olvidará,

Jan

Prólogo

Miranda Tyler mordía el bolígrafo que sujetaba entre los dedos, sin pensar demasiado en los gérmenes que debía de estar ingiriendo, mientras leía con aire pensativo el borrador de correo electrónico que tenía ante ella. ¿De verdad iba a hacerlo? Por un lado, le parecía inútil, pero, por el otro...

Su amiga Emily había intentado hablar en persona con el único Sinclair que vivía en la zona, el único hombre que disponía de los recursos necesarios para salvar la Navidad de la ciudad costera de Amesport, en el estado de Maine.

No era culpa de Emily que alguien hubiera robado todos los fondos del Centro Juvenil de Amesport, pero Miranda, a la que sus amigas llamaban Randi, sabía que Emily se responsabilizaba del desastre. Era una mujer encantadora que confiaba en la gente, y justamente por eso se había metido en problemas. Todo el dinero destinado a las celebraciones navideñas en el centro había desaparecido, robado por un cretino en el que Emily había depositado su confianza, y ahora necesitaban ayuda a toda costa.

«Venga, Randi. Si Emily es capaz de ir a hablar con la Bestia de Amesport, Grady Sinclair, ¿cómo no vas a tener tú el valor necesario para enviar un maldito mensaje de correo electrónico?».

A decir verdad, enviar un mensaje a una dirección genérica con la esperanza de que uno de los multimillonarios Sinclair llegara a leerlo y ayudara a Amesport era una idea un tanto peregrina. Pero Randi estaba desesperada y no se le ocurría nada mejor, aunque habría dado cualquier cosa por tener una alternativa. Sus padres de acogida le habían dejado su casa al morir, pero habían sido maestros, una profesión que, desde luego, no era de las más lucrativas. Aunque la joven lograba salir adelante gracias a sus ingresos, no tenía los ahorros necesarios para aportar el dinero que había sido sustraído. De haber contado con un pequeño fondo, lo habría donado sin pensárselo dos veces, pero, por desgracia, esa no era una opción viable.

Cuando Emily fue a reunirse con la Bestia, también conocido como Grady Sinclair, Randi se sentó con uno de los viejos portátiles del Centro Juvenil para intentar encontrar las direcciones de correo electrónico de él y su familia. ¡Como si los hermanos y primos multimillonarios fueran a hacer públicas sus cuentas personales! Aun así, Randi no quería quedarse de brazos cruzados.

Emily estaba destrozada, al borde de la desesperación, algo que Randi no soportaba. No podía quedarse sentada sin hacer nada mientras su amiga iba a postrarse ante Grady Sinclair, asumiendo todas las culpas. Lo cierto es que Emily era una directora ejemplar, una mujer generosa que se había entregado en cuerpo y alma a la organización sin ánimo de lucro que era el corazón de la vida social de Amesport. El centro no había hecho más que mejorar desde que ella había aceptado el cargo de directora.

«¡Hazlo de una vez! Envía el maldito mensaje. ¿Qué es lo peor que puede pasar?».

Randi dejó el bolígrafo que estaba mordisqueando y copió y pegó en el cuadro del destinatario la dirección de correo electrónico genérica que aparecía en la web de la Fundación Sinclair. Había averiguado que la organización era un gran grupo benéfico en el que participaban todos los hermanos Sinclair, de modo que el mensaje seguramente acabaría en el correo de un ayudante o secretaria. No creía que ninguno de los miembros del clan se manchara las manos con los asuntos más prosaicos de la organización benéfica, pero quizá alguno de los empleados mostraría algo de compasión y reenviaría el mensaje a sus jefes. A fin de cuentas, la Navidad ya estaba a la vuelta de la esquina.

Estimado señor Sinclair:

Randi hizo una pausa después de escribir el encabezamiento. Supuso que era la mejor forma de empezar, ya que todos compartían apellido. Escribió a vuelapluma el mensaje más breve posible, explicando la crisis en la que se había visto envuelto el centro y casi suplicando ayuda. Cuando acabó, lanzó un suspiro de alivio. No soportaba pedir nada, pero quería mucho a Emily y estaba dispuesta a hacer cualquier cosa por una amiga.

Grady era el único Sinclair que vivía en Amesport y Emily lo había abordado en persona. Tenía fama de ser un cretino y un ermitaño, y su amiga había tenido que echarle muchas agallas para ir a visitarlo en la aislada península donde tenía la casa.

Dirigió la mirada al reloj de la pared y se dio cuenta de que Emily debía de estar llegando a la mansión. Evan y Jared, hermanos de Grady, también tenían una casa en el mismo cabo, justo a las afueras de la ciudad, al igual que su hermana Hope, pero las mansiones estaban casi siempre vacías.

Corrían muchos rumores sobre los Sinclair, especialmente en relación con Grady, aunque en realidad casi nadie sabía nada de ellos. Randi no recordaba haber visto a ningún miembro del clan de vacaciones en Amesport. Jared había supervisado la construcción de las casas de sus hermanos en la exclusiva península, pero ella no había llegado a verlos.

«¡Seguro que todos los Sinclair son unos esnobs estirados! Nunca se dejan ver por las tiendas de la ciudad porque, entonces, la gente los conocería».

A Randi le habría gustado encontrar información sobre Hope, la única chica de los hermanos Sinclair, pero casi nunca aparecía en los medios de comunicación y, al parecer, no tenía perfiles activos en las redes sociales. Los primos de Grady, Micah, Julian y Xander, apenas guardaban vínculos con la ciudad, pero parte de su patrimonio se encontraba allí, de modo que intentaría apelar a su orgullo familiar.

Mientras leía el mensaje escrito a toda prisa para comprobar que no hubiera faltas de ortografía, le entraron dudas sobre la firma. Si escribía el correo desde el centro, podría ser una ciudadana anónima y preocupada. Todos los habitantes de Amesport tenían acceso al correo electrónico en la pequeña aula informática del centro, y Randi disponía de la cuenta gratuita que había creado para los asuntos de la misma. Solo la utilizaba para enviar informes a los padres de los estudiantes a quienes ayudaba después de clase como voluntaria, aunque por desgracia estaba convencida de que la mayoría no los leía.

Al final, acabó firmando el mensaje con un escueto: «Habitante de Amesport en apuros».

Hizo clic en el botón de «Enviar» lanzando un suspiro, vio cómo la carta desaparecía en el ciberespacio y se preguntó quién la leería. Seguramente un ayudante que la borraría sin miramientos. La Fundación Sinclair era una organización benéfica inmensa que se dedicaba a recaudar fondos para grandes ONG, no a entregárselos a pequeñas comunidades en crisis.

Randi cerró la sesión de su correo electrónico y apagó el ordenador. Le había prometido a Emily que supervisaría las actividades del centro mientras ella hablaba con Grady para intentar obtener los recursos necesarios que salvaran la Navidad de Amesport y los pueblos vecinos. Por desgracia no iban a ser unas fiestas muy alegres si no conseguían dinero suficiente para los regalos de los niños de familias desfavorecidas y la fiesta anual de Navidad. Para algunos de los pequeños, los regalos que recibían del centro eran los únicos que iban a ver, y la comida de la fiesta de Navidad sería la más copiosa de esos días.

Randi intentó dejar de lado ese pensamiento mientras observaba los adornos navideños del antiguo edificio, que los empleados y voluntarios se habían encargado de colgar por todas partes. Emily le había insuflado vida al centro, pero aun así este tenía que hacer frente a unos elevados gastos de mantenimiento.

Cuando asomó la cabeza en la sala donde las personas mayores jugaban al bingo, a Randi le rugieron las tripas al notar el olor que inundaba el lugar. Había ido directamente al centro después de dar clases de repaso en la escuela a los estudiantes que tenían más dificultades, y se estaba muriendo de hambre.

Entrar sigilosamente en la sala para robar un par de alitas de pollo y un pedazo de tarta sin que la pillara una las avispadas ancianas no era tarea fácil, pero estaba decidida a asumir el reto. A fin de cuentas, en su adolescencia había elevado a categoría de arte el robo de comida.

Randi pasó una semana muy nerviosa, esperando una respuesta al mensaje que había enviado, pero al final se olvidó por completo del correo que había mandado tan desesperada... hasta que por fin recibió contestación.

***

Dos meses más tarde...

Evan Sinclair se habría reído del ridículo mensaje que acababa de leer de haber sido un hombre con un mínimo sentido del humor... lo cual no era el caso.

5

Se quedó mirando el correo y lo leyó una segunda vez con el ceño fruncido. ¿Quién habría tenido la osadía de pedir dinero a una organización benéfica que se encargaba de recaudar grandes cifras para la investigación contra el cáncer, las mujeres maltratadas y las demás causas a las que contribuía la Fundación Sinclair? Y ni tan siquiera era por un buen motivo, en su opinión: era para una pequeña ciudad costera que necesitaba fondos de cara a la Navidad. ¿Acaso el autor de la misiva creía que él era una especie de elfo bonachón que iba a concederle su deseo?

«¡Ni hablar!».

Evan no creía en la Navidad. Si había una versión moderna del señor Scrooge, ese era él, aunque en su caso jamás tendría la epifanía que había experimentado el viejo Ebenezer. De hecho, las fiestas le molestaban, algo que nunca iba a cambiar. Eran un auténtico incordio para los negocios, pues lo obligaban a reprogramar las reuniones para adaptarlas a esas celebraciones tan frívolas y comerciales. De niño nunca le habían gustado y de adulto seguía aborreciéndolas.

Normalmente, sus hermanos y primos no se molestaban en consultar el buzón de la Fundación, y menos aún respondían en persona; para eso estaban los empleados. Pero aquel mensaje le había llamado la atención cuando su ayudante le reenvió una queja de un gran donante sobre la calidad de la asistencia por correo electrónico de la página web de la Fundación. Evan se había conectado al buzón desde su casa para comprobar cómo se estaba gestionando el asunto. No podían permitirse el lujo de perder donantes, sobre todo cuando se trataba de personas que podían aportar varios millones a las distintas causas.

El asunto («Ayúdenos a salvar nuestra ciudad») le llamó la atención mientras repasaba los mensajes antiguos.

Intrigado, lo abrió.

Cuando lo leyó, frunció el ceño. El remitente era anónimo, el correo se había enviado desde una dirección general y la breve petición de ayuda iba firmada con un simple «Habitante de Amesport en apuros».

No debería haberle hecho caso, sobre todo porque sabía que su hermano Grady había solucionado el problema antes de Navidad. De hecho, Grady era todo un héroe en Amesport porque había donado los fondos necesarios y, además, se había prometido y casado con la directora del centro, Emily.

«La Navidad se ha acabado. Olvídalo. Grady ya se encargó de solucionar esta ridícula situación, aunque salió algo trasquilado».

A Evan no le hacía mucha gracia cómo había acabado todo, principalmente porque su hermano pequeño había corrido un gran riesgo para solucionar el desastre y acudir al rescate de su novia. Pero Grady parecía muy feliz desde su boda con Emily aunque, en opinión de Evan, se había casado de forma precipitada, sin pensarlo detenidamente.

Las vacaciones ya habían acabado... gracias a Dios. Sin embargo, no podía quitarse de la cabeza el descaro de la persona que se había puesto en contacto con ellos.

Frunció el ceño al releer la misiva, preguntándose quién sería el autor. Era un relato bien redactado sobre la situación, pero no dejaba de ser muy osado. Evan no soportaba que intentaran apelar a su sentimiento de culpa y del deber y a sus obligaciones familiares. Si había algo que siempre hacía era cuidar de sus seres queridos. Al ser el primogénito de una familia algo desestructurada, creía firmemente que todo lo que les sucedía a sus hermanos era responsabilidad suya.

Hizo algo poco habitual en él: se olvidó del motivo que lo había llevado a consultar el buzón de correo electrónico de la Fundación Sinclair y, sin pensárselo dos veces, creó una cuenta gratuita en una de las numerosas páginas que ofrecían ese servicio y decidió contestar al mensaje. Sus empleados habían tomado la sabia decisión de ignorarlo, y probablemente deberían haberlo borrado. Por el bien de la organización benéfica, no quería que el remitente supiera quién le respondía. Solo pretendía hacerle comprender que la Fundación Sinclair no era el lugar adecuado para pedir una donación destinada a un problema trivial. Podía reprender a la persona que les había escrito y disuadirla para que no volviera a mandar correos de ese tipo a la Fundación sin que nadie lo supiera.

Copió y pegó el mensaje original del misterioso autor antes de responder.

Estimado Habitante en apuros:

¿De qué otro modo podía empezar? Ni siquiera sabía si era hombre o mujer, pero habría apostado una buena suma a que se trataba de lo segundo, ya que ellas tendían a ponerse sentimentales durante las vacaciones de Navidad.

Redactó la respuesta a toda prisa, cerró la ventana del servicio de correo gratuito y olvidó el asunto. Enseguida volvió a centrar toda la atención en el buzón de la Fundación Sinclair para comprobar si el donante que les había escrito tenía motivos para quejarse. No volvió a pensar en el dichoso mensaje... hasta que recibió una respuesta al cabo de varios días.

***

Randi se quedó boquiabierta al leer uno de los correos más groseros que había recibido jamás. De hecho, abría y cerraba la boca como un pez fuera del agua que se debatía entre la vida y la muerte.

Estimado Habitante en apuros:

Siento una gran curiosidad por saber si realmente esperaba recibir respuesta al mensaje que envió antes de Navidad. ¿De verdad creía que alguno de los hermanos Sinclair iba a leer su mensaje y que donaría el dinero a una población que ni siquiera aparece en los mapas, por los motivos tan absurdos que exponía en su misiva? El propósito de la Fundación Sinclair es ayudar a solucionar los graves problemas que afectan a nuestro país y al resto del mundo, no ejercer de Papá Noel. Considero que habría sido mucho más apropiado que hubiera usted enviado su mensaje al Polo Norte.

No obstante, según tengo entendido, al final los ciudadanos de Amesport recibieron su regalo de Navidad. ¿No es cierto que Grady Sinclair resolvió el problema?

Atentamente,
Desinteresado de Boston

—¿«Desinteresado de Boston»? ¡Dios mío! ¡Menudo cretino!

Randi, incapaz de apartar la mirada de la pantalla, no salía de su asombro por la respuesta que acababa de recibir al mensaje que había enviado dos meses antes. Después de tanto tiempo estaba convencida de que ya no iba a obtener noticias de la Fundación.

Se había conectado a la cuenta de correo para ponerse en contacto con los padres de uno de los niños a los que estaba ayudando con los estudios y se sorprendió al descubrir que por fin había recibido respuesta.

Comprobó la fecha y se dio cuenta de que hacía muy pocos días que habían contestado a su petición. ¿Por qué en ese momento? Después de escribir a los Sinclair había consultado el correo como una tonta todos los días, durante una semana, con la esperanza de que alguien se dignara a dar señales de vida. Y lo habían hecho...

después de Navidad, ¡y con un tono tan desagradable y presuntuoso que no se lo podía ni creer!

A Randi le hervía la sangre mientras releía la respuesta, sin acertar a concebir que un empleado de una organización benéfica pudiera tratarla con tanto desdén. Quizá a ellos les parecía un problema pequeño, pero para la población era muy grande.

—Menudo imbécil condescendiente —murmuró para sí, mientras le daba vueltas a la pregunta sobre la supuesta solución del problema. A decir verdad, la crisis se había solucionado de forma más que satisfactoria. Emily se había casado con Grady Sinclair y el Centro Juvenil no solo se había recuperado, sino que se estaban haciendo importantes obras de mejora.

Cerró la página de correo electrónico, apagó el portátil y decidió dejar los informes de los alumnos para el día siguiente. En ese momento estaba demasiado enfadada.

—¿Que no aparece en los mapas? ¿Amesport? —murmuró mientras tomaba la chaqueta del respaldo de la silla. Por suerte, no había nadie más en la sala de informática, de modo que no importaba que estuviera hablando sola. No la oía nadie. Aunque Amesport no era Boston, se trataba de una ciudad costera próspera, un destino predilecto para los turistas veraniegos que buscaban la belleza del océano y querían disfrutar de los deportes acuáticos—. ¡Que le escriba a Papá Noel! ¡Será posible!

Agarró el abrigo y el bolso con un gesto brusco, incapaz de entender que un trabajador de los Sinclair hubiera sido tan grosero. Había sido una reacción del todo innecesaria. Podría haber declinado cortésmente la petición. O mejor aún... podría haber hecho caso omiso del mensaje, como habían hecho durante dos meses. A fin de cuentas, Grady había salvado la Navidad y esa solicitud de ayuda ya no tenía sentido. ¿Qué le había pasado por la cabeza a esa persona para responder a un correo antiguo con semejante arrogancia y condescendencia?

Hizo una pausa al abrir la puerta, recordando la última línea de la respuesta:

«¿No es cierto que Grady Sinclair resolvió el problema?».

—¿Cómo lo sabe? ¿Por qué le importa? —dijo para sí mientras abría la puerta—. Si quien ha contestado cree que mi escrito fue una estupidez, ¿qué importancia tiene que Grady ayudara a la ciudad?

Sin tener en cuenta el hecho de que alguien había intentado menospreciarla y dejarla en ridículo, le intrigaba a qué venía el último comentario del correo. ¿Acaso esperaban que verificara la pregunta?

Respiró hondo e hizo un gran esfuerzo para apartar los pensamientos negativos y no dejarse arrastrar por la ira. Emily era su amiga, por lo que debía avisarla de que tenía un trabajador maleducado en nómina. Con el paso del tiempo, Randi había llegado a congeniar con el nuevo marido de Emily y a respetarlo, pero algo le impedía dejar las cosas tal y como estaban. No quería recurrir a Grady por el simple hecho de que fueran amigos. Además, había algo raro en la dirección de correo electrónico: era de un servicio gratuito y probablemente imposible de rastrear. Si se había convertido en la víctima de una broma de mal gusto, o de un desgraciado, no tenía reparos en ejercer su derecho a réplica. No iba a quedarse de brazos cruzados mientras un idiota, sentado en su oficina, se dedicaba a insultarla a ella y a su amada ciudad.

Esa noche apenas había actividades en el centro, de modo que cuando salió a la calle las instalaciones estaban en silencio. Solo quedaban los operarios encargados de hacer los trabajos de reforma. Randi sintió un escalofrío al notar la embestida de una gélida racha de viento, que le recordó que no se había subido la cremallera del abrigo. Intentó resguardarse como buenamente pudo y echó a correr hacia su vehículo, esbozando una sonrisa malvada tras decidir cómo iba a replicar al bromista maleducado. Era maestra, una mujer con formación. Si algo se le daba bien era encontrar errores y enmendar la plana a los demás.

Y eso fue justo lo que hizo al día siguiente.

***

Al cabo de dos días...

Evan no sabía por qué se había tomado la molestia de consultar su falsa dirección de correo electrónico. Tenía cosas más importantes que hacer. Estaba en las oficinas del centro de la ciudad y debía asistir a una reunión muy importante dentro de menos de quince minutos. En esos momentos, su prioridad debía ser repasar las notas y comprobar que tenía todos los documentos necesarios. Sin embargo, estaba tamborileando con los dedos en el escritorio de roble esperando a que se cargara la página del correo electrónico, algo que sucedió al cabo de un buen rato, demasiado incluso para ser un servicio gratuito.

«Esto es una pérdida de tiempo. Tengo trabajo que hacer. ¿Por qué diablos me importa tanto que un engreído ciudadano de Amesport haya respondido a mi correo electrónico?».

Sabía de sobra que Grady había rescatado al centro de la desastrosa situación económica en que se encontraba. Aun así, se preguntó si habría recibido una respuesta a su pregunta y si el remitente del mensaje se arrepentía de haber escrito a una fundación tan importante como la suya por un tema trivial.

Cuando apareció el buzón de entrada frunció el ceño al ver que tenía mensajes nuevos. Seleccionó todo el correo basura enviado por el servicio gratuito y lo borró. Sin embargo, al ver que había recibido una respuesta de la misma dirección a la que había escrito tan solo unos días antes, lo asaltaron las dudas, una reacción muy poco habitual en él. Y cuando leyó el asunto, un mar de arrugas surcó su frente:

¡¡Prueba de que Amesport aparece en los mapas!!

Intrigado, hizo clic en la respuesta.

Estimado desinteresado:

De haber sabido que todos los empleados de la Fundación Sinclair eran tan despiadados y arrogantes como usted parece ser, habría escrito sin duda a Papá Noel. En el futuro, enviaré todos los mensajes urgentes al Polo Norte.

Me gustaría aprovechar la ocasión para informarle de que es usted un ignorante. Amesport aparece en el mapa y es un famoso destino turístico en verano. Vea el archivo adjunto para comprobar que, en efecto, es como le estoy diciendo.

Atentamente,
Una habitante que ya no está en apuros de Amesport

P.D. Grady Sinclair es un hombre excepcional y muy generoso, y el centro ya ha solucionado sus problemas. Por suerte, hay personas en el entorno de los Sinclair que sí tienen corazón.

Evan leyó el mensaje de nuevo. Por extraño que pareciera, la desabrida respuesta le resultaba hasta graciosa. Habitualmente la gente lo trataba con un respeto reverencial, de modo que aquella situación le resultaba... refrescante.

Hizo clic en el adjunto y lo miró fijamente antes de comprender qué era: se trataba de un mapa del litoral de Maine, con la ciudad de Amesport resaltada en rojo de un modo muy llamativo y con una leyenda escrita a mano:

«La ciudad de Amesport aparece en el mapa. Y muy claramente».

Evan observó la zona de Amesport ampliada y resaltada en rojo.

Entonces hizo algo que casi nunca hacía...: se rio.

CAPÍTULO 1

—Deberíamos aterrizar en breve —dijo Micah Sinclair, mirando por la ventana del avión privado de Evan—. Cuánto tiempo, ¿eh? Seguro que tienes ganas de ver a Hope y a tu nuevo sobrino.

Evan levantó los ojos del portátil, miró a Micah y se dio cuenta de que apenas habían hablado durante el viaje. Cuando su primo le pidió que compartieran el vuelo de Nueva York a Amesport porque le había prestado su avión a su hermano Julian, Evan pensó que disfrutaría de la compañía. Micah tenía casa en Nueva York; él no, pero visitaba la ciudad a menudo por negocios y se veían siempre que podían.

Al ser el mayor de los Sinclair, Evan era quien tenía más puntos en común con Micah. Ambos andaban por los treinta y pocos y, a diferencia de sus hermanos menores, Micah estaba obsesionado con los negocios. Aunque se dedicaba a los deportes extremos, se tomaba su responsabilidad con sus hermanos muy en serio. Al ser ambos los primogénitos, Evan y Micah asumían con naturalidad lo que los demás concebían como una «intromisión» en los asuntos familiares; ellos preferían definirlo como «servicio de orientación» y ninguno de los dos tenía remordimientos por preocuparse por su familia. Quizá alguien ajeno al clan definiría sus actividades como «espionaje», pero Evan consideraba que solo se preocupaban por el bienestar de los suyos.

Se encogió de hombros.

—Han pasado seis meses desde que los vi por última vez y tengo ganas de conocer a mi sobrino. He visto fotografías. Está calvo, y eso no puede ser normal. Nunca ha habido un Sinclair calvo. Nuestro abuelo murió con una espléndida mata de pelo.

Su abuelo había vivido muchos años y Evan recordaba que siempre había tenido el cabello canoso, pero ni una sola entrada.

Micah se rio mientras se abrochaba el cinturón para el aterrizaje.

—No está calvo, es que tiene poco pelo y, además, es rubio. Es precioso. Hope me envió una fotografía.

Evan comprobó su cinturón y se reclinó en el asiento de cuero de su avión privado. Miró a Micah, sentado frente a él, e hizo una mueca.

—A mí me parecía calvo. Y no es precioso. Es atractivo. Es un Sinclair.

La carcajada de Micah resonó en toda la cabina.

—¡Hay que ver lo arrogante que puedes llegar a ser! Pero me gusta. Siempre me ha gustado.

Evan se alisó la solapa del traje a medida y se ajustó la corbata antes de responder:

—Seguro que no te cuesta demasiado reconocer esa característica, ya que tú la compartes.

Si Evan hubiese sido totalmente sincero, algo que no iba a suceder, habría reconocido que Micah no era tan estirado como él, pero no pensaba admitirlo ante su primo mayor.

—¿Por qué te vistes siempre como si fueras a asistir a una reunión de negocios o a un funeral? A veces me pregunto si tienes ropa más cómoda —inquirió Micah con un tono más curioso que burlón. Evan le lanzó una mirada de condescendencia. No estaba dispuesto a admitir que no tenía ropa informal.

—Me siento muy cómodo con traje.

Al menos eso era verdad. Si vestía como hombre de negocios, sentía que tenía el control de la situación. Su atuendo le servía para no olvidar su objetivo. No quería pasar por un hombre frívolo o insignificante.

Sin embargo, observó a su primo un momento y tuvo que admitir que, a pesar de llevar pantalones de *sport* y una camisa verde, irradiaba un aura de poder, pero es que Micah era diferente. Era un experto en los distintos deportes para los que vendía equipamiento de última tecnología y, por lo tanto, resultaba normal que desprendiera esa abrumadora seguridad en sí mismo. Por más que, en su opinión, Micah estaba para que lo encerraran por practicar todos esos deportes extremos, Evan no podía negar que se le daba de fábula. Era muy bueno. Se necesitaba una gran concentración y fuerza de voluntad para hacer todas las proezas que Micah era capaz de realizar y, además, se tomaba su negocio muy en serio.

—He oído que lo han llamado David —dijo Micah mientras el aparato iniciaba la maniobra de descenso.

Evan suspiró aliviado por que Micah hubiera dejado de tomarle el pelo. Era una situación bastante incómoda, a pesar de que fueran familia. Asintió con un gesto de la cabeza y añadió:

—David era un amigo de Hope que murió persiguiendo tornados. Un meteorólogo extremo. Y tanto ella como su marido quisieron que su hijo llevara ese nombre.

Evan admiraba que Hope hubiera rendido homenaje a un buen amigo que había fallecido intentando recopilar datos meteorológicos, pero esperaba que su sobrino no eligiera el mismo trabajo que su madre o su tocayo. Quizá había sido mejor que Evan no supiera que Hope se dedicaba a perseguir tornados y otros fenómenos meteorológicos extremos antes de casarse con Jason Sutherland. Sin

17

embargo, no dejaba de flagelarse por haberle fallado a su única hermana, por no haberla protegido de los horrores que había sufrido en los primeros tiempos de su carrera. Hope les había ocultado que se dedicaba a una profesión tan peligrosa, pero él tendría que haberlo sabido, tendría que haberse involucrado más en su vida. Era el hermano mayor y debería haberla mantenido a salvo. Evan no soportaba fracasar en nada, pero lo que le había ocurrido a Hope era su mayor derrota. Aún no se había perdonado; y estaba seguro de que nunca lo haría.

—Todavía me cuesta creer que nuestra pequeña Hope, siempre tan dulce, fuera tan inconsciente —murmuró Micah con un deje de admiración.

—Era su profesión —replicó Evan con tristeza—. No se dedicaba a viajar por el mundo en busca de emociones fuertes sin ton ni son.

No le gustaba que nadie definiera a Hope como una chica «inconsciente». De pequeña había sido una niña encantadora y tranquila. Evan había dado por supuesto que su hermana llevaba una vida plácida en Aspen, alejada del radar de los medios de comunicación, en un entorno idílico como las Montañas Rocosas de Colorado. Sin embargo, se había dedicado a viajar por el mundo, fotografiando fenómenos meteorológicos extremos.

«En el fondo no la conozco. No conozco de verdad a ninguno de mis hermanos».

Para ser sincero, algo que no lo entusiasmaba demasiado, nunca había llegado a conocerlos del todo. Habían pasado poco tiempo juntos, tanto siendo niños como de mayores. Evan no soportaba esa distancia que había entre sus hermanos y él, pero ahora que todos eran adultos y felices, no sabía cuál era su posición en la familia Sinclair, cómo solucionar la situación, o si debía siquiera solucionarla. Había pasado demasiado tiempo.

«¿Quizá me siento distante porque no soy feliz como ellos? No tenemos nada en común».

No. Eso no era del todo cierto. Evan siempre había querido mantener las distancias para no revelar sus secretos, pero no sabía si, con el tiempo, ese alejamiento se había convertido en algo irreversible. Estaba seguro de que todos lo consideraban un incordio más que un hermano, porque en ocasiones interfería en sus vidas. Pero tampoco le importaba demasiado, siempre que todos estuvieran a salvo y fueran felices.

—Digas lo que digas, creo que demostró tener muchas agallas —añadió Micah—. Y su obra fotográfica es fantástica.

—Tienes razón —respondió Evan. Estaba muy orgulloso de todos sus hermanos, y el talento de Hope era asombroso. Su casa de Boston estaba llena de todas las fotografías que había podido comprar después de descubrir cuál era su carrera secreta.

En ese momento Hope se dedicaba a la fotografía de naturaleza, pero las imágenes preferidas de Evan eran precisamente las que la habían puesto en peligro: las de fenómenos meteorológicos extremos. Algunas de las instantáneas eran muy oscuras, de una crudeza intensa y arrebatadora. Evan no sabía gran cosa de técnica fotográfica, pero tampoco lo necesitaba para comprender que aquellas imágenes sombrías tenían la capacidad de tocarle la fibra sensible. Las creaciones de Hope le recordaban su propia vida y la incertidumbre de su existencia.

Ambos primos guardaron silencio, ensimismados en sus pensamientos, durante la maniobra de aterrizaje, algo accidentada. Cuando tomaron tierra y se dirigieron a la terminal del aeropuerto, situado en las afueras de Amesport, Evan vio que su Rolls-Royce y el chófer, Stokes, lo estaban esperando.

—¿Quieres quedarte en mi casa? —preguntó Evan con sinceridad.

Micah y su hermano Julian iban a asistir a la fiesta que había organizado Hope, bautizada por ella misma con el nombre de Baile de Invierno de Amesport, aunque Evan sabía que solo era una excusa para reunir a los vecinos a fin de que conocieran a su hijo. Iba a celebrarse en el Centro Juvenil y no tenía ninguna duda de que iban a asistir todos los invitados.

Se desabrochó el cinturón cuando el avión se detuvo y se alegró de no tener que presenciar otra condenada boda. Últimamente parecía que solo iba a Amesport cuando alguien se casaba. Como tuviera que ir de pareja con Randi Tyler una vez más, se volvería loco. Por suerte, ya no le quedaban más hermanos por casar; su hermana había contraído matrimonio con Jason y no tendría que volver a ir de pareja de Randi y fingir que le caía bien mientras ella lo agarraba del brazo con una sonrisa forzada y avanzaban por el pasillo, entre los invitados. De hecho, esperaba no verla durante su estancia, del mismo modo que no veía a todos los habitantes de Amesport en cada visita. Era una ciudad pequeña, pero no tanto. Por desgracia, no creía que pudiera evitarla por completo: Randi era amiga de Hope y sería inevitable que apareciera en la fiesta.

—No, no te preocupes. Jared nos ha dejado su casa de invitados a Julian y a mí. Ahora que Mara ya no la necesita para su negocio, está vacía. Julian no llegará hasta mañana. No puede quedarse muchos días. Está muy ocupado desde que lo nominaron a un premio de la Academia. —Micah esbozó una mueca y sacó la maleta del espacioso armario del avión—. Dentro de un mes empieza a filmar la nueva película y las ceremonias de premios son dentro de un par de semanas. Supongo que tendrá mil peticiones de entrevistas.

Evan sabía que a pesar del tono burlón que había utilizado Micah, estaba muy orgulloso de Julian. En realidad, él también lo estaba. Julian nunca había usado su poder como Sinclair o el dinero que había heredado en su búsqueda del éxito, sino que había interpretado papeles pequeños hasta labrarse una sólida carrera en la industria cinematográfica. Cuando por fin consiguió un papel principal después de años de esfuerzo, lo logró por méritos propios, gracias a su talento. La nominación al Óscar no era más que una prueba de todo ello.

—Espero que gane —gruñó Evan mientras organizaba el resto del equipaje. No necesitaba muchas cosas para su estancia. Su secretaria lo había enviado todo a su casa unos días antes.

—Yo también —admitió Micah, quien se puso su anorak azul marino y se dirigió a la puerta del avión. Evan se abrochó su abrigo de lana negro.

—¿Cómo está Xander? —A Evan no le apetecía hacer la pregunta, pero se sintió obligado a interesarse por su primo menor.

Micah se encogió de hombros con aire excesivamente despreocupado.

—Igual. Ya no sé qué esperar de él. No va a venir a la fiesta de Hope.

—¿No ha vuelto a probar la bebida? —preguntó Evan, siguiendo a su primo.

—De momento, eso parece —contestó Micah lanzando un suspiro—. Pero no sé cuánto durará.

A Evan se le cayó el alma a los pies y sintió pena por sus primos. Después de un trágico accidente ocurrido unos meses antes, Xander había abandonado su prometedora carrera de músico y se había dejado arrastrar por una espiral de autodestrucción. Bebía mucho y se había vuelto adicto a todos los fármacos que, en teoría, debían ayudarlo. A Evan le vino a la cabeza aquel periodo de la vida de Jared en el que no quería ni pensar.

—Lo siento, Micah. —Fueron palabras sinceras porque sabía por lo que su primo estaba pasando. Era un auténtico infierno no saber si tu hermano lograría salir adelante y llevar una vida normal, o si iba a seguir cuesta abajo hasta tocar fondo. O peor aún, temía más que nada que algún día recibieran la noticia de que Xander no se recuperaría jamás de sus problemas.

—No soporto esta sensación de impotencia, de incapacidad para hacer algo al respecto. Ha pasado por rehabilitación y se niega a recibir más ayuda. No sé si darle tiempo o encerrarlo en un lugar seguro donde no pueda hacerse daño —le dijo Micah a Evan con voz ronca, muy apenado.

—Lo sé. —Siguió a Micah por las escaleras del avión y le dio una palmada en la espalda cuando bajaron a la pista—. Has hecho cuanto estaba en tu mano. Si Xander no quiere hacer nada al respecto, no puedes obligarlo.

El viento gélido de Maine los embistió despiadadamente cuando bajaron del moderno avión, pero el semblante adusto de Micah no se alteró, como si estuviera demasiado ofuscado por sus pensamientos para sucumbir a la fría temperatura. La brisa le alborotó el pelo rubio, pero él parecía ajeno a todo lo que sucedía a su alrededor.

—¿He hecho todo lo que podía? —preguntó en voz baja, como si estuviera hablando consigo mismo en lugar de con Evan.

—Sí que lo has hecho —se apresuró a responder Evan. No había ningún motivo para que Micah pensara lo contrario—. Vamos, ven conmigo, te llevaré hasta la península.

—Gracias —dijo Micah, asintiendo con la cabeza, como si le estuviera agradeciendo su apoyo moral, aunque ninguno de los dos era capaz de expresar sus emociones en voz alta—. Mi vehículo ya está en casa de Jared.

Evan observó a su primo cuando este echó a correr hacia el Rolls y negó con la cabeza al pensar en el desastre que era la vida de Xander. Gracias a Dios él había dejado atrás los días en los que no hacía otra cosa que preocuparse por su hermano menor, y Jared al final se había curado. Sin embargo, sentía lástima por el momento amargo que estaba viviendo su primo mayor. Él había pasado por una situación similar. Si la adicción al alcohol de Jared había sido un infierno, no quería ni imaginar cómo sería la mezcla de alcohol y fármacos.

—Bienvenido a Amesport, señor —le dijo su chófer, un hombre de cabello canoso y voz monótona que recibía a Evan en casi todas las ciudades que visitaba. El conductor vestía como siempre: traje gris y corbata, con el pelo plateado inmaculado a pesar del fuerte viento que soplaba. El hombre se encargó de la pequeña maleta y el portátil, y los dejó en el asiento delantero.

—Stokes —lo saludó Evan con un gesto de la cabeza cuando el hombre le abrió la puerta.

Micah no esperó a que el chófer fuera al otro lado. Tomó asiento en la parte trasera y dejó espacio para su primo. Stokes cerró la puerta cuando Evan se acomodó, se sentó al volante estoicamente y arrancó de inmediato.

A Evan le gustaba el modo en que Stokes manejaba el caro vehículo, incluso en condiciones adversas de nieve y carreteras en mal estado. Trabajaba para él desde hacía años y conocía al dedillo los deseos de su jefe: Evan siempre quería llegar a su destino de la forma más directa posible. Habitualmente trabajaba durante el trayecto, como hizo Micah en cuanto subió al vehículo. Stokes lo llevaba allí donde quería, sin sobresaltos, por lo que nunca se preocupaba del tráfico, la carretera o lo que sucedía al otro lado de las ventanillas, pero sabía que hoy no podría concentrarse.

Estaba demasiado preocupado por si la iba a ver o no.

«¿Por qué le doy tantas vueltas? No vale la pena que malgaste el tiempo pensando en ella o preguntándome por qué no podemos estar juntos sin sacarnos de quicio mutuamente. ¿Y qué si nos vemos en la fiesta? Ya somos mayorcitos. Podemos comportarnos de forma civilizada».

En el pasado nunca habían logrado ser amables el uno con el otro, pero Evan se prometió que esta vez no iba a ceder a sus provocaciones. Sin embargo, lo cierto era que le daba muchas vueltas al asunto a menudo y no podía dejar de preguntarse por qué Randi Tyler y él no podían estar juntos sin acabar insultándose. Nunca llegaba a perder los estribos hasta el extremo de ponerse a gritar, como hacían algunos hombres, pero había estado a punto las tres veces que lo habían emparejado con esa mujer, auténtica personificación del demonio. Primero fue en la boda de Grady, luego en la de Dante y, al final, en la de Jared. Cada una había sido un máster acelerado en paciencia.

Ella decía que él era arrogante y prepotente.

Él decía que ella era una pesada y una impaciente.

Además, Randi no parecía dejarse impresionar por su riqueza o su estatus social como Sinclair. Desde el principio lo había tratado como si fueran amigos de toda la vida y le tomaba el pelo como hacía con los demás, un comportamiento que lo incomodaba bastante y por el que había tomado la decisión de ignorarla. Ella, por su parte, le volvía la cara o lo insultaba cada vez que se veían.

—Es demasiado susceptible, impredecible y se deja arrastrar por las emociones —murmuró Evan, quien se sintió aliviado cuando vio que Micah estaba respondiendo mensajes de correo electrónico y no lo había oído. Randi Tyler representaba todo lo que no le gustaba en una mujer, pero, por algún motivo, se sentía muy atraído por ella. Era algo desconcertante, confuso. No le caía bien, pero su entrepierna no pensaba lo mismo. Su personalidad lo sacaba de quicio, pero siempre que la veía tenía ganas de empotrarla contra la pared y dar rienda suelta a su lado más salvaje hasta saciar sus ansias de lujuria. Era una situación que nunca había experimentado antes, y no le gustaba. Jamás había sentido algo tan voluble por una mujer y no se sentía cómodo.

«Puedo evitarla, no reaccionar a sus provocaciones».

El problema era que nunca sabía cuándo iba a hacerle el vacío o a insultarlo. A decir verdad, preferiría que no hiciera ninguna de las dos cosas. Echaba de menos el modo en que ella lo había tratado el primer día... como un nuevo amigo. Fue algo... agradable. Pero a partir de entonces no supo cómo interpretar su actitud. No fue capaz de encontrar las palabras adecuadas al amable comportamiento de Randi. Y ella interpretó su silencio como un gesto de menosprecio, nada más lejos de su intención. Evan no sabía cómo comportarse ante ella, y era porque cuando estaban juntos padecía priapismo.

«A veces me gustaría volver a empezar de cero con Randi. Habría sido bonito tener otra amiga. Pero nada ha cambiado entre nosotros y ya es demasiado tarde para empezar de nuevo. Además, eso no me quitaría las ganas de acostarme con ella. Tener una amiga que me la pone tan dura podría ser un problema».

Aquella mujer tan desagradable tenía una sonrisa arrebatadora. Era una pena que no le hubiera vuelto a dedicar ninguna tras su primer encuentro.

Evan solo tenía una amiga de verdad, una mujer con la que había compartido mucho más de lo que debía, pero a la que nunca había conocido en persona.

«¿Me habré cruzado con ella en las calles de Amesport? ¿Habré hablado con ella?».

La mujer con la que había intercambiado varios mensajes, conocida como «Un habitante en apuros de Amesport», seguía siendo un auténtico misterio. Había intentado adivinar de quién podía tratarse, porque su curiosidad se había acabado imponiendo al acuerdo que había pactado con ella de no revelar sus identidades. En ese momento se arrepentía de haber aceptado la propuesta de no revelar sus nombres reales. Al principio de su relación epistolar la medida le había parecido de lo más lógica y sensata. Pero ahora él quería conocerla, aunque ella no sabía que él era multimillonario o un Sinclair. La misteriosa mujer siempre había supuesto que Evan era empleado de la Fundación Sinclair y él no se había tomado la molestia de corregirla. De hecho, le había mentido varias veces al confirmarle que no era más que un trabajador. Evan se había creído su propia mentira diciéndose que ella no quería conocer su identidad, de forma que lo mejor era no revelar su cargo. Una parte de él quería seguir siendo un misterio, un hombre más en lugar de un multimillonario de una de las familias más importantes del mundo. Pero a medida que su relación epistolar prosiguió a lo largo de un año, él empezó a cambiar lentamente de opinión. Ignoraba cómo sería el contacto cara a cara, pero tenía ganas de averiguarlo.

En una ocasión llegó a preguntarse si la desconocida no sería su cuñada Mara. La misteriosa remitente había empezado a firmar sus mensajes con la inicial «M.», y Mara había asistido a la boda de Dante. Sin embargo, no tardó demasiado en darse cuenta de que ella estaba perdidamente enamorada de Jared y de que no era su compañera epistolar secreta.

«¿Me habría enfrentado a mi propio hermano si hubiera sido Mara?».

Evan negó con la cabeza mientras observaba las calles de Amesport de camino a la península privada donde tenía su casa. Jared merecía ser feliz y Evan nunca se interpondría entre su hermano y una mujer que le alegraba tanto la vida. Por suerte no sentía nada por Mara, solo un gran cariño. Se había dado cuenta de que era la persona ideal para su hermano y lo había presionado, lo había llevado al límite, para que comprendiera que tenía que conquistarla antes de que lo hiciera otro. No atribuía gran importancia al hecho de haber recurrido a artimañas algo engañosas. Sus actos solo habían sido el medio para que Jared tuviera su final feliz.

Exhaló el aire que había contenido sin darse cuenta. Se moría de ganas de comprobar el correo para ver si había recibido algún mensaje de su... amiga.

«No lo voy a hacer. No puedo. No es necesario que compruebe el correo varias veces al día como si fuera un obseso. Es mi amiga, pero eso no significa que tenga que consultar el buzón como si estuviera loco, con la esperanza de encontrar una respuesta».

Evan empezó a acariciar distraídamente el llavero de piedra que una mujer mayor medio loca le había enviado varios meses antes, con una nota donde le explicaba que necesitaba la piedra para despejar los caminos obstruidos que lo conducirían a la felicidad. Debería haber tirado a la basura la lágrima apache. Al parecer, según la carta que acompañaba el regalo, la mujer se había abastecido de un gran número de piedras porque había llegado a la conclusión de que todos los hermanos Sinclair y sus posibles parejas necesitaban una. Evan había conocido a... ¿cómo se llamaba? Beatrice, recordó al pensar en la anciana que había visto en la boda de Dante y Jared. Parecía una señora inofensiva, pero no le cabía ninguna duda de que estaba un poco chalada o que sufría algún tipo de demencia.

Por algún motivo que ignoraba, no había llegado a deshacerse de la piedra. Es más, la llevaba casi siempre encima. Quizá era por la novedad de haber recibido un regalo, o simplemente por el supuesto poder místico que le otorgaba Beatrice.

«Iré a buscarla y se la devolveré».

Era lo mínimo que podía hacer. Ni siquiera él era tan despiadado como para ofender a una señora de edad avanzada tirando a la basura un regalo que le había hecho. Quizá la mujer decidiera dárselo a otra persona.

Cuando levantó la mirada, advirtió que estaban entrando en la península y que ya enfilaban el camino que conducía a la casa de Jared. Habían hecho casi todo el trayecto, pero él tenía la cabeza en otra parte.

¡Maldición! Quería comprobar cómo iban las obras de restauración de la antigua casa de Mara, que había quedado en ruinas después del incendio que había estado a punto de acabar también con la vida de la joven. Tenía ganas de ver de nuevo el inmueble en pie, pero había estado tan distraído y ensimismado en sus propios pensamientos que había perdido la oportunidad de echarle un vistazo.

«Ya lo veré más tarde. Tengo tiempo de sobra».

El edificio que albergaba la antigua casa de Mara y la tienda que la joven regentaba se encontraba en Main Street.

—Tenemos que dejar a Micah en casa de Jared —le dijo Evan a Stokes con voz firme.

—Sí, señor —respondió el chófer.

La parada en casa para dejar a Micah fue rápida y fluida. Stokes era un hombre muy eficiente a la hora de seguir instrucciones. Evan resistió las ganas de consultar el correo mientras se aproximaban a su casa. Y si había algo de lo que podía presumir, era de un gran control sobre sí mismo. Seguía una vida muy ordenada, tal y como le gustaba.

Las únicas dos cosas que no se ajustaban a su rutina eran su correspondencia con la misteriosa M. y Randi Tyler. Su relación epistolar con la enigmática mujer era más sencilla. Se sentía atraído hacia ella y su personalidad, pero había logrado mantener el anonimato y la desconocida no provocaba en él la misma reacción visceral y devastadora que Randi. Quizá sus deseos de conocer a M. se debían en parte a la curiosidad, a la necesidad de averiguar si despertaría en él los mismos sentimientos que Randi. En cierto sentido, no quería que fuera así porque entonces tendría el deseo irrefrenable de acostarse con dos mujeres que no sentían lo mismo que él.

Cuando llegaron a su casa de la península y se instaló, comprobó el correo por fin, porque entonces sí que era el momento adecuado de hacerlo. Se sentó en una butaca reclinable de la sala de estar, se puso el portátil sobre las piernas y se conectó a internet.

Mientras la página de correo empezaba a cargar con una lentitud exasperante, el corazón comenzó a latirle con fuerza y notó unas gotas de sudor en la frente. Quizá M. no le provocaba la misma reacción física y visceral que Randi, pero siempre tenía ganas de recibir noticias suyas. Y entonces...

«¡Nada!».

No había recibido ningún mensaje nuevo.

«¿Estará bien? Normalmente responde enseguida. ¿Y si le ha pasado algo? ¿Y si aún está triste por la muerte de su madre de acogida y ha caído en una depresión? Debería estar a su lado. Ella ha atendido mis quejas miles de veces».

M. siempre lo trataba como a una persona, no como a un jefe, por eso apreciaba tanto su relación. Era maravilloso poder hablar con alguien como una persona normal.

Decepcionado, pero decidido a no permitir que la falta de noticias lo afectara, prefirió centrarse en el trabajo, como hacía habitualmente, intentando convencerse de que no le importaba no haber recibido ningún mensaje de su amiga, a pesar de que sabía que era mentira.

Capítulo 2

Estimada M.:

No voy a fingir que comprendo lo que debes de sentir por haber perdido a tu madre de acogida, pero entiendo los sentimientos contrapuestos. Creo que es del todo normal desear que deje de sufrir y que, al mismo tiempo, llores su pérdida.

En momentos como este lamento la promesa que hicimos de no revelar nuestra identidad. Me gustaría ayudarte, pero no sé cómo hacerlo. Lo único que se me ocurre es enviarte todo mi apoyo virtual y que sepas que pienso mucho en ti. No estás sola.

Atentamente,
S.

Randi lanzó un suspiro al ver el correo de su amigo y se sintió un poco mejor después de leer sus palabras. El mensaje era breve, pero le había servido de consuelo. Tenía la sensación de que S. siempre era sincero.

Su madre de acogida, Joan Tyler, había fallecido poco después de Año Nuevo debido a una insuficiencia cardíaca, y Randi sabía que iba a llorar durante mucho tiempo la pérdida de la última persona de la tierra que la amaba incondicionalmente. Su padre de acogida, Dennis, había muerto unos años antes, y Joan no había vuelto a ser la misma desde entonces. Sus problemas de corazón se habían agravado y su estado de salud había empeorado. En ocasiones Randi se preguntaba si no habría muerto de pena, más que por su avanzada edad.

Joan y Dennis acababan de cumplir setenta años cuando llevaron a Randi a Amesport, y ambos disfrutaron de una vida larga y feliz hasta bien entrados en los ochenta. Pero eso no mitigaba el dolor por su pérdida y por no haber tenido más tiempo para disfrutar de ellos.

Randi no estaba preparada para el inmenso vacío que se había apoderado de ella tras la desaparición de su madre. La muerte de Dennis fue desgarradora; la de Joan, insoportable. En ocasiones incluso se temía que el dolor que sentía al pensar en ella nunca desaparecería.

Miró el mensaje recibido y esbozó una sonrisa triste. Su correspondencia con S. se parecía más a una conversación continua. Los mensajes no eran siempre largos y a veces trataban de temas poco importantes, pero eso era parte de la gracia de tener un amigo secreto.

«¡Aún no me puedo creer que me haya hecho amiga de alguien que empezó comportándose como un cretino!».

Su amigo, que empezó firmando como «Desinteresado de Boston», se había comportado como un estúpido al principio, pero lo que empezó como una broma acabó convirtiéndose en una conversación y, al final, en admiración mutua. Randi sentía un vínculo especial con el autor de esos mensajes de correo electrónico que la hacían reír y llorar, y que a veces eran tan compasivos, como el último que había recibido, que la sumían en la melancolía.

Randi acostumbraba a compartir con su amigo pensamientos y emociones, algo que resultaba más fácil al conservar el anonimato. Sospechaba que al principio él había sentido lo mismo, pero en los últimos tiempos había insinuado la posibilidad de que se conocieran en persona.

—¿Quiero conocerlo? ¿Quiero revelarle mi identidad? —susurró para sí, sin apartar la mirada de la pantalla.

«Sí».

«No».

Qué diablos, no lo sabía. Le había confiado más secretos que a cualquier otra persona, pero nunca habían entrado en muchos detalles. Lo único que sabía de ella era que estaba a punto de cumplir treinta años y que la había criado una pareja de ancianos que la había acogido cuando tenía catorce años, algo que le cambió la vida y que la obligó a trasladarse de California a Maine.

Randi, por su parte, solo sabía de S. que era hombre, que trabajaba para la Fundación Sinclair, que tenía unos treinta y cinco años, que no estaba casado y que se pasaba muchas horas pegado a la pantalla, cuando debería andar por ahí, conociendo a mujeres. La había cautivado cuando respondió a su comentario malicioso felicitándola por su inteligencia y sentido del humor, y confesándole que le había hecho reír, como si fuera algo poco habitual en él. Y Randi había dado por sentado que no era un hombre de risa fácil.

«Ha estado a mi lado en los peores momentos, ha intentado comprender mi dolor y ayudarme a solucionarlo. Es como si supiera que siempre me siento sola».

Dennis y Joan la habían acogido hacía catorce años. Cuando los conoció, tuvo la sensación de que, por primera vez en su vida, estaba en un hogar que podía considerar suyo. Desde entonces solo había abandonado Maine para ir a la universidad, de donde regresó con el título de magisterio. Los Tyler siempre se habían mostrado muy orgullosos de ella y la habían animado en todo momento. No habían podido tener hijos y tampoco tenían más familiares. No eran ricos, pero habían sido un matrimonio feliz durante casi sesenta años. Randi esperaba encontrar algún día un amor como el suyo.

—Todo lo que soy se lo debo a ellos —dijo en voz baja al pulsar el botón de «responder» del mensaje de su amigo.

Estimado S.:

Siento haber tardado tanto en contestar a tu mensaje. Por fin me he enfrentado a la tarea de hacer limpieza de las cosas de mi madre. Ella no habría querido que me deshiciera de ellas sin más, así que he donado las que he podido y me he quedado las que tenían un valor sentimental. He empezado a asimilar que ya no hay vuelta atrás, pero aún me siento sola en casa de mis padres. Así que gracias por tus amables palabras. Estoy un poco mejor. Me alegro de que el sufrimiento haya acabado, aunque no puedo dejar de lado la tristeza. Intento concentrarme en mi trabajo y doy gracias por las amigas que tengo. Ahora ya solo es cuestión de tiempo.

Hablando de padres, ¿los tuyos aún viven? Nunca hemos hablado mucho de temas familiares.

¡Espero que no pases mucho frío en este invierno gélido!

M.

Envió el mensaje de correo electrónico. Esperaba que la pregunta personal no hubiera cruzado la línea invisible que su amigo epistolar y ella habían trazado. Randi le había contado su relación con sus padres de acogida voluntariamente, aunque no había entrado en muchos detalles. Normalmente compartían pensamientos y sentimientos, pero nunca información muy concreta.

En los últimos tiempos, S. le había insinuado en más de una ocasión que no le importaría que se vieran cara a cara. A veces Randi también lo pensaba y a menudo se quedaba con ganas de saber más del hombre que había ejercido de confidente en momentos tan difíciles.

—El misterioso hombre de mi vida —murmuró Randi—. ¿Cómo se llamará? Solo sé que su nombre empieza con S.

¿Stewart? ¿Sam? ¿Sylvester? ¿Scott? ¿Seth? Randi había repasado la lista varias veces, pero ninguna de las opciones le pegaba.

El corazón le dio un vuelco cuando vio una respuesta en el buzón de correo. Hizo clic con el ratón para leer el mensaje.

Estimada M.:

Me alegro de que te encuentres algo mejor, pero lamento que te sientas tan sola. Dime cómo puedo ayudarte. Sé que no nos conocemos en persona, pero en el último año has demostrado ser mi mejor amiga y puedo asegurarte que nunca había tenido una amistad como la nuestra.

¿Que si viven mis padres? Sí... y no. Mi padre murió cuando yo iba a la universidad y hace años que no veo a mi madre. No quiere saber nada de mí ni de mis hermanos. Lo último que sé es que vivía con un hombre en Europa, seguramente intentando

34

olvidar a mi padre alcohólico. No era un tipo muy agradable, que digamos. Quizá te esté dando más información de la que esperabas, pero es la verdad.

En estos momentos no estoy en Boston, pero por desgracia tampoco estoy en un lugar con un clima más cálido.

Espero que no estés pasando mucho frío.

Un saludo,
S.

Randi tuvo que leer el mensaje dos veces, sorprendida de que S. hubiera compartido tanta información personal. Aunque quizá no habría debido sorprenderse tanto. Ella también se había sincerado sobre sus padres de acogida. Quizá él se sentía más cómodo. Hizo clic en el botón de «responder». Sabía que S. esperaba su contestación. A veces se comunicaban así y mantenían un diálogo continuo cuando ambos se encontraban ante la pantalla.

Estimado S.:

¿Dónde estás ahora?

No se molestó en firmar porque estaban en modo conversación. Él respondió al cabo de un minuto.

En Maine. Y añadiré que hace un frío considerable.

—Está aquí —susurró Randi, deslizando el dedo por la pantalla. La respuesta podría haberla asustado, ya que ella vivía en el

35

mismo estado, pero no fue así. Fueran cuales fuesen sus motivos para visitar Maine, no estaba ahí por ella. S. sabía en qué ciudad vivía y llevaban un año escribiéndose—. No lo hagas, Randi. No le pidas una cita. Debe de estar aquí por negocios o para recaudar fondos. Seguramente estará en una zona de gente rica, donde haya muchos donantes —dijo para sí. Su miedo a encontrarse con un hombre desconocido se impuso a su deseo de verlo, a pesar de las ganas que tenía de estar cara a cara.

Randi tecleó una rápida respuesta.

> ¿Qué te trae por aquí? Por cierto... se avecina tormenta. Espero que no te quedes atrapado.

La réplica no se hizo esperar.

> Tengo familia en Maine. Estoy de visita. Y no, no sabía que iba a hacer mal tiempo. Pero tampoco me disgustaría quedarme más días de lo previsto. Tengo casa aquí.

Claro. Había ido a ver a la familia y no había vuelto a sacar el tema de conocerla. Era muy poco probable que fueran a quedar, aunque de todas formas le parecía una idea poco aconsejable, teniendo en cuenta que se avecinaba una buena tormenta. Le respondió por última vez. Sabía que debía ponerse en marcha.

> He de irme, pero espero que te lo pases bien con tu familia. Quizá podamos seguir con la charla si te aburres durante la tormenta.

Movió el puntero del ratón para cerrar la sesión, pero vio que llegaba una respuesta casi al instante.

¿Tienes una cita interesante?

Randi estalló en carcajadas y se alegró de que no hubiera nadie más en la sala de informática. Era viernes por la noche y no era la primera vez que charlaban de ese modo en ese tipo de ocasiones. Tenían la costumbre de burlarse mutuamente porque ambos estaban solos cuando la mayoría de solteros como ellos salían a tomar algo. Randi fue incapaz de resistir la tentación y respondió.

Pues sí, tengo una cita, pero aún no sé si será muy interesante. Una amiga del instituto quiere presentarme a su hermano. Cree que congeniaremos. Hemos quedado dentro de unos minutos, así que debo irme. Hablamos luego. Y cuidado con la tormenta.

Tenía que irse de verdad, así que se puso la chaqueta sin apartar la mirada de la pantalla. Casi lamentaba tener una especie de cita con Liam Sullivan, hermano de Tessa. Conocía a Liam, pero solo había charlado un par de veces con él. Después de varios meses de insistencia, al final había aceptado tomar un café con él en el Brew Magic. Y si no se ponía en marcha, iba a llegar tarde.

No esperaba respuesta de S. porque ya se había despedido de él, pero se llevó una sorpresa.

¿Has quedado con un chico el viernes por la noche? Creo que voy a ponerme celoso. Espero que te aburras mucho mientras yo trabajo aquí, solo. Cuídate y escríbeme cuando llegues a casa.

Randi sonrió. Estaba acostumbrada al curioso sentido del humor de su misterioso amigo, pero el hecho de que le hubiera pedido que le escribiera un mensaje al llegar a casa era... distinto. Él no sabía que Randi solo le escribía cuando estaba haciendo de voluntaria en el centro. Lo hacía más por costumbre que por miedo a que pudiera localizarla. Le parecía todo un detalle que se preocupara por su seguridad.

De acuerdo.

Envió la escueta respuesta y tuvo que hacer un esfuerzo para apagar el portátil. Si no se daba prisa para llegar al Brew Magic cuanto antes, Liam acabaría creyendo que lo había dejado plantado. Era un chico majo y no quería herirle los sentimientos. ¿Cómo no iba a ser agradable? Había renunciado a una prometedora carrera para volver a Amesport y cuidar de su hermana sorda, a pesar de que Tessa no aceptaba ningún tipo de ayuda. La amiga de Randi consideraba que el hecho de no poder oír no la convertía en una persona distinta a cualquier otra.

Randi había aceptado la cita con él para que Tessa dejara de insistirle, y sospechaba que Liam lo había hecho por el mismo motivo. Era sorda, pero sabía muy bien cómo manipular a los demás. Cuando se empeñaba en algo podía ser como un perro con un hueso sabroso, y en ese momento su propósito era que su hermano fuera feliz y tuviera una relación formal con alguien. Tessa quería a Liam, pero él había desarrollado un gran instinto protector desde que ella había perdido el oído. Se culpaba a sí mismo de lo que le había sucedido, de modo que había dejado California para volver a Amesport hacía unos años.

«Renunció a una carrera que le encantaba para cuidar de su hermana. Me parece un chico simpático, aunque nunca he sentido un vínculo especial con él».

Las pocas veces que había coincidido con Liam había sido en el restaurante de Tessa, el Sullivan's Steak and Seafood. Randi conocía bastante bien a Liam porque Tessa hablaba mucho de él, pero ellos solo habían charlado en una ocasión.

«Quizá la cosa vaya a más si podemos hablar a solas».

Randi era optimista y, más que nada, quería sentirse amada. Sí, había tenido novios, pero nunca una relación seria. Le gustaba el sexo como a cualquier otra chica de su edad, pero estaba harta de encuentros banales en los que solo importaba eso. Tenía que haber algo más. Lo había visto en sus padres de acogida, y también en sus amigos casados. Por desgracia, ella nunca había sentido esa conexión tan arrebatadora con nadie, salvo con el único hombre al que no podía ver ni en pintura: Evan Sinclair.

«No pienses en él. Es un cretino arrogante e insufrible».

Se estremeció al pensar en el gran esfuerzo que había hecho al principio por intentar conocer a Evan, para que al final acabara rechazándola. Claro, una simple maestra no era digna de él, que ni siquiera hizo el esfuerzo de ser educado. Y no se trataba de que Mara hubiera intentado llevárselo a la cama... aunque tampoco le habría importado hacerlo. Pero por aquel entonces solo había pretendido ser amable con un hombre que iba a ser su pareja en la boda de Emily. Había logrado hacer caso omiso de su actitud desdeñosa durante la ceremonia de su amiga, pensando que quizá Evan solo tenía un mal día. Pero cuando vio que se comportaba del mismo modo en la boda de Sarah y Dante, en la que volvieron a emparejarlos, Randi llegó a la conclusión de que no le caía bien a Evan. Cuando Mara y Jared se casaron, decidió ignorarlo por completo y se limitó a dirigirle sonrisas de cortesía y a tratarlo con frialdad. Como todos los Sinclair casados querían ir con sus esposas, Randi había acabado siendo la dama de honor preferida, ya que la mejor amiga de Mara no se había recuperado a tiempo de su fractura de pierna para participar en la ceremonia. No lamentaba haber hecho de dama de honor tantas veces. Gracias a las ceremonias había creado un gran círculo de amigas que la habían ayudado en las últimas semanas. Por desgracia, esas amistades la habían obligado a tener que soportar a Evan Sinclair.

«Es una pena que sea un cretino tan engreído, porque es guapísimo. No entiendo por qué me atrae tanto, cuando no lo soporto».

Aún estaba intentando averiguar qué era lo que la irritaba tanto de Evan cuando salió del edificio. El centro era un hervidero de gente y Randi decidió ir andando al Brew Magic en lugar de tomarse la molestia de limpiar la nieve del vehículo. Los viernes por la noche casi siempre había mucha actividad en la institución, sobre todo desde que Grady y Emily se habían casado y se habían puesto en marcha nuevas actividades.

Randi se metió las manos heladas en los bolsillos de la chaqueta, donde encontró la lágrima apache que Beatrice le había dado unos meses antes, un día que pasó por Natural Elements, el establecimiento de la anciana, para charlar con ella. Beatrice había sido una buena amiga de su madre y Randi iba a menudo a la ecléctica tienda para informarla del estado de salud de Joan. Y fue en una de esas visitas cuando Beatrice le dio el cristal y sus predicciones.

«Joan fallecerá en invierno, pero luego se abrirá ante ti una nueva etapa con un hombre que te necesita más a ti que tú a él. Será tu alma gemela, y por fin serás tú la novia, en lugar de dama de honor».

Randi negó con la cabeza y esbozó una sonrisa triste al recordar la certeza que reflejaba el rostro de Beatrice ese día.

Aceleró el paso, avanzando entre la nieve que cubría el suelo. No era que no creyera en la existencia de un talento sobrenatural, pero tampoco quería tomarse muy en serio las palabras de la anciana. Conocía a Beatrice desde que llegó a Amesport siendo una adolescente. Algunas de las predicciones de la mujer eran inquietantemente certeras, pero otras no tanto. La faceta más racional de Randi le decía que los aciertos podían deberse únicamente a la coincidencia. Debían de ser producto de la casualidad. Randi no tenía prejuicios, pero que alguien pensara que podía adivinar su futuro le parecía exagerado. Creía en la capacidad de la gente para decidir su destino. Lo demás era... puro azar.

Esperó a que no pasara ningún vehículo para cruzar al otro lado de la calle, y resbaló ligeramente cuando intentó detenerse frente al Brew Magic. Hizo caso omiso de la extraña sensación de calor que parecía desprender el cristal entre sus dedos antes de sacar las manos de los bolsillos para intentar arreglarse un poco el pelo alborotado por el viento.

—La piedra de Beatrice no es mágica y su predicción no tiene sentido —se dijo a sí misma mientras se quitaba la nieve de la cabeza para estar más presentable—. A las mujeres como yo no nos pasan esas cosas. Yo elijo mi suerte y mi futuro.

Teniendo en cuenta su pasado, Randi se sentía muy satisfecha con su vida, aunque aún lloraba la muerte de Joan. Había recibido una buena educación, tenía un buen trabajo y unas excelentes amigas. Aunque a veces se sentía sola tras la muerte de su madre, sabía que lograría salir adelante. Su infancia le había enseñado que la vida podía ser muy dura y que los deseos no siempre se cumplen. La aparición en su vida de Dennis y Joan había sido un milagro, si tal cosa existía. No necesitaba nada más de lo que le habían dado: un hogar para una chica abandonada, sin esperanza ni futuro.

Randi intentó no pensar en que Beatrice había predicho que Dennis y Joan acabarían teniendo un hijo, cuando hacía tiempo que habían perdido toda esperanza de que Joan quedara embarazada. Antes de que sus padres de acogida se fueran de vacaciones a California, Beatrice les recordó su predicción y les contó que sus guías espirituales le habían dicho que encontrarían a su hija durante la visita al sur de California.

Joan había sido una firme creyente en los dones premonitorios de Beatrice. Randi, que siempre había sido más realista, se mostraba más cauta.

—Beatrice solo acierta la mitad de sus predicciones —se dijo Randi—. Tuvo razón en el caso de Jared y Mara, así que le toca fallar en el mío.

Se regañó a sí misma por seguir a la intemperie, soportando un tiempo horrible y acariciando una piedra, y entró en el Brew Magic, decidida a no lamentar el hecho de haber cortado bruscamente la conversación con su amigo epistolar.

Intentó no pensar en lo que debía de estar haciendo S. en esos momentos y se puso a buscar a Liam en la cafetería.

Capítulo 3

Evan esperó su turno con impaciencia en la cafetería de Amesport. Pasaron casi diez minutos hasta que por fin pudo pedir. No estaba acostumbrado a hacer cola. Habitualmente su turno era «ya». Estaba de brazos cruzados y no lo soportaba. No le gustaba desperdiciar el tiempo que podría haber dedicado al trabajo, y nunca antes había estado tan distraído como para dejar el dictado que estaba haciendo sobre un importante informe económico.

Al final decidió acercarse al Brew Magic para tomar un café moca con leche desnatada, una bebida que había aprendido a tolerar después de que su hermano menor lo arrastrara a la cafetería para conseguir su dosis. Si Jared estaba allí, seguro que lo pedía con nata o leche entera, porque le gustaba el café con todos los males conocidos por el hombre y acompañado de varios bollos, auténticas bombas de azúcar y grasas, de los que llenaban los mostradores.

—¿Puedo ayudarle? —Una amable adolescente se acercó hasta él.

Le dijo lo que quería rápidamente. Se sentía incómodo en un lugar tan ajetreado y bullicioso. La gente se peleaba para conseguir una mesa y poder tomar el café al resguardo de las gélidas temperaturas del exterior. Los demás clientes se arremolinaban a su alrededor mientras la camarera molía el café.

«¿Qué hago aquí?».

Por desgracia, Evan lo sabía perfectamente. Después de averiguar que su amiga por correspondencia tenía una cita, no había podido volver a concentrarse. Por algún motivo que no acertaba a identificar, no le había sentado nada bien que ella fuera a salir con alguien. No bromeaba cuando le dijo que estaba celoso. Tenía envidia del hombre con el que había quedado. De algún modo, el hecho de leer sus mensajes en la pantalla se había convertido casi en una adicción y quería saber qué hacía. ¿Se lo estaba pasando bien? ¿El hombre con el que había salido era alguien decente?

«¡Por el amor de Dios! Esto es ridículo. Ni siquiera la conozco y ya me estoy preocupando por ella».

El problema era que se habían hecho amigos, y Evan Sinclair no tenía muchas amistades. Por supuesto, había gente que trataba de satisfacer sus necesidades, que le decía lo que quería oír. Pero en realidad no les caía bien; les gustaban su dinero y su poder. Tenía conocidos de la misma categoría social, pero todos estaban demasiado ocupados para trabar una verdadera amistad. Sus vínculos nacían de los negocios, que eran una prioridad para todos.

«Me gusta. Y yo le gusto como persona. No tiene ni idea de quién soy en realidad».

El hecho de saber que le caía bien a su amiga misteriosa, que no conocía su identidad, era toda una novedad y lo llevaba a anhelar su atención. Bueno, sí, era un hombre codicioso y egoísta, pero era la primera vez que deseaba algo solo para sí mismo.

«Debería haberle dicho que quería conocerla».

Había tenido la oportunidad cuando admitió que estaba en Maine, pero entonces habría tenido que decirle que estaba en la misma ciudad en la que vivía ella y se habría visto obligado a revelar su identidad. De lo contrario ella habría pensado que era una especie de acosador. ¿Qué hacía un empleado de la Fundación Sinclair en Amesport? Habría sido demasiada coincidencia que resultara tener familia ahí. La habría asustado.

Se estremeció al pensar en la posibilidad de que su amiga tuviera miedo de él. Se tomó el café que había pedido y se abrió paso lentamente entre la multitud para salir del local. Quería regresar al BMW negro que había comprado para su casa de Amesport, así podría ponerse a trabajar de nuevo. Podría haber llamado a Stokes para que lo llevara a la ciudad, pero el anciano ya estaba instalado en la casa de invitados de Evan. No quería molestar a su conductor, que seguramente ya debía de haberse acostado. Aunque tuviera la apariencia de un hombre invencible e imperturbable, no era ningún jovencito. Evan había encontrado las llaves del vehículo que nunca había usado y decidió conducirlo él mismo.

Todas las mansiones de los Sinclair de la península disponían de casa de invitados, pero algunas eran más grandes que otras. La de Evan era relativamente pequeña. Quizá Jared había deducido acertadamente que nunca tendría amigos a quienes recibir, lo cual no dejaba de ser una idea deprimente.

—¡Maldición! —El exabrupto vino acompañado de un choque por la espalda que estuvo a punto de tirarlo al suelo. Por suerte recuperó el equilibrio enseguida y cuando se dio la vuelta vio a Randi Tyler, con cara de culpabilidad, justo delante de él.

Evan reaccionó con una erección fulgurante. Su cuerpo se puso en tensión, algo que le ocurría cada vez que estaba cerca de Randi, una reacción carnal y automática que lo sacaba de quicio.

La miró mientras ella confesaba, arrepentida:

—He derramado casi todo el café en la espalda de tu abrigo. Lo siento.

Él no dijo nada al ver cómo se sonrojaba y se quedaba sin aliento. Llevaba el pelo oscuro recogido con una horquilla que se moría de ganas de quitar. A pesar de que se había disculpado, no vio ni un atisbo de miedo en sus preciosos ojos color avellana cuando sus miradas se cruzaron. Parecía arrepentida, pero no tenía miedo de él, como le ocurría a la mayoría de gente. Nunca lo había tenido.

—Es uno de mis abrigos favoritos —murmuró Evan, que no sabía qué más añadir. Y no mentía, era uno de sus preferidos, pero daba igual que se hubiera manchado porque tenía otro exactamente igual en el armario.

Evan vio un destello de irritación en los ojos de Randi, que eran de un color tan vibrante a la tenue luz de la calle que le recordaron a un batido de chocolate. Cambiaban de color según la iluminación, y podían pasar de un castaño intenso a un tono que se aproximaba más al verde, aunque las motas del iris siempre eran las mismas. Fueran del color que fuesen, eran siempre de una belleza indescriptible, como el resto de su cuerpo. Enmarcada por las pestañas negras, largas y aterciopeladas, del mismo color que el pelo, su mirada lo embelesó.

—Si no puedes quitarle la mancha, te lo pago —le dijo, levantando el mentón, en un tono que rozaba el enfado.

Evan tenía serias dudas de que su sueldo de maestra le permitiera pagar un abrigo confeccionado a medida tan caro.

—Solo es un café.

Se encogió de hombros, pero no estaba tan tranquilo como quería aparentar. Randi tenía el don de sacarlo de quicio y ponerlo de mal humor. Podía mostrarse encantador cuando tenía que recaudar fondos o si lo exigían los negocios, pero era incapaz de encontrar las palabras adecuadas para una mujer como ella, quizá porque nunca había conocido a nadie así.

Evan se estremeció cuando vio que ella se limpiaba una mancha de chocolate de los labios con la punta de la lengua y le daba un mordisco a un bollo de chocolate que sujetaba con una servilleta. Siguió mirándola fijamente cuando cerró los ojos y se relamió los restos de azúcar de los labios.

—Me temo que también te lo he manchado de chocolate —añadió ella con seriedad, después de abrir los ojos.

—No pasa nada —le aseguró Evan, con voz entrecortada. En realidad no habría tenido ningún reparo en dejar que le manchara toda la ropa del armario siempre que le hubiese permitido observar cómo devoraba el resto del bollo.

Una de las cosas que le llamaban la atención de Randi era que, cuando comía, parecía que estaba teniendo una experiencia casi orgásmica. No sentía vergüenza y disfrutaba de la comida a cada mordisco. El placer que le proporcionaba se reflejaba en su rostro y expresiones, algo que a Evan le resultaba extraño y fascinante al mismo tiempo.

—¿Me sujetas el café? —le pidió ella, entregándole la taza sin esperar su respuesta—. Tengo servilletas. —Hurgó en el bolsillo de su chaqueta y sacó unos cuantos pañuelos de papel para limpiarle la mancha del abrigo—. ¿Qué haces aquí entre la plebe? Creía que odiabas todo lo que te distraía de tus negocios.

—De vez en cuando me mezclo con el vulgo —replicó Evan con sarcasmo. La pregunta de Randi había activado todas sus defensas. Miró el café de su amiga y vio que tenía doble de nata, no era precisamente *light*.

Randi tiró los pañuelos en una papelera, se puso delante de él de nuevo y lo fulminó con la mirada. Por extraño que pareciera, Evan prefería su ira a su indiferencia. No sabía por qué.

Ella tomó un sorbo de café y le dio un gran mordisco al pastelito de chocolate, como si estuviera desafiándolo a decir algo sobre sus desastrosos hábitos alimentarios.

—Envíame la factura —le dijo con una mirada retadora.

—No creo que sea necesario —replicó él con aplomo y una calma que, en realidad, no sentía—. Aunque no estaría mal que en el futuro tuvieras más cuidado.

—¿Yo? —Su expresión se convirtió en una de asombro—. No he sido yo quien se ha parado justo en la puerta. El local está a rebosar. Podrías haber seguido andando, está claro que no para de entrar y salir gente.

Evan miró hacia atrás y se dio cuenta de que se había detenido justo frente a la puerta.

—Y tú podrías haber mirado por dónde ibas —replicó, molesto por el simple hecho de que ella tuviera razón. Se habían apartado del tráfico de gente, pero era posible que su decisión de detenerse bruscamente hubiera provocado el choque. Aunque tampoco estaba dispuesto a admitir que tenía parte de la culpa. En el lugar donde vivía, la gente siempre miraba al frente para no tropezar con los demás. Si hubieran estado en un coche, el vehículo de detrás tendría la responsabilidad de frenar antes de chocar con el de delante. Con la gente debería ser igual.

Randi devoró el último bocado del bollo y se limpió los dedos con una servilleta antes de tirarla a la papelera, sin hacerle caso. Al final le dijo:

—Lo siento. Soy humana. Cometo errores.

A pesar de sus disculpas, Evan sabía que se estaba burlando de él.

—No es fácil alcanzar la perfección —le dijo sin levantar la voz, consciente de que su afirmación la haría enfadar.

Ella dio media vuelta, echó a andar y le dijo sin mirarlo:

—Envíame la factura, Don Perfecto. Ya me encargaré yo de hallar remedio a mi anomalía.

Evan la observó alejarse, andando por la nieve, y se preguntó a dónde diablos iba. ¿Dónde tenía el vehículo?

—¡Espera! —la llamó cuando ella empezaba a desaparecer en la oscuridad. La siguió y la alcanzó al cabo de poco—. ¿Dónde has aparcado? Está muy oscuro.

—Esto es Amesport, no Nueva York. No me pasará nada —le dijo ella, y echó a andar de nuevo, a pesar de la poca luz que había—. ¿Y tú qué haces en la calle? Hace un tiempo horrible, y va a empeorar. Este frío que congela hasta las ideas y seguro que tienes cosas más importantes que hacer.

Evan se puso a andar al mismo ritmo que ella.

—No me apetecía trabajar —admitió a regañadientes—. ¿Qué haces todavía por aquí? —Sabía que era maestra y que acababa las clases por la tarde.

—He estado trabajando en el Centro Juvenil y me apetecía un café antes de irme a casa —contestó ella, a la defensiva—. Además, tenía antojo de ese pastelito que he aplastado contra tu abrigo.

—He visto que te lo has comido a pesar de todo —observó Evan.

Randi soltó un resoplido.

—Era tu abrigo. Seguro que estaba limpio como los chorros del oro.

Se estaba burlando de su ropa.

«No dejes que se salga con la suya. Ignórala».

—¿Has aparcado en el centro?

—Sí. Y tranquilo, que no me pasará nada. No es necesario que me sigas.

Evan notó que su nivel de irritación iba en aumento y estaba a punto de llegar al límite.

—¿No te parece un poco necio creer que solo pasan cosas malas en las grandes ciudades?

—En mi experiencia, es así —replicó ella con toda la calma del mundo—. Aquí recibimos todo tipo de visitantes, pero aparte de los incidentes con tus hermanos en el centro, no ha ocurrido gran cosa en Amesport.

—Ya, pero eso no significa que no pueda pasar nada —insistió Evan, a quien le inquietaba la posibilidad de que pudiera ocurrirle algo malo a Randi. Y, qué diablos, tanto Grady como Dante se las habían visto con tipos muy desagradables. Amesport era una ciudad turística. Podía haber todo tipo de locos.

Entonces Randi se volvió hacia él y lo miró a la tenue iluminación de las farolas de la calle.

—Mira, no me apetece hablar contigo en estos momentos. Llámame mañana o cualquier otro día y discutimos todo lo que quieras, pero ahora mismo estoy agotada. Ha sido un día muy largo. ¿Puedes volver a tu todoterreno y dejarme un poquito en paz?

Evan la miró. A pesar de la poca luz, vio las ojeras que tenía y el cansancio reflejado en su rostro.

Estaban delante del centro, donde él había aparcado su BMW.

—Si tú no dices nada, yo tampoco —contestó con una franqueza inusitada. Por algún motivo, no quería verla derrotada. Si no podían hablar sin criticarse el uno al otro, la acompañaría en silencio hasta el vehículo.

Ella se volvió sin abrir la boca, cruzó la calle y lo miró con aire dubitativo al ver que la seguía.

Fiel a su palabra, Evan no dijo nada mientras caminaba junto a ella. Quería preguntarle a qué se debía su cansancio, pero supuso que era porque después de la escuela había ido a dar clases de repaso a los jóvenes del centro. Obviamente, si estaba en la calle a esas horas, había tenido una jornada laboral maratoniana. Sin embargo, tenía la sensación de que había otros factores, pero no eran asunto suyo y no quería enzarzarse en otra batalla dialéctica.

«Con ella solo tengo dos opciones: o discutimos o la empotro contra la pared y hacemos el amor hasta perder el conocimiento».

Le daba igual que estuvieran al aire libre e hiciera un frío de mil demonios. Estaba tan excitado que su entrepierna le pedía a gritos que eligiera la segunda opción.

Por desgracia, ella lo odiaba y Evan no creía que pudiera convencerla para llevársela a la cama.

Sin proponérselo, agarró el cristal que tenía en el bolsillo. Ojalá tuviera una forma de comunicarse con Randi. ¿Qué la preocupaba? ¿Por qué estaba tan cansada? Le habría gustado entablar una conversación normal, pero tenía miedo de decir algo inadecuado... otra vez. Cuando ella lo obligaba a ponerse a la defensiva, no sabía qué decir. Con esa mujer siempre le ocurría lo mismo.

—Ya hemos llegado. Es este —dijo Randi con la respiración entrecortada, señalando un vehículo cubierto de nieve, uno de los pocos que quedaban en el aparcamiento.

Tiró la taza de café frío en una papelera que había cerca y Evan la imitó. En realidad, lo había pedido con desgana.

—Dame las llaves —le ordenó.

Para sorpresa de Evan, ella sacó las llaves del bolsillo para dárselas, pero se le cayó algo más al suelo. Sin pensárselo dos veces, Evan se agachó y lo recogió. Lo sostuvo en las manos unos instantes, pasmado.

—¿También tienes una de estas piedras? —preguntó con voz ronca.

—La lágrima apache. Sí, me la dio Beatrice. Cree que voy a encontrar a mi alma gemela. —Randi recuperó la piedra y se apresuró a guardársela en el bolsillo—. Me cae bien esa mujer, y no quería herirla.

Evan tomó las llaves que ella le ofrecía y abrió la puerta del vehículo. No sabía de qué marca era, cubierto como estaba de nieve, pero parecía un todoterreno pequeño. Lo arrancó de inmediato y agarró el cepillo para la nieve que había en la parte trasera para limpiar la carrocería y las ventanas.

—Puedo hacerlo yo —insistió Randi, quien intentó quitarle el cepillo de las manos.

—No me cabe la menor duda, pero permíteme a mí —le pidió Evan, impertérrito—. No es necesario que lo hagas, ya que me tienes aquí.

Al cabo de poco ya había quitado la nieve y el hielo, mientras miraba a Randi, que lo observaba con curiosidad sin perderse ni un detalle, cruzada de brazos.

—Bajo esa coraza de fanfarrón se esconde un caballero —le dijo en tono casi acusador.

—No soy misógino —se defendió Evan—. He contratado a muchas mujeres brillantes, y algunas lo son mucho más que mis empleados. —Dejó el cepillo en el vehículo, cerró la puerta para que las ventanas acabaran de desempañarse y se volvió hacia ella—. Pero debo admitir que me cuesta ver a una mujer haciendo un trabajo físico si hay disponible alguien más fuerte.

Randi frunció el ceño y recorrió con la mirada su cuerpo alto y musculoso.

—No puedo negar que eres más grande y seguramente más fuerte. Pero eso no significa que tengas que encargarte siempre del trabajo físico.

Evan observó su menuda figura. Obviamente, no podía cuestionar la diferencia de tamaño. Él medía más de un metro ochenta, de modo que era mucho más alto que ella. Era cierto que Randi tenía una constitución atlética, pero él hacía ejercicio a diario y era mucho más fuerte.

—No tengo muchas oportunidades de hacer trabajo físico, solo en el gimnasio. Tengo empleados que se encargan de este tipo de cosas por mí. Y, seamos sinceros, lavar el BMW no es un trabajo muy agotador, que digamos. —Vaciló unos segundos, antes preguntarle con un tono que esperaba que fuera relajado—. ¿Puedo hacerte una pregunta?

Randi enarcó una ceja.

—¿Qué?

—¿Beatrice va repartiendo estas piedras a todo el mundo? —Sacó su cristal del bolsillo y se lo mostró.

Randi dudó, pero acabó examinándolo. Lo miró del derecho y del revés antes de devolvérselo con una mirada perpleja.

—Creo que no —admitió—. ¿También te dio una?

—Me la envió por correo con una carta, hace un tiempo. Me dijo que me casaría en menos de seis meses —confesó a regañadientes y volvió a guardarse la lágrima apache en el bolsillo del abrigo—. Creo que ha perdido la cabeza.

Randi se rio y Evan sintió un gran placer al oír aquel sonido tan seductor.

—No está loca, es que es un poco excéntrica. Pero a veces sus predicciones se cumplen.

Evan negó con la cabeza.

—Pues conmigo se va a llevar una decepción.

—Yo estaba pensando exactamente lo mismo —admitió Randi antes de acercarse a la puerta, que se estaba deshelando. Era un todoterreno de un púrpura intenso, un color que se ajustaba a su personalidad audaz. Evan por fin pudo ver la marca y el modelo.

—¿Randi? —dijo él con voz ronca.

—¿Sí? —Se volvió hacia él y lo miró con una expresión sin rastro de hostilidad.

—No te preocupes por mi abrigo. Tengo otro igual.

No era lo que quería decirle, pero tampoco podía confesarle lo que le rondaba por la cabeza porque, en ese caso, ella le habría dado un rodillazo en la entrepierna, una zona de su cuerpo que prefería mantener intacta.

—Te he dicho que me envíes la factura si no sale la mancha. Puedes probar la tintorería que hay a la vuelta de la esquina. Han hecho milagros con algunas de mis prendas. Las manchas son un riesgo laboral para los maestros —le dijo en tono amable.

Fue su sonrisa lo que le hizo reaccionar. Randi tenía una mirada cálida y feliz, y sus labios adoptaron un gesto de alegría cuando habló de su profesión. El gesto iba dirigido a él, y no pudo resistirse. Nunca había tenido una reacción tan impulsiva, pero cuando ella le sonreía así perdía el control de su mente y su cuerpo.

Dio un paso al frente sin sopesar las distintas opciones, la sujetó contra el todoterreno y, sin pensárselo dos veces, la besó.

Evan lanzó un gruñido cuando sus labios entraron en contacto, consciente de que acababa de cometer un error que podía arrastrarlo a la locura. Su cuerpo entero se puso rígido cuando la rodeó. Entrelazó una mano en su pelo para protegerle la cabeza y mantenerla en la posición que le permitía besarla sin obstáculos. Una extraña sensación de satisfacción masculina se apoderó de sus entrañas cuando la horquilla que le sujetaba el cabello cayó al suelo y los negros mechones se derramaron sobre sus hombros.

Randi sabía a chocolate y café, y Evan se deleitó con el dulce sabor de sus labios. Fuera de control, no había pedido permiso, sino que se había tomado la mayor de las libertades. Al final ella accedió a su deseo y Evan lanzó un suspiro de alivio cuando Randi le devolvió el abrazo y los apasionados besos. Él se dejó arrastrar por la sensación, sin que le afectara el frío que los rodeaba. Su instinto le decía que debía hacerla suya, asegurarse de que recordara la llama que ardía entre ambos mientras se besaban como si no pudieran vivir el uno sin el otro. La erección de Evan buscaba alivio inmediato, estimulada por la pasión con la que ella había respondido a su acometida inicial.

Cuando por fin se apartó unos centímetros, Randi no pudo contener los jadeos. De hecho, los dos estaban sin aliento. Evan tardó unos minutos en soltarla. Siguió abrazándola, sin decir nada. Solo oía la respiración agitada, que formaba nubecillas que subían hacia el cielo nocturno arrastradas por el gélido aire. Poco a poco, y a regañadientes, apartó la mano de su pelo sedoso y retrocedió.

—Podemos fingir que no ha sucedido —dijo Randi con un hilo de voz.

¡Cómo iban a fingir eso! Evan sabía que iba a tener sueños húmedos con lo que podría haber ocurrido si no hubiesen estado en medio de un maldito aparcamiento congelado.

—Creo que yo no podré —admitió.

—Sí que podemos —insistió Randi con optimismo—. No congeniamos. Esto ha sido una reacción puramente física.

Sí que era física, pero no era una locura producto del azar. Él quería desnudarla y metérsela hasta el fondo, arrastrado por un instinto irracional que había nacido en el mismo momento en que se conocieron, y que estaba seguro de que no iba a desaparecer así como así. Y mucho menos después de haber probado sus labios, de haber comprobado su reacción. Ella también lo deseaba y el hecho de saberlo cambiaba las reglas del juego al que se habían sometido desde que se conocían.

«Quizá no le caiga bien, pero siente la misma química que yo».

—¿Tienes acompañante para la fiesta de Hope? —Evan no hizo ni caso de su sugerencia para que fingieran que no la había tocado. La había besado... y ambos habían disfrutado.

—No.

—Pues irás conmigo —decidió. Sacó el teléfono del bolsillo y se lo dio—. Llama a tu número para que tengas el mío. Cuando llegues a casa, me avisas. —No le gustaba el fuerte viento que soplaba ni la intensa nevada.

Ella lo miró, perpleja, mientras marcaba su número. Lo dejó sonar para que quedara registrado y se lo devolvió.

—Evan, creo que no...

Él le tapó los labios con un dedo.

—No le des más vueltas. Acompáñame a la fiesta.

Randi asintió lentamente, como si todavía se encontrara en aquel estado de trance provocado por el placer. Evan decidió que le gustaba esa mirada. Pero su siguiente objetivo era ver la cara que ponía cuando llegaba al orgasmo y gritaba su nombre, estremeciéndose de placer, mientras él se la metía hasta el fondo.

Estaría arrebatadora y Evan se moría de ganas de compartir esa experiencia con ella. Quizá le serviría para olvidar esa extraña sensación que se había apoderado de él y que le desgarraba las entrañas.

Tuvo que hacer un esfuerzo casi sobrehumano para dar media vuelta e irse, pero al final lo consiguió. No quería darle la oportunidad de pensar, de que cambiara de opinión. Se detuvo para recoger la horquilla que había caído al suelo y se la guardó en el bolsillo.

Se dirigió lentamente hacia su BMW, satisfecho al ver que el todoterreno de Randi avanzaba despacio por el aparcamiento y se dirigía a la salida.

«¿Qué diablos acaba de ocurrir?».

Evan aceleró el paso cuando vio desaparecer en la noche los faros del SUV de Randi, todavía sorprendido por su propio comportamiento. No era un hombre que acostumbrara a ceder a los impulsos, pero esa vez... no había podido resistir la tentación.

No se arrepentía de nada de lo ocurrido. Desde que se conocieron, la tensión sexual entre ellos no había hecho más que aumentar. Ahora que sabía que la atracción era mutua, comprendía la verdad.

Randi se equivocaba. No se odiaban: lo que sentían era el deseo en su forma más carnal. Él había intentado hacer caso omiso porque le aterraba perder el control de su vida. Y quizá a ella también le preocupaba.

¿Qué daño podía hacer pasar algo de tiempo juntos? Quizá podían acostarse hasta que se agotara la atracción. Era lo más probable si se dejaban guiar por sus fantasías. Evan nunca había estado más de una vez con la misma mujer. Las relaciones no eran lo suyo y, por ello, buscaba a mujeres que quisieran lo mismo que él... sexo de una noche para quitarse el ansia. La mayoría eran mujeres de éxito que llevaban una vida muy ocupada debido a su carrera o sus negocios. Y ese tipo de relaciones siempre le habían parecido bien.

Evan lanzó un suspiro masculino cuando por fin llegó a su BMW, pensando que probablemente iba a necesitar más de una noche para exorcizar toda la lujuria que despertaba Randi en él.

De hecho, quizá necesitaría muchas.

Y eso, algo raro en él, le parecía bien.

Capítulo 4

El Baile de Invierno de Amesport se canceló y fue pospuesto para el siguiente fin de semana debido a la ventisca que había sufrido la zona.

Randi lanzó un suspiro y miró por la ventana de la pequeña casa que había heredado, contenta de tener cinco días más para encontrar una excusa y no asistir al evento con Evan.

«¿Por qué demonios dejé que me besara? Y lo que es peor aún: ¿por qué me gustó tanto?».

Llevaba dos días dándole vueltas a la pregunta, desde que Evan había puesto su vida patas arriba con ese abrazo, tan apasionado y posesivo que no había podido quitárselo de la cabeza desde entonces.

«¡Maldita sea! No quiero sentirme atraída por Evan Sinclair».

Cansada y decepcionada por el plantón de Liam, que no se había presentado, lo último que necesitaba el viernes era tropezarse con Evan Sinclair al salir del Brew Magic.

«¿Por qué él? De entre todos los hombres, justamente él...».

Esa noche no supo hasta llegar a casa que Liam estaba enfermo con gripe. El pobre no tenía su número de teléfono móvil y no había podido llamarla a ella ni ponerse en contacto con Tessa. Tenía muy mala voz en el mensaje que le había dejado en casa y Randi no dudó ni un instante de que estaba enfermo de verdad. Ella, por su parte, le envió un mensaje de texto a Evan (porque llamarlo habría sido demasiado personal) para comunicarle que había llegado bien a casa, y luego un mensaje de correo electrónico a S. para que no se preocupara.

En los últimos dos días se había quedado encerrada en casa por culpa del mal tiempo. Nevaba tanto que los quitanieves no daban abasto para mantener las carreteras despejadas. Vivía a quince kilómetros de la ciudad, en una finca de dos hectáreas muy tranquila. Dennis y Joan nunca habían podido permitirse una casa en primera línea de mar, y a ella no le importaba no vivir junto a la playa. En esa zona había demasiada gente, y en verano se ponía imposible de turistas. A Randi le encantaba tener su espacio para respirar sin agobios.

Dejó caer la cortina y se volvió hacia la pequeña sala de estar. Aún quedaban muchas pertenencias de sus padres, pero le gustaba que fuera así. Se había quedado todo lo que había podido, para tenerlos siempre presentes.

Se le encogió el corazón al ver la fotografía de los tres, una familia, abrazados en la playa poco después de que la trajeran consigo a Amesport. Dennis y Joan habían sido los padres que nunca había tenido, a pesar de que, por edad, más bien les habría correspondido ser sus abuelos. Sin embargo, a Randi nunca le había importado. Ambos habían sabido llenar un vacío emocional que había sentido durante toda la vida. En ese momento era como si el oscuro agujero negro hubiera resucitado. Tenía la sensación de que nada podría llenarlo de nuevo.

Apartó los ojos de la fotografía. Sabía que, con el tiempo, el dolor remitiría. Tarde o temprano lo único que sentiría al ver las imágenes de sus salvadores sería alegría, pero ese día aún estaba lejos.

—Tengo que ducharme. —Su golden retriever, Lily, levantó la cabeza y la miró con ojos curiosos, llenos de vida—. Huelo fatal —le dijo a la perra, que ladeó la cabeza como si la hubiera entendido.

Randi se había pasado la mañana haciendo ejercicio y meditando, de modo que los pantalones de yoga y la camiseta se le ceñían al cuerpo como una segunda piel a pesar de la nieve que caía fuera.

Lily la siguió mientras se desvestía y dejaba la ropa en la cesta al entrar en el baño.

—Tenemos que comprar comida para las dos —dijo Randi, que abrió el grifo de la ducha y miró a la perrita, tumbada en la alfombrilla junto a ella.

Se había quedado casi sin comida y tenía hambre. Y en cuanto a Lily, también había abierto la última bolsa de alimento. Tenía que despejar el camino con su viejo *quad* quitanieves del garaje, y luego cruzar los dedos para que su pequeño cuatro por cuatro pudiera circular por las carreteras nevadas. Se aproximaba otra tormenta después de la que ya estaban sufriendo, por lo que el tiempo no iba a hacer sino empeorar. A pesar de que aún nevaba, quizá ese fuera el único intervalo de calma que tendrían en los siguientes días. Si la previsión meteorológica no se equivocaba, la inminente tormenta iba a ser tan intensa como la primera.

Algo más relajada después de la ducha, Randi entró en el que había sido el dormitorio de sus padres. Lo había reconvertido en su despacho porque no soportaba la idea de usarlo para dormir. Aún no. Quizá nunca.

«Solo es mediodía. Tengo que comprobar el correo».

Estaba intentando engañarse a sí misma. Cuanto antes saliera a despejar el camino, antes conseguiría la comida. Pero no había comprobado si había recibido respuesta de S., y quería saber qué pensaba del mensaje que le había enviado ella el viernes.

Se sentó al pequeño escritorio, abrió el portátil y esperó a que se iniciara el sistema.

Estimada M.:

Siento que te dejaran plantada. Qué diablos... No lo siento. No quiero que te pase nada malo, entiéndeme, pero estaba muy celoso del hombre con el que habías quedado. A lo mejor no se recuperará hasta dentro de unas semanas y no podréis volver a quedar.

Al final me quedé atrapado por la ventisca y sigo en Maine. Me quedaré hasta que mejore el tiempo, así que tendrás que darme conversación. ¿Qué estupidez has hecho al ver que tu cita no aparecía?

Sinceramente,
S.

Randi miró la fecha del mensaje. Le había respondido poco después de que ella le hubiera enviado el mensaje, dos días antes. Sin embargo, había estado demasiado inquieta y había decidido entretenerse con otras cosas y no abrir el correo.

En su misiva, ella le había dicho que había sido un día muy largo y que había cometido una estupidez. Randi no sabía si quería confesarle todo lo que había hecho.

«Besé a Evan Sinclair. Bueno, me besó él, pero yo le devolví el beso. No quiero desearlo. No quiero sentirme atraída por él».

—Si no lo soporto, ¿por qué me sentí así? —le preguntó a Lily, que estaba junto a sus pies. Randi sonrió cuando su perrita levantó la cabeza y lanzó un largo bostezo—. Los problemas humanos te aburren, ¿verdad? —Supuso que sus dificultades no eran muy importantes para una criatura a la que solo le preocupaba tener comida, que le rascaran la barriga y que jugaran a lanzarle cosas.

Estuvo un rato meditando hasta dónde quería contarle a su amigo epistolar. Y al final decidió revelarle la verdad.

Estimado S.:

¿Alguna vez te has sentido atraído por alguien que no te gustaba como persona? Yo no. Al menos hasta ahora. Creía que nunca me sucedería algo así. ¿Cómo es posible desear intimar con una persona que no te cae bien?

Randi le dio vueltas a la pregunta un rato, antes de pulsar el botón de «Enviar». Hablaba de muchas cosas con su amigo, pero nunca se habían adentrado en un territorio tan personal. Sin embargo, ella había descubierto que el hecho de ser anónimos le permitía hablar abiertamente de sus sentimientos y de todo lo que se le pasaba por la cabeza. En muchos sentidos, a lo largo del último año había establecido un vínculo indescriptible con S. Y había pocas cosas que no estuviera dispuesta a contarle.

Por ello no se sorprendió cuando apareció una respuesta en su bandeja de entrada al cabo de unos momentos.

Estimada M.:

Creía que tu cita no se había presentado. ¿De quién estamos hablando?

Randi esbozó una sonrisa y contestó enseguida. Sabía que su misterioso amigo no tardaría en responder. ¿Qué otra cosa podía hacer durante una ventisca?

Estimado S.:

En realidad no me dio plantón, sino que estaba enfermo. Me refería a otro hombre al que conozco desde hace tiempo. Siempre me ha parecido atractivo, pero no me cae bien. ¿Cómo es posible?

El mensaje de Evan no se hizo esperar.

Estimada M.:

Si quieres que te diga la verdad, no lo sé. Pero sí sé que dos personas pueden caerse muy mal mutuamente y, aun así, sentirse atraídas. Yo también he pasado por una experiencia similar hace poco.

Randi se quedó algo sorprendida, incapaz de discernir qué sentimientos suscitaba en ella el hecho de que su amigo por correspondencia deseara a otra. Le había hecho compañía durante momentos muy difíciles, y le dolía un poco que hubiera otra mujer en su vida. Ella siempre había supuesto que no tenía pareja, como era su caso, y que ese era uno de los motivos por el que habían conectado tan bien.

Al final se encogió de hombros. S. era un hombre agradable y ella no habría dejado pasar la oportunidad de salir con alguien con quien conectaba y que le gustaba. Era natural que hubiera otras mujeres en su vida. El único problema era que ella nunca había tenido en cuenta esa posibilidad. Cuando hablaban los viernes por la noche, siempre bromeaban y se reían de que estaban solos en lugar de salir por ahí a conocer a gente.

Estimado S.:

Me alegra que no me pase solo a mí. No tengo nada en común con ese tipo, que me parece detestable. Sin embargo, lo encuentro irresistible físicamente. Qué raro, ¿verdad?

Tardó un minuto en recibir respuesta.

Estimada M.:

No es tan raro. Aunque creo que deberías mantenerte alejada de él. Te mereces a alguien que te adore y, por lo que dices, él es un auténtico cretino. No te conformes con menos.

Randi lanzó un suspiro mientras leía la respuesta. ¿Por qué no podía conocer en la vida real a un hombre tan agradable como su amigo epistolar?

Estimado S.:

A lo mejor soy una arpía medio loca. A veces lo pienso de verdad.

Soltó una carcajada al leer su respuesta.

Estimada M.:

Imposible. No tienes ni un poquito de maldad.
Salvo en lo que respecta a conocernos en persona.

Randi lanzó un suspiro. Una parte de ella sí deseaba ver al misterioso S., pero sabía que eso nunca ocurriría. En el fondo, no estaba segura de que él quisiera conocerla, aunque le había dicho que sí. El hecho de ser anónimos era lo que les permitía tener tan buena amistad y Randi no quería renunciar a esa relación. No quería correr el riesgo de perder a un buen amigo por el hecho de conocerlo en persona.

Estimado S.:

Eso solo demuestra que no me conoces muy bien.
Tengo que salir a comprar comida para mi perra y comida basura para mí. Así podré sobrevivir a la siguiente ventisca. Cuídate.

Ya hablaremos,
M.

Esperó a recibir su respuesta.

Estimada M.:

Ten cuidado. Aunque vivas en una ciudad pequeña, todas las carreteras están en mal estado. Avísame cuando llegues a casa.

Después de leer su mensaje, apagó el portátil. No sabía que vivía en las afueras de la ciudad y que le iba a costar bastante regresar a su casa. De hecho, empezaba a gustarle su instinto protector. Era agradable saber que alguien se preocupaba por ella.

—¿Vamos a dar una vuelta?

Randi señaló la puerta cuando se levantó del escritorio. Lily se puso en pie y empezó a menear la cola ante la posibilidad de sentarse en el *quad* mientras su dueña limpiaba la nieve del camino de acceso a la casa.

Randi sonrió al oír los ladridos de entusiasmo de su perrita, que echó a correr hacia la puerta. La pequeña sabía qué significaba «dar una vuelta».

Intentando dejar a un lado todos los pensamientos relacionados con Evan Sinclair, se dispuso a terminar todas las tareas pendientes antes de que empeorara el tiempo.

CAPÍTULO 5

—Cuéntame otra vez qué hacemos aquí —le pidió Hope a Evan, mientras recorrían los pasillos del supermercado que estaba más cerca de la península. Ella ponía la compra en el carro y él lo llevaba entre las estanterías de comida preparada.

—Porque me dijiste que Randi vive en las afueras y que podría necesitar algo —respondió Evan armándose de paciencia, a pesar de que se lo había explicado varias veces—. El servicio de meteorología dice que se aproxima una nueva tormenta.

«¿Y si no puede desplazarse a la ciudad?».

«¿Y si se queda sin electricidad, aislada en el campo?».

«¿Y si no tiene suficiente comida?».

Hope metió una bolsa de patatas y un bote de salsa en el carro, se detuvo y puso los brazos en jarra.

—¿Desde cuándo te preocupas tanto por ella? He hablado con Randi esta mañana para ver si necesitaba algo y me ha dicho que no. Tenía electricidad y se estaba preparando para limpiar la nieve del camino de su casa. También me ha dicho que a lo mejor tenía que acercarse a la ciudad. Hace catorce años que vive en Maine. Créeme, Evan, Miranda Tyler sabe cuidar de sí misma.

—¿Miranda? —Evan miró a su hermana, confundido.

Hope siguió llenando el carro.

—Miranda es su nombre de pila, pero todo el mundo la llama Randi —le aclaró.

—¿No se crio aquí? —preguntó. Siempre había supuesto que había nacido en Amesport.

Evan se inclinó hacia delante para quitar la bolsa de patatas y la salsa con intención de devolverlos a la estantería. Era comida basura, sin apenas valor nutricional.

—¡Quieto ahí! Deja todo eso en el carro. Me has pedido que viniera a ayudarte para elegir lo que le gusta a Randi. Esa es su comida favorita.

Evan miró el carro y frunció el ceño.

—¿Es que no prueba nada sano?

La carcajada de Hope resonó en el supermercado abarrotado de gente.

—Creo que no aprobarías casi nada de lo que elige. Es una adicta a la comida basura, pero le gusta correr, por lo que quema las calorías en cuanto entran en su cuerpo. —Le arrancó las patatas de las manos, las dejó en el carro y añadió unos *bagels*.

—Entonces ¿su familia se trasladó aquí cuando ella era adolescente?

Evan estaba buscando información y su hermana era consciente de ello. Hope le había lanzado varias miradas de perplejidad desde que él le había pedido que dejara al bebé con Jason para acompañarlo al supermercado.

Evan había pasado gran parte del fin de semana visitando a su familia. Era fácil desplazarse en la península porque todos vivían cerca unos de los otros. Además, tenían un quitanieves solo para ellos, por lo que las carreteras y los caminos estaban siempre despejados.

Micah tenía razón en cuanto a David: no era calvo. El recién nacido tenía el pelo muy fino y se parecía a su padre... una barbaridad. Pero en opinión de Evan también se parecía a su hermana y la primera vez que vio a su sobrino lo embargó una sensación de orgullo del todo inesperada. No era un hombre al que le gustaran demasiado los niños pequeños, pero David era un nuevo miembro de la familia, y su instinto protector se había activado de inmediato en cuanto vio al inocente bebé. Evan sabía que en los siguientes años iba a estar muy ocupado asegurándose de que su sobrino no se apartaba del camino correcto. No era que no confiara en su hermana y Jason como padres, pero Hope no había elegido una profesión muy ortodoxa, que digamos. No podía interferir en sus decisiones, claro, pero tampoco quería alejarse mucho de la nueva generación de Sinclair por si su sobrino necesitaba... orientación. Técnicamente, Evan sabía que David era un Sutherland, pero no le importaba qué apellido llevase; por sus venas corría la sangre Sinclair, y era el primer hijo de su hermana y su primer sobrino.

Evan miró a Hope esperando a que contestara. Su hermana parecía desconcertada, algo poco habitual en ella. Él enarcó una ceja y ella lo miró con recelo, como si estuviera sopesando la respuesta.

Al final le dijo:

—No. No nació aquí. Randi se trasladó de California a Amesport cuando tenía catorce años.

—¿Con sus padres? —A Evan no le parecía extraño el hecho de mudarse a otra ciudad. Era una decisión habitual por distintos motivos.

—Con sus nuevos padres —admitió Hope—. Los Tyler fueron los padres de acogida de Randi, más o menos.

—¿Más o menos? —¿Cómo podía alguien ser más o menos padre de acogida? Lo eran o no lo eran, independientemente del tiempo que Randi hubiera vivido con ellos.

Hope se encogió de hombros y le dirigió una mirada de súplica.

—Es Randi quien tiene que contarte esa historia. Yo te contado hasta donde me siento cómoda. Los Tyler eran mayores, pero le dieron un buen hogar.

«Se llama Miranda».

«Sus padres de acogida eran mayores y probablemente ya habrán fallecido».

«Le encanta la comida basura».

Evan se detuvo bruscamente porque las alarmas se habían disparado en su cabeza. No podía ser...

—¿Hace poco que ha perdido a su madre de acogida? —Contuvo la respiración, apretando la mandíbula. ¿Qué posibilidades había?

Era una coincidencia. Muy improbable. No podía ser que Randi fuera...

—Sí. —Hope miró a su hermano con recelo—. ¿Cómo lo sabes? Joan falleció hace un mes. Randi estaba destrozada.

—¡Mierda! —La palabrota resonó como un cañonazo—. ¡No es posible!

Hope lo agarró del brazo, sonriendo a la gente que miraba a Evan, como intentando transmitir que no había ningún problema.

—Creo que estás asustando a los demás clientes. ¿Qué te pasa?

—Nada —contestó él con voz ronca, fijándose en el gesto de preocupación de Hope—. Todo —admitió al final.

Se sentía como si un peso pesado le hubiera dado un puñetazo en el estómago.

Estaba convencido de que Randi Tyler y la misteriosa M. eran la misma persona. No era ninguna coincidencia. Las posibilidades de que dos mujeres de Amesport hubieran perdido a su madre de acogida anciana en los últimos tiempos eran demasiado reducidas.

—Acabemos de una vez —le dijo a Hope bajando el tono de voz y empujó el carro.

Hope le lanzó una mirada de recelo, pero siguió poniendo comida en el carro mientras Evan intentaba procesar la información que acababa de descubrir. Cuanto más pensaba en ello, más encajaban las piezas. Randi trabajaba a menudo de voluntaria en el centro y era una buena amiga de Emily.

—¿Y está saliendo con alguien? —preguntó Evan con curiosidad mientras su hermana elegía un pastel, una auténtica bomba de azúcar. El carro estaba lleno hasta arriba. Randi tenía suficiente comida para sobrevivir a un largo asedio, aunque la mayoría de alimentos no eran muy nutritivos.

Hope lo miró de reojo y negó con la cabeza.

—Ninguna relación seria. Tessa ha intentado que salga con su hermano, Liam. Son los propietarios del Sullivan's Steak and Seafood. Sirven los mejores sándwiches de langosta de la ciudad.

—Nunca he oído hablar de ese sitio —murmuró Evan.

—A Liam le va muy bien con el restaurante. También es muy majo. Seguro que si algún día pueden tener una cita de verdad, acaban congeniando. Espero que ella encuentre a alguien. Se merece tener a un buen hombre en su vida.

Por encima de su cadáver. Quizá él no fuera el candidato ideal que su hermana tenía en mente, pero no le importaba.

—No es el tipo ideal para ella —se apresuró a decirle a Hope—. Necesita a alguien que la entienda.

—¿Y ese hombre es...? —Dejó que su hermano acabara la frase.

—Yo —gruñó él en voz baja para que no lo oyera nadie más.

—Pero si no os soportáis —replicó ella, confundida.

—No la odio. Nunca la he odiado —admitió Evan siguiendo a Hope, que dobló la esquina y tomó el pasillo de la comida para animales—. Es que no sé de qué hablar con ella.

Hope señaló una bolsa de comida para perros que parecía lo bastante grande para alimentar a un caballo.

—¿Puedes poner una de esas?

Evan levantó la bolsa y la dejó en la parte inferior del carro.

—¿Es que tiene una perrera? —gruñó después de levantarse.

Hope se rio.

—No... solo Lily, su golden retriever. Pero sale a correr con ella y es muy activa. No es una bolsa tan grande. —Dudó antes de añadir—: Otro dato que tener en cuenta... no te gustan los perros. —Hope soltó un suspiro de exasperación y se volvió hacia él—. En cuanto salgamos de aquí me cuentas lo que está pasando.

—Ya veremos —le dijo Evan con toda la calma. No sabía hasta dónde podía contarle. Qué diablos, ni siquiera él lo sabía, no había asimilado la idea de que ambas mujeres eran la misma persona.

—Como no me lo cuentes, llamaré a Randi para que lo haga ella —lo amenazó Hope.

—¡No! —le pidió él—. Te lo contaré. —Podía meterse en problemas si Hope empezaba a investigar. No sabía si Randi le había hablado a su hermana de la relación ciberepistolar que mantenía, pero ambas eran inteligentes y no tardarían en descubrirlo todo.

Hope asintió y empujó el carro hacia la caja.

—Bien. Sabía que entrarías en razón —dijo con tono de suficiencia.

¿Desde cuándo era tan mandona y manipuladora? Evan no se había dado cuenta del cambio de su hermana menor, que con el paso de los años se había transformado en una dura negociadora.

Guardó silencio mientras pagaban. Aún no podía creer lo que había pasado.

Le gustaba M. Siempre le había gustado.

Y se sentía muy atraído por Randi, también conocida como Miranda, pero no podía decir que le cayera bien. Quizá ahora sabía que no la odiaba, pero afirmar que simpatizaba con ella era una exageración, aunque su entrepierna la adoraba.

Si combinaba a ambas mujeres en una sola... sabía que estaba condenado, y no en el buen sentido de la palabra.

Evan no dijo nada más hasta que llegaron al vehículo de Hope, y entonces no le quedó más remedio que contarle toda la historia. Por desgracia, cuando abrió las compuertas de su interior, ya no pudo parar.

***

—Oh, Evan —dijo Hope en voz baja, acariciándole la cara a su hermano. Las lágrimas le corrían por las mejillas cuando él acabó el relato de la última historia de su infancia—. ¿Por qué te enfrentaste a ello solo? Podríamos haberte ayudado o, al menos, ofrecerte nuestro apoyo. No tenías por qué cargar con todo.

Él se encogió de hombros.

—Soy el mayor. Mi responsabilidad era cuidar de todos vosotros.

A Hope se le partió el corazón al darse cuenta de que Evan se había enfrentado a un gran número de desafíos siendo muy joven. Y aún no se había recuperado del todo.

—Ahora somos todos adultos. No es necesario que cuides de nosotros, pero siempre te querremos y te necesitaremos como hermano.

Evan le agarró la mano y la miró con sus ojos azules. Por una vez, su rostro reflejaba cómo se sentía realmente. Era un hombre acosado por los remordimientos y Hope sabía por qué.

—Yo te fallé más que nadie —murmuró él—. No estuve a tu lado cuando más me necesitabas.

Hope rompió a llorar de forma tan desconsolada que apenas podía ver a su hermano. ¿Cómo podía culparse a sí mismo por lo que le había pasado a ella? Era adulta y debía tomar sus propias decisiones. A pesar de todo lo que le había ocurrido, no se arrepentía de su pasado, porque le había permitido conocer a Jason y tener un precioso hijo con él. Además, todos los horrores que había vivido no tenían nada que ver con su hermano. Hope se había encargado de no despertar sospechas y en ningún momento había esperado que él acudiera a salvarla. Quería hacerlo todo a su manera.

—No quería que lo supieras, Evan. No quería que lo supiera nadie. Por primera vez en mi vida era libre y me encantaba esa sensación. No podrías haber hecho nada para evitarlo, de modo que no es culpa tuya. Yo era una persona adulta y la única responsable de mis actos. —Tenía que encontrar una forma de que su hermano comprendiera que no era el responsable de todo lo malo que pudiera ocurrirles a los demás. Evan era tan bueno que se culpaba de todas las desgracias de la familia, pero no podía seguir así—. No fue culpa tuya —insistió ella, con la esperanza de que él la creyera de una vez por todas.

—Nuestro padre fue un desgraciado y nuestra madre nunca se preocupó por ninguno de nosotros. Alguien tenía que protegeros a todos —dijo a la defensiva.

—¿Y quién te protegía a ti? Tú también eras un niño —señaló ella con voz suave. Le acarició el brazo a su hermano y apoyó la mano en el asiento de cuero del vehículo.

—Creo que nunca fui un niño como los demás —declaró Evan.

En ocasiones Hope se preguntaba si su hermano alguna vez había sido solo un niño. Le parecía que había nacido con traje y corbata, listo para ser adulto. Pero, por supuesto, no siempre había sido así y no había tenido a nadie que lo acompañara durante la infancia. Ahora entendía por qué Evan era como era, y sabía que debía intentar ayudarlo. Se le partía el corazón al pensar en lo injusta que había sido la vida con él y en la insistencia de su hermano para ejercer de protector. Siempre se había mostrado distante, pero, en el fondo, los necesitaba a todos. Y lo cierto era que ellos también lo necesitaban. La familia entera debía unirse para ayudar a cicatrizar las heridas de la infancia.

—Creo que debes contárselo a Grady, Dante y Jared.

Todos estaban preocupados por su hermano mayor, por la distancia que se había establecido entre ellos. Hope entendía el motivo, hasta cierto punto, pero había que poner fin a la situación. Evan se equivocaba si creía que ya no lo querían. No había llegado a decirlo, pero Hope notaba que era eso lo que pensaba. Todos lo amaban, tanto si él quería aceptar ese afecto como si no. Era cierto que a veces se comportaba como un cretino. Pero, al volver la vista atrás, también sabían que el primogénito había ejercido de protector de todos en un momento u otro. Y en esos instantes a Hope le dolía que ninguno de ellos se hubiera dado cuenta de que Evan también se había enfrentado a sus propios problemas.

—No sé si podré —confesó en voz baja—. Ahora sois todos tan felices...

«¿Acaso cree que ya no necesitamos ni queremos a nuestro hermano mayor?», pensó Hope.

Se le cayó el alma a los pies al comprender lo que sucedía: Evan creía que su papel de hermano mayor ya no tenía sentido ahora que todos eran adultos. Había ejercido de padre durante tantos años, que había olvidado lo que significaba ser hermano.

—Aún te necesitamos, Evan. Te queremos. No tienes por qué ser perfecto.

—Soy lo más parecido que existe a un hombre perfecto —gruñó Evan—. Es imposible no tener ningún fallo.

Hope estalló en carcajadas. Empezaron a correrle las lágrimas por las mejillas al pensar que su hermano mayor nunca cambiaría en algunos aspectos, pero también sabía que no quería que fingiera ser alguien que no era. Evan se había convertido en el producto de su educación y de las experiencias que había vivido. Era un buen hombre, pero necesitaba una mujer que lo ayudara a reírse de sí mismo de vez en cuando.

Randi sería perfecta para él, pero la situación no era la ideal. Después de todo lo que había descubierto sobre su hermano, lo último que quería era que le rompiesen el corazón. Evan, por su parte, se había limitado a admitir que sentía una extraña atracción por Randi, y que se había ido encariñando con ella a lo largo de su relación epistolar, aunque en ningún momento había sospechado que Randi y su misteriosa amiga en realidad eran la misma persona. Aun así, Hope había detectado todas las señales de un enamoramiento. Ella tenía un marido del que había estado enamorada gran parte de su vida, de modo que no le costó reconocer la atracción que describía Evan como algo más importante de lo que él creía.

—Calla y dame un abrazo, Evan —insistió ella, esbozando una sonrisa a pesar de las lágrimas.

Él se inclinó hacia un lado con los brazos abiertos.

—Claro, si es lo que necesitas...

«No soy la única que lo necesita».

Hope se lanzó a sus brazos, convencida de que su hermano lo necesitaba tanto como ella. Evan la estrechó con fuerza y ella apoyó la cabeza en su hombro. En esos momentos solo deseaba que alguien especial como Randi pudiera ayudarlo a aliviar su dolor. Él había sido la piedra angular de la familia, el hermano que siempre estaba a disposición de los demás, pero en ese momento le correspondía hacer las paces con su pasado. Y Hope iba a hacer cuanto estuviera a su alcance para conseguirlo.

—¿Tienes alguna sugerencia? —preguntó Evan.

Ella sabía que se refería a la situación con Randi. Cuando volvió a sentarse en su sitio y se secó las lágrimas, le dijo:

—Muchas. Tenemos que hacer otra parada de camino a la península. Debes relajarte un poco. Luego puedes dejarme en casa y así le llevas tú las provisiones a Randi. La llamaré para que no intente acercarse a la ciudad. Llévate mi todoterreno y que el quitanieves vaya delante para despejar la calzada. La carretera que lleva a su casa solo tiene un carril en cada dirección y en estas condiciones es difícil transitar por ella.

Evan la miró con cierto recelo, pero no dijo nada. Puso la marcha y le preguntó adónde quería ir. Hope le dio una serie de instrucciones y él obedeció en silencio. Por una vez, ella no se sintió confusa por la actitud distante de su hermano, porque sabía que no se debía a la indiferencia. Una gran parte del Evan que todos conocían no era más que fachada. Era un tipo arrogante, sin duda, pero aquel rasgo ocultaba mucho más.

—Dobla a la derecha al llegar al semáforo —le indicó, mientras se preguntaba si iba a oponer mucha resistencia cuando viera que quería comprarle ropa más informal.

—¿Desde cuándo te gusta tanto dar órdenes? —preguntó Evan bruscamente, pero aminoró la marcha para girar a la derecha.

Hope sonrió al oírlo.

—Siempre he sido así —contestó—. Lo que pasa es que nunca te habías dado cuenta porque te gusta mandar más que a mí.

Evan no replicó, pero Hope vio que sus labios esbozaban una sonrisa apenas perceptible.

Se puso cómoda en el asiento calefactable de cuero, con una sonrisa de oreja a oreja. Evan también lucía algo parecido a una sonrisa. Para la mayoría de personas no habría sido nada extraordinario, pero para ella fue un gesto muy importante.

Capítulo 6

Randi se quedó sin electricidad en torno a las dos, justo cuando se estaba preparando para ir a la ciudad.

Hope la llamó al móvil al cabo de unos minutos para avisarla de que le habían comprado algo de comida y que iban a pasarse por su casa al cabo de poco.

—Se ha ido la luz —contestó con tristeza, mientras metía algo de ropa en una bolsa—. Voy a tener que ir a la ciudad hasta que pase la ventisca. El generador no funciona.

Randi lo había descubierto poco después de que se fuera la electricidad. Al vivir en el campo era algo que le ocurría más a menudo y durante más tiempo que a los habitantes de la ciudad. Debería haber comprobado el estado del generador antes del invierno, pero Joan estaba tan enferma que se le olvidó.

—Me alojaré en un hostal durante un par de días. Seguro que tienen alguna habitación libre. Estamos en temporada baja.

—¡Ni hablar! —exclamó Hope—. Quédate con nosotros. Tenemos espacio de sobra y un generador con potencia suficiente para toda la casa.

—Pero acabáis de tener un bebé...

—Y tú tienes amigas. Muchas —insistió Hope con firmeza—. Ven ahora mismo. Dile a Evan que te acompañe a nuestra casa. No creo que tarde mucho en llegar para dejarte la comida.

—¿Evan? —Randi se detuvo en seco y dejó de guardar la ropa interior en la bolsa.

—Ha insistido en llevarte las provisiones en persona. Estaba preocupado por ti.

—¿Evan? —repitió Randi, que no se imaginaba a uno de los hombres más ricos del mundo llevando la compra a casa de nadie, y menos aún preocupado ante la posibilidad de que ese alguien se quedara aislado por la tormenta.

—No es tan malo como crees —le aseguró Hope con voz dulce—. Quizá no se le dé muy bien expresar sus sentimientos, pero te aseguro que tiene un buen corazón.

Randi notó el poso de orgullo que rezumaban las palabras de Hope y no se vio capaz de decirle que su hermano era un cretino arrogante.

—Es todo un detalle por su parte —admitió a regañadientes, preguntándose qué motivos ocultos podía tener Evan para hacerle un favor. Los hombres como él no se ocupaban de ese tipo de servicios triviales solo porque alguien lo necesitara. Seguro que albergaba alguna intención no confesada. Randi imaginaba que todas las hermanas querían creer que sus hermanos tenían buen corazón, pero ella no había detectado la menor prueba de que este fuera el caso de Evan.

—¿Puedes hacerme un favor? —le preguntó Hope.

—Claro —respondió Randi, que adoraba a su amiga y estaba dispuesta a hacer cualquier cosa por ella...

—Dale una oportunidad a Evan.

Bueno... cualquier cosa excepto eso.

—No nos caemos bien, Hope. No nos soportamos. Somos demasiado distintos para ser amigos.

No era que Randi no lo hubiera intentado, y de hecho no podía olvidar el apasionado beso que se habían dado unos días antes. Sin embargo, tener una relación con un multimillonario desalmado como Evan sería un gran error. A pesar de que existía una química muy intensa entre ambos, no podían pasar juntos más de un minuto sin discutir o sin ignorarse mutuamente para no pelearse.

—A veces las apariencias engañan —añadió Hope.

—¿Me estás diciendo que tu hermano no es un idiota? —le preguntó Randi sin rodeos. Quizá su amiga lo veía con otros ojos.

—No —admitió ella, con una sonrisa—. A veces es un idiota, pero quizá tenga sus motivos. Ya sabes que no tuvimos una infancia normal.

A Randi se le encogió el corazón al percibir el deje de vulnerabilidad en la voz de Hope. Se veía a menudo con las esposas de los demás hermanos Sinclair, así como a sus amigas Kristin y Tessa, y todas ellas habían acabado forjando una estrecha amistad. Compartían la mayoría de sus secretos y Randi sabía lo opresiva y deprimente que había sido la infancia de su amiga. A saber todo lo que debía de haber sufrido el hijo mayor de un padre alcohólico y neurótico. Era obvio que el progenitor había tenido unas expectativas muy altas sobre su hijo.

—Lo sé —dijo al final, mientras seguía metiendo la ropa en la bolsa—. Intentaré ser buena con él. Te lo prometo. —Confiaba en que sería capaz de mantener a raya su vivo carácter durante unos minutos. A fin de cuentas, Evan había decidido llevarle comida a pesar de la fuerte ventisca, de modo que aunque tuviera algún motivo oculto, Randi le estaba agradecida. Era una pena que se hubiera quedado sin electricidad y tuviera que ir a la ciudad. Evan había hecho el viaje en vano.

—Genial. Nos vemos luego —dijo Hope, que parecía satisfecha con la conversación.

Randi se despidió de su amiga, pulsó el botón de colgar del teléfono y lo dejó en la cama.

—Creo que va a ser un paseo más largo de lo previsto, Lily —le dijo a la perra.

Lily estaba tumbada en la cama, junto a la bolsa de Randi, sin perderse detalle de los movimientos de su dueña. Intentaba adivinar lo que iba a pasar.

Al oír la palabra «paseo», se levantó como una exhalación, bajó de un salto de la cama y empezó a gemir de alegría.

—Me alegro de que estés contenta —le dijo Randi mientras cerraba la cremallera de la bolsa. No le entusiasmaba la idea de dejar su casa, aunque solo fuera durante un par de días. De pronto alguien llamó a la puerta y se sobresaltó.

«¿Evan?».

El corazón le dio un vuelco. Intentó borrar de su cabeza la escena en la que él la abrazaba contra el todoterreno y la besaba hasta dejarla sin aliento.

—¡Ya voy! —gritó cuando Lily empezó a ladrar.

Abrió la puerta y, al ver al hombre que había en su puerta, se quedó sin aire y soltó un jadeo. Ahí estaba Evan Sinclair, con su elegante abrigo de lana, tan guapo como siempre. En realidad reaccionaba así cada vez que lo veía. El apuesto multimillonario llevaba una bufanda de color crema en el cuello, pero no sombrero.

—Tengo que descargar algunas cosas —le dijo de buenas a primeras, con el pelo alborotado por culpa de la fuerte tormenta.

Randi se quedó sin palabras durante unos instantes, perdida en la intensa y arrebatadora mirada de sus ojos azules.

—Hm... no es necesario —le dijo al final, enfadada consigo misma por la imprevisible reacción de su cuerpo al estar ante él—. Tengo que irme a la ciudad. Me he quedado sin electricidad.

—¿No tienes un generador?

—No funciona —explicó. «Como mi cerebro en estos momentos», se dijo. ¡Cielo santo! Hacía un frío de mil demonios, pero de pronto sintió unos sofocos incontrolables bajo las diversas capas de ropa que llevaba encima.

Evan le quitó la bolsa de las manos. Randi estaba tan distraída que ni siquiera se acordaba de ella.

—Venga, vámonos. Las carreteras se encuentran en mal estado y está a punto de llegar la segunda ventisca. No creo que tarden mucho en cerrarlas. Nos llevamos la comida porque la necesitarás.

Randi despertó de su sueño lujurioso.

—Tengo que sacar el todoterreno del garaje —le dijo a Evan.

—Ni hablar. Me ha costado bastante llegar hasta aquí, y eso que el mío es el doble de grande. Vámonos. Por una vez, no discutamos. No hay tiempo. —La miró fijamente con una expresión que exigía que diera el brazo a torcer.

«No debo enfrentarme a él, sobre todo porque lo que dice es muy sensato. Él conoce el estado de la carretera y yo no».

La sugerencia de Evan era del todo lógica, pero Randi habría preferido que no gastara ese tono prepotente tan típico de él, que provocaba que ella se pusiera a la defensiva de forma instintiva.

—De acuerdo —accedió, mientras se abrigaba, sin olvidarse del portátil. Le había prometido a Hope que sería amable.

Randi metió en la bolsa lo imprescindible para pasar un par de días y le puso la correa a Lily.

—¿Vas a llevarte a la perra?

Evan frunció el ceño cuando se reunieron en la entrada. Apenas había ido más allá del umbral, lo imprescindible para poder cerrar la puerta y que no escapara el calor.

Randi se lo quedó mirando.

—Claro que me llevo a Lily. Si no, ¿cómo va a comer? ¿Cómo va a beber? ¿Cómo se las apañará para no pasar frío?

Evan le lanzó una mirada de desconcierto, pero le quitó el portátil y la correa de las manos después de echarse la pesada bolsa al hombro y se apartó para que ella cerrara con llave. Randi notó que el viento soplaba con mucha más intensidad que cuando había despejado el camino de acceso a la casa.

—¡Esto empeora por momentos! —le gritó a Evan mientras cerraba la puerta delantera.

Recuperó la correa de Lily y echó a correr hacia el enorme todoterreno de Hope, dejando que él la agarrara de la mano mientras avanzaban por la nieve, que ya les llegaba a la altura del tobillo y empezaba a acumularse de nuevo.

Casi sin aliento por culpa del viento y del frío, Randi se sentó en el lujoso todoterreno y se reclinó en el asiento, aliviada. Era el primer invierno que pasaba sola en casa de Dennis y Joan, y no había imaginado que tendría que enfrentarse a la nueva situación sin electricidad. Vivir en esa casa suponía un consuelo, pero también activaba su estado de ánimo más melancólico cuando los echaba de menos. Sin corriente eléctrica, su humor amenazaba con virar totalmente hacia una tristeza desatada.

—Gracias —le dijo a Evan, cuando este puso el vehículo en marcha y Lily encontró una postura cómoda entre sus piernas.

Evan arrugó la frente al oír el gemido de la perrita, antes de volver a concentrarse en la carretera.

—¿No te gustan los perros? —preguntó Randi, solo para entablar conversación. Solo vivía a quince kilómetros de la ciudad, pero iba a ser un trayecto largo debido al mal estado de las carreteras. Parecía que las habían despejado, pero el viento levantaba una cortina de nieve, lo que provocaba una visibilidad pésima.

—No lo sé, nunca he tenido uno —respondió él de forma inexpresiva.

—¿Y gatos?

—Nunca he tenido mascota. Viajo demasiado.

A Randi se le cayó el alma a los pies al recordar que en una ocasión Hope le había contado que su padre odiaba los animales y que nunca les había dejado tener mascotas. Acarició el suave pelaje de Lily instintivamente.

—Pues, Evan, te presento a Lily. Fue el regalo de graduación que me hicieron mis padres de acogida cuando acabé la universidad. Tiene cuatro años y casi siempre se porta muy bien. Lo que pasa es que se emociona bastante cuando sale a dar una vuelta.

—¿Tendrá que hacer sus necesidades? —preguntó Evan con un deje de preocupación.

Randi se rio al oír su tono serio.

—No. Puede aguantar. Pero tú no frenes o nos quedaremos atrapados. —De pronto la asaltaron las dudas cuando miró al frente y se dio cuenta de la escasa visibilidad—. ¿Tú ves algo?

Evan se encogió de hombros.

—No mucho. Pero llegaremos a casa a salvo.

El tono de Evan desprendía una calma y un aplomo tales que Randi se relajó. En esos momentos creía que no había nada que Evan Sinclair no pudiera hacer bien. Se alegraba de no ir sentada al volante. Probablemente habría logrado llegar a la ciudad, pero lo habría hecho muy tensa. El mal tiempo no la preocupaba, pero aquella era una ventisca descomunal, incluso para tratarse de la Costa Este.

—Me sorprende que hayan podido limpiar la carretera.

—No lo han hecho —dijo Evan—. Enviamos al quitanieves de la península antes de salir con el todoterreno de Hope. De lo contrario no habrías llegado a la ciudad. No puedo creer que pretendieras intentarlo siquiera.

—Supongo que olvidé el caos que se forma en las carreteras. Es el primer invierno que paso en la casa desde que me fui a la universidad. —Randi había vuelto el verano anterior para cuidar de la propiedad después de dejar el apartamento que tenía en la ciudad—.

Joan necesitaba ayuda y no podía dejarla sola más tiempo. Se olvidaba de tomar los medicamentos y tampoco comía muy bien.

—¿Te refieres a tu madre de acogida? —preguntó Evan—. Hope me ha dicho que falleció hace poco.

Randi asintió, aunque Evan no apartaba la mirada de la carretera.

—La echo de menos. Los echo de menos a los dos. —Se puso a acariciar de nuevo a Lily, más para consolarse a sí misma que a la perra.

—Siento tu pérdida —dijo Evan con voz grave.

—Gracias —añadió Randi al ver el gesto de compasión de Evan, aunque en esos momentos no sabía exactamente cómo interpretarlo. Era lo más bonito que le había dicho jamás.

Ella lo miró de perfil, fijándose en los fuertes dedos que sujetaban el volante y en sus facciones duras. Tenía una barba de un par de días, pero eso lo hacía aún más guapo, más deseable. Randi estaba convencida de que el abrigo que llevaba, idéntico al que ella le había manchado de café, costaba más que su sueldo mensual. Pero en cierto modo, le parecía... distinto.

¿Por qué?

A pesar de que el todoterreno era grande, Randi notaba su olor masculino, un aroma que puso en estado de alerta todas las hormonas de su cuerpo. Siempre le había gustado el olor de Evan, desde la primera vez, cuando fueron juntos a la boda de Emily.

«¡Hoy no parece le hayan metido un palo de escoba por detrás!».

Seguía siendo arrogante... pero estaba más relajado. Lo repasó de arriba abajo y observó que llevaba unos pantalones vaqueros y botas en lugar de zapatos de vestir. Era cierto que parecían carísimas, de un cuero negro de primera calidad, pero eran unas botas informales, no los elegantes zapatos hechos a medida que calzaba habitualmente. No había ni rastro de ellos, como tampoco del traje y la corbata. Y el nuevo envoltorio le confería un aspecto más... humano y deseable.

Mientras Evan manejaba el todoterreno de su hermana, Randi guardó silencio, y no solo para no distraerlo, sino porque el deseo ardía con tal intensidad en su interior que en esos momentos no era capaz de mantener una conversación intrascendente.

Siempre reaccionaba así: deseaba a Evan Sinclair con una pasión salvaje que apenas lograba dominar.

No lo comprendía.

No le gustaba.

Sin embargo, no podía ignorar esos sentimientos, ni siquiera cuando Evan se comportaba como un cretino, lo cual era la tónica habitual desde que se conocieron.

«Es algo puramente físico. Hace mucho tiempo que no me acuesto con nadie», pensó Randi.

A decir verdad, no se había acostado con nadie desde la universidad. Durante los seis años que había tardado en obtener el título, había tenido varias relaciones de una noche y un par de novios más o menos formales. Pero desde que había regresado a Amesport había decidido no iniciar una relación, a menos que tuviera la certeza de que iba a ser permanente. En la universidad había pasado por una fase algo alocada, pero en ese momento le apetecía algo estable, algo que no fuera solo sexo.

Durante mucho tiempo, su prioridad había sido labrarse una carrera profesional, y cuando empezó a dar clases y luego a cuidar de Joan, ya no le quedó tiempo libre para el amor.

Randi justificaba lo que sentía por el mayor de los Sinclair diciéndose que hacía varios años que no tenía una relación sexual satisfactoria, de modo que era normal sentirse atraída por Evan. A fin de cuentas, nunca había conocido a un hombre tan atractivo.

Una vez que recuperó la calma después de haber encontrado una explicación para la necesidad irrefrenable que sentía de abalanzarse sobre él y arrancarle la ropa, lanzó un suspiro.

—¿Cansada? —preguntó Evan.

—No. Pero me alegro de que estemos cerca de la ciudad. —Cuando empezó a ver el entorno familiar, se dio cuenta de que estaban en las afueras de Amesport—. Si no te importa, ¿podrías dejarme en casa de Hope? Se ha ofrecido a alojarme un par de días.

—Eso no será posible. —Evan rechazó su petición con toda la calma del mundo mientras entraban en la península.

Randi se lo quedó mirando, boquiabierta.

—¿Por qué?

Evan guardó silencio unos segundos antes de responder.

—Porque vas a quedarte conmigo.

Capítulo 7

«Que no cunda el pánico. Puedes quedarte un día o dos. No es para tanto».

Randi soltó un hondo suspiro al observar a Evan mientras este se quitaba el abrigo y la bufanda, y pudo deleitarse con el espectáculo que le ofrecía aquel trasero perfecto enfundado en unos vaqueros. ¡Cielo santo! El culo de Evan Sinclair era una obra de arte, y sus anchos hombros, bajo el grueso jersey de color crema, eran enormes.

«No es tan fuerte. No lo es. De verdad que no».

Evan se volvió y enarcó una ceja al darse cuenta de la parte de su anatomía de la que Randi no podía despegar los ojos. Ella se sonrojó y apartó la mirada bruscamente al darse cuenta de que la había fijado en su entrepierna.

—No puedo hacerlo —se lamentó en voz muy baja.

Le había dicho que no quería quedarse en su casa, pero él le hizo ver que Daisy, la gata de Hope, odiaba a los perros. Randi se había olvidado de Daisy, y de cualquier otra cuestión, desde que Evan había ido a buscarla. Era como si su CI hubiera bajado en picado. Cuando estaba en presencia de él no se le ocurría nada inteligente que decir.

—Claro que puedes —insistió Evan—. Hay espacio de sobra.

«No puedo quedarme a solas contigo, es algo que no tiene nada que ver con el espacio».

—No es por el tamaño de la casa —admitió Randi, que se desabrochó el abrigo y se lo quitó.

—¿Es porque sabes que quiero acostarme contigo? —le preguntó Evan con toda la naturalidad.

Randi puso los ojos como platos.

Evan le quitó el abrigo de las manos y lo dejó en el ropero de la entrada, junto al suyo, sin dejar de hablar.

—Miranda, creo que ambos nos sentimos incómodos porque lo único que nos apetece es una sesión de sexo desenfrenado hasta perder el conocimiento.

Randi no sabía qué decir, no salía de su asombro después de oír la confesión de Evan. El hombre al que conocía no decía esas cosas. En realidad no solía hablar demasiado.

—Quizá deberíamos admitirlo abiertamente y asumirlo. —Se volvió y la miró fijamente—. Te deseo. Desde el día en que te conocí.

Señaló la sala de estar y Randi se dirigió hacia allí, a pesar de que el lugar estaba casi a oscuras.

—No me soportas —balbuceó ella y se dejó caer en uno de los sofás de cuero, sin salir de su asombro.

Evan pulsó un interruptor que encendió la chimenea e iluminó tenuemente la estancia antes de sentarse frente a Randi en un sofá igual.

—Nunca me has caído mal. En realidad, apenas te conozco.

—Pero si nunca me has hecho caso —se quejó Randi, que recordaba la humillación que sintió cuando Evan le hizo el vacío.

Él se encogió de hombros.

—Me la ponías muy dura. No te imaginas lo que me costaba disimular lo mucho que me atraías.

—Pero yo siempre fui amable contigo, quería que congeniáramos porque tu hermano se casaba con una de mis mejores amigas.

—Aún recordaba lo mal que se sintió cuando Evan no hizo ni caso de sus intentos de ser simpática con él en la boda de Emily.

—Me comporté como un cretino. Es lo habitual en mí —le dijo con toda la naturalidad del mundo.

Randi abrió la boca, pero ¿cómo iba a discutir con él? El propio Evan había admitido que era un tipo desagradable. Cerró la boca y se fijó en su expresión, intentando adivinar qué se escondía tras ella. ¿Era un cretino de verdad o demasiado franco? Sea como fuere, no le ponía las cosas fáciles a la gente para que disfrutara de su compañía. Si tenía ganas de hablar, quizá pudiera averiguar algo más de él para entenderlo.

Lily se había dedicado a explorar la enorme mansión desde que había cruzado la puerta, pero ahora le estaba dando golpecitos con la cabeza en el brazo a Randi.

—Tiene ganas de salir —le dijo ella a Evan, poniéndose en pie. Lo último que quería que su perra dejara una mancha en las carísimas alfombras de la sala de estar de su anfitrión.

—¿Así es como te avisa? —preguntó con curiosidad Evan, que se levantó y cruzó la sala para abrir una de las puertas que daban a un patio.

—Sí, es muy insistente cuando tiene que salir. —Randi miró hacia el patio con un gesto dubitativo—. ¿Hay algún sitio ahí fuera donde pueda...?

—Cualquier sitio ahí fuera es mejor que aquí dentro —dijo Don Simpatía.

Randi salió al patio cubierto y abrió una pequeña puerta que daba a la playa. Lily salió disparada.

—No puede hacerlo en el patio.

—Se puede limpiar, no pasa nada. Tampoco es que vaya a usarlo ahora mismo, y hará menos frío que en la playa.

Randi estalló en carcajadas, incapaz de contenerlas. Evan había hecho uno de los comentarios más raros y sorprendentes del día. Y estaba segura de que hablaba muy en serio.

—Está acostumbrada a correr por ahí.

Randi entró de nuevo en la sala de estar.

—Qué frío hace. —Estaba temblando cuando cerró la puerta, convencida de que Lily volvería sola cuando hubiera acabado.

Evan le cortó la ruta de huida. La sujetó con firmeza y suavidad del pelo y le inclinó la cabeza hacia atrás para que lo mirara a los ojos.

—Siento haberte ofendido, Miranda. Te juro que en la boda de Emily no sabía qué decir, por eso no abrí la boca.

Randi lo miró y se estremeció al ver sus ojos de un azul oscuro y líquido. La observaba como un depredador que llevaba varias semanas sin probar bocado, recorriendo hasta el último centímetro de su rostro. El comportamiento que había tenido Evan en el pasado la sacaba de quicio, pero la inesperada disculpa la dejó descolocada. No era el Evan al que estaba acostumbrada, el Evan que la ignoraba o le lanzaba comentarios hirientes.

Él la atrajo hacia sí y apoyó la otra mano en el marco de la puerta, junto a su cara.

—Te perdono —se apresuró a decir ella—. Pero no me beses otra vez.

«Como acerque esos labios a los míos, no respondo de mis actos».

El aroma masculino y especial de Evan la embriagó, penetrando todos los poros de su piel. Si intentaba algo, no podría resistirse.

—¿Por qué? —preguntó él con voz grave—. No me digas que no lo deseas como yo, Miranda —le dijo en tono suplicante, para que ella reconociera el fuego abrasador de la pasión que los unía.

A Randi le dio un vuelco el corazón cuando Evan acercó los labios a su sien y le lanzó su aliento cálido.

—No puedo —dijo ella, a su pesar, consciente de que tenía tantas ganas de besarlo, o más, que él—. Y nadie me llama Miranda.

—Sí que puedes —replicó él—. Y me gusta más Miranda. Es un nombre muy bonito.

—Yo lo odio. —Randi empezó a respirar con cierta dificultad cuando Evan le rozó la oreja con los labios. La caricia de su aliento la estaba dejando sin respiración—. Solo lo usaba mi madre biológica.

—Quizá vuelva a gustarte si lo pronuncia un hombre mientras te lleva al orgasmo más placentero que hayas tenido jamás —le susurró Evan al oído.

«Dios mío». Randi sospechaba que volvería a gustarle su nombre si era en esas circunstancias. En esos momentos el único pensamiento que ocupaba su cabeza era la escena que le había descrito él.

Él... en el fragor de la pasión, gruñendo su nombre como si fuera una diosa, embistiéndola para llevarla al clímax más divino de toda su vida. Si su gesto era un reflejo del modo en que podía llevar al máximo placer a una mujer, no tenía ninguna duda de que Evan lograría derribar todas las defensas que ella había erigido en los últimos años y la obligaría a suplicarle más. Se sentía indefensa ante esa nueva faceta tan seductora de Evan.

Él estiró los brazos para que abriera la puerta y cuando Lily entró, la cerró de nuevo, sin dejar de restregarse contra Randi.

La potente erección de Evan le rozó la pelvis y ella se mordió los labios para contener un gemido al notar el tamaño de su miembro.

—Bésame —le exigió Evan, que le deslizó las manos por la espalda y la agarró de las nalgas con sus manos grandes y fuertes. Se aferró a su trasero con pasión y la atrajo hacia sí para que sus sexos entraran en contacto por debajo de la ropa—. Me has pedido que no te bese, así que tendrás que hacerlo tú.

La fuerza de voluntad de Randi se vino abajo cuando alzó la mirada y vio el deseo reflejado en los ojos de Evan. Era una réplica exacta de lo que ella sentía. No podía resistirse a él del mismo modo que no podía dejar de respirar. Lo abrazó del cuello, deslizó las manos hacia arriba para agarrarlo del pelo y lo obligó a besarla. Necesitaba sentir sus caricias, un deseo más intenso que el de resistirse a él, y cuando sus labios entraron en contacto, Randi se olvidó de los motivos por los que intentaba negarse al deseo de devorarlo.

Evan pasó al ataque en cuanto ella lo besó, tomando el control de la situación para exigir su total entrega. Saboreando cada uno de sus besos. Provocándola. Exigiéndole entrega absoluta. La lengua de Evan se adueñó de su boca, arrasando todas las dudas que pudiera tener mientras él la conquistaba, dejándola sin aliento y sin sentido, hasta que se apartó ligeramente y le mordió con suavidad el labio inferior, como si quisiera marcarla.

De repente los labios de Evan se deslizaban por todas partes. Randi apartó la mano del pelo y le rodeó el cuello mientras él la levantaba en volandas. La dejó sobre algo suave —el sofá, supuso—, pero no estaba dispuesta a volver la cabeza para mirarlo. Estaba demasiado obsesionada por sentir el roce de su piel para importarle el lugar exacto donde estaba.

Por algún motivo desconocido, se sentía tranquila dejando que Evan tomara el control de su cuerpo, que ardía de deseo. Sabía que él había sucumbido a la misma pasión abrasadora que la dominaba a ella.

Randi lanzó un gemido cuando se separaron. Abrió los ojos y se quedó sin aliento al ver a Evan junto a la hoguera, quitándose el jersey con un gesto impulsivo. Parpadeó varias veces, boquiabierta al ver el torso apolíneo y los abdominales tan marcados. Se moría de ganas de acariciar su piel desnuda.

—Qué guapo eres —dijo en voz baja, aún aturdida por la pasión del momento.

Los ojos de Evan eran dos llamas azules y la miró fijamente al tirar el jersey al suelo. Sin decir nada, se arrodilló junto al sofá y le quitó a Randi el jersey que llevaba. Ella lo ayudó tirando la prenda a un lado y se llevó las manos al cierre delantero del sujetador.

—Espera —le dijo Evan, que acarició la suave tela hasta llegar a los pezones, erectos por la excitación—. Es un momento muy excitante. Quiero recordarte así. Quiero recordarlo todo.

Hablaba con una voz tan profunda que las vibraciones recorrieron la columna de Randi y le erizaron la piel.

—Lo necesito, Evan. Por favor. Esto no significa que vayamos a ser amigos del alma o que espere algo más, ni ahora ni en el futuro. Pero te necesito ya.

Por lo general Randi siempre era una mujer muy cauta y no se mostraba tan desesperada, pero estaba cansada de luchar contra la atracción que sentía por él, estaba cansada de llorar la pérdida de sus padres y no quería sentirse tan vacía por dentro.

—No quiero ser tu amigo del alma —gruñó Evan—. Pero déjame llevarte al orgasmo. —Le arrancó el sujetador de un tirón y la delicada prenda cedió enseguida.

«Sí. Sí. Sí».

A pesar de lamentar la pérdida de su sujetador favorito, lanzó un gemido de placer cuando él liberó sus pechos.

Con un ágil movimiento, Evan subió al sofá y Randi lo sujetó con fuerza cuando sus cuerpos desnudos entraron en contacto. Tortura y éxtasis a partes iguales. Sus pezones se endurecieron al sentir el roce de aquellos pectorales perfectos.

Randi lo rodeó con los brazos, deslizó las manos por sus hombros y bajó por la espalda, acariciando hasta el último centímetro de su cuerpo. Su piel aterciopelada le quemaba la yema de los dedos.

Evan la agarró del pelo y le inclinó la cabeza hacia atrás para que su lengua y sus labios se abrieran camino por el cuello de Randi.

—Yo. También. Lo. Necesito —dijo Evan con voz ronca.

Sus palabras resonaron en la cabeza de Randi y su cuerpo empezó arder cuando supo que él deseaba lo mismo que ella, que su anhelo era fruto de la misma pasión desenfrenada.

Ella quería que él tomara las riendas, que saciara su necesidad, pero debía decirle algo antes de perder el control por completo.

—No hago sexo oral —le advirtió. No era que no quisiera, simplemente no podía. Había intentado superar su temor con un novio de la universidad, y no había sido una experiencia agradable.

—Vale —se limitó a responder él, como si no pudiera importarle menos lo que ella estuviera dispuesta a darle, mientras se levantaba para quitarle las botas y desabrocharle los pantalones.

Desesperada, Randi lo ayudó entre jadeos. Después de desprenderse de los pantalones, estiró los brazos para abrazarlo de nuevo, pero él se quedó de pie para acabar de desnudarse. Cuando Evan se bajó los bóxers con un movimiento rápido, ella lanzó un suspiro.

Gracias a la iluminación de la chimenea, Randi comprobó que Evan no solo estaba desnudo, sino que su cuerpo rozaba la perfección. Su miembro largo, grueso y erecto avivó aún más su deseo de sentirlo dentro de ella. Llevada por el instinto, tendió la mano para tocarlo, pero él la detuvo.

—No —dijo con voz tajante.

Volvió a situarse entre las piernas de Randi, le puso una sobre el sofá y la otra sobre su propio hombro.

—Bonito conjunto —dijo Evan, acariciando las bragas rojas de seda con el pulgar.

—Es mi favorito —añadió ella entre jadeos, mientras el dedo de Evan recorría su sexo húmedo por encima de las braguitas. La excitación de Randi era tal que estaba a punto de perder el control y ni siquiera la había penetrado. Lanzó otro gemido cuando Evan deslizó un dedo bajo la costura y le acarició el clítoris—. Oh, Dios. Evan. Por favor. —Necesitaba sentirlo dentro. Enseguida—. ¿Qué haces?

¿Por qué esperaba tanto?

—Has dicho que no hacías sexo oral. Supongo que te referías a hacerlo tú, pero que no te importaba que te lo hicieran. Eso espero, vamos. —Le arrancó las bragas, que cedieron con la misma facilidad que el sujetador—. Porque quiero probar tu néctar, Miranda. —Dejó caer las braguitas al suelo y acercó los labios a su sexo.

Randi lanzó un grito al notar su lengua, una sensación tan increíble que se quedó sin aliento cuando Evan empezó a devorarla como si le fuera la vida en ello. Ella lo agarró del pelo con fuerza, mientras su cuerpo sucumbía a la pasión desenfrenada de sus labios y su lengua, que se habían aliado para llevarla al borde de la locura.

Levantó las caderas para notar con más fuerza la boca de Evan.

—Sigue así. Por favor.

Era como si su cuerpo se hubiera vuelto insaciable.

Al final, Evan se dedicó solo al clítoris, mezclando los suaves mordiscos con los lametones que la hacían estremecer de gusto.

—Sí —gimió Randi. En esos momentos en su mundo solo existía Evan.

La actitud dominante y posesiva de su amante la estaban dejando sin sentido. Era como si solo tuviera un único objetivo: su orgasmo. La concentración, entrega y placer que Evan obtenía del acto carnal era abrumadora. Era una fuerza de la naturaleza implacable.

Al final Randi llegó al clímax gritando su nombre, moviendo las caderas entre espasmos de alivio y placer.

Cuando Evan se puso encima de ella, el corazón de Randi aún latía desbocado.

—Hazme el amor —suplicó ella. Aunque el orgasmo había saciado sus ansias, aún se sentía vacía por dentro. Necesitaba acariciarlo, que él disfrutara también del placer.

—Eso pienso hacer —replicó él con voz profunda.

Randi intentó acariciarle el miembro erecto, pero él le apartó la mano y buscó un preservativo en el suelo. Debía de habérselo sacado del bolsillo antes de quitarse los pantalones. Se lo puso rápidamente.

—Si me tocas, no duraré ni un segundo —gruñó Evan al inclinarse sobre ella.

—No me importa —murmuró Randi, que lo abrazó del cuello y le acarició los suaves hombros. Sin perder el tiempo, le rodeó la cintura con las piernas.

—Pues a mí sí —gruñó él, y la penetró con un brusco movimiento de las caderas—. Dios, qué estrecho —gimió, metiéndosela hasta el fondo.

—Oh, Dios. —Hacía tanto tiempo de la última vez... Y Evan estaba tan bien dotado... Fue una mezcla de dolor y placer. Randi notó la tensión que atenazaba el cuerpo de su amante mientras este esperaba a que ella se acomodara al tamaño de su miembro, permaneciendo quieto. La había penetrado hasta el fondo—. No pares. Dámelo todo. —Sus músculos se relajaron y el dolor desapareció. A partir de ese momento solo hubo lugar para el placer de sentirlo dentro de ella.

—No. Puedo. Parar. —Evan empezó a embestirla con un gemido torturado.

Randi notó que su cuerpo se estremecía, presa de la tensión al notar que Evan se apartaba un instante para volver a penetrarla con una acometida, como si le fuera la vida en ello.

El mundo se desvaneció. Solo existían Evan y ella, sus cuerpos entrelazados. Randi estaba en éxtasis, quería permanecer unida a él eternamente. Su aroma la embriagaba. Sus embestidas viriles y el roce de su piel la hacían enloquecer, pero no bastaba.

—Más fuerte —le suplicó, insaciable.

Le clavó las uñas en la espalda para sentirlo más cerca.

—¡Joder! Cómo me gusta —gruñó Evan, que aumentó la intensidad de sus embestidas.

El deseo carnal se apoderó de ambos. Sus cuerpos, unidos por la lujuria, se movían al compás de un ritmo desenfrenado e irresistible que hacía que Randi se retorciera de gusto debajo de su amante.

—Quiero que llegues al orgasmo. Los dos a la vez —ordenó Evan justo antes de besarla.

El nudo que sentía ella en el estómago se deshizo al notar que él cedía de nuevo a la tensión. Su boca ávida la llevó al borde del clímax. Randi lo agarró del trasero, quería que se quedara en su interior mientras gemía en su boca.

Ella llegó al orgasmo arrastrada por un vendaval de placer; su único vínculo con la realidad era la mirada fija de Evan, que apartó sus labios con un gruñido gutural para inclinar la cabeza hacia atrás, tensando los músculos del cuello perlado por las gotas de sudor que le corrían por la cara.

En ese instante, cuando se separaron, Randi supo que no olvidaría la cara de Evan. Consumido por la pasión, era la viva imagen de la sensualidad. Algo que no podría borrar jamás.

Solo apoyó el peso de su cuerpo un momento, antes de levantarse para quitarse el preservativo.

Randi lo añoró desde el momento en que la dejó. El calor de ese cuerpo en contacto con el suyo era una sensación sublime que llenaba algunos de los espacios oscuros y vacíos que habían aparecido después de perder a su madre.

Evan regresó antes de que ella pudiera recuperar el aliento, la levantó del sofá y ambos se sentaron en una butaca reclinable. Ella se acurrucó contra él, embriagándose con su aroma. Los dos estaban empapados en sudor tras el esfuerzo, a pesar de que en el exterior arreciaba la ventisca. Evan le acarició el pelo como si fuera alguien especial y ella correspondió a su gesto apartándole un mechón de la frente.

Su mente intentó regañarla por lo que acababa de ocurrir, pero dejó los pensamientos negativos a un lado. Se negaba a arrepentirse de lo que había hecho. Evan había colmado una parte de su soledad y había logrado hacerla estremecer de placer. Nunca había disfrutado tanto con el sexo, de modo que no iba a odiarse a sí misma por haberse entregado un hombre que, en el fondo, no le caía bien. La vida era muy corta para ese tipo de lamentos. Quería saborear el momento, el presente, y al diablo con el futuro.

—Tengo un problema —dijo Evan con remordimientos.

Randi se rio al oír su tono serio. Empezaba a acostumbrarse a su comportamiento tan formal. Quizá su personalidad no se basaba en la arrogancia, sino que a veces decía las cosas en serio porque nunca tenía la oportunidad de reírse.

—Creía que acabábamos de solucionar tu problema.

Él negó con la cabeza.

—No me refería a ese, sino a otro problema.

—¿Qué? —preguntó ella con curiosidad, y se inclinó hacia atrás para mirarlo a la cara.

Sus miradas se cruzaron y Randi percibió un brillo de malicia en sus ojos.

—Creo que empiezas a gustarme —dijo Evan en tono apesadumbrado, pero Randi sabía que se estaba burlando de ella. Fue un intento conmovedor, porque sabía que no era fácil para un hombre como él.

Randi estalló en carcajadas y lo abrazó. Puso un gesto serio e intentó imitarlo, pero fracasó estrepitosamente.

—Creo que tú también me gustas.

Capítulo 8

Estimado S.:

Siento no haberte escrito antes, pero me he quedado sin electricidad en casa. He tenido que bajar a la ciudad hasta que pase la tormenta. Vivo en las afueras, a unos quince kilómetros. Espero que estés a salvo y en un lugar con calefacción.

Estimada M.:

Espero que estés bien. ¿Tienes alguna amiga que pueda cobijarte estos días?

Estimado S.:

No es una amiga. De hecho, me he quedado en casa del tipo del que te hablé. ¿Recuerdas que me dijiste que me alejara de él? Pues ese. Pero antes de que me des otra advertencia, quiero que sepas que no está tan mal. De hecho, creo que me gusta. Anoche se portó muy bien conmigo y me ha dejado quedarme en su casa. Creo que quizá lo entendí mal.

Estimada M.:

Entonces no lo dejes escapar. Quizá deberías intentar comprenderlo un poco mejor. Y sí, estoy en un lugar muy calentito, con calefacción. He conocido a alguien que me ayuda a no pasar frío.

Randi dudó al ver la respuesta de su amigo. ¿Había conocido a alguien? ¿Cómo se sentía ella al respecto? Sentía un gran aprecio por el misterioso S. y quería que fuera feliz. Desde el primer momento supo que no llegarían a conocerse y no podía ser egoísta y desear que estuviera siempre solo, como ella, para que no dejaran de escribirse.

Estimado S.:

Me alegro por ti. Supongo que ahora ya no estarás solo las noches de citas, ¿verdad?

Estimada M.:

No lo sé. Aún falta un poco para la noche de citas.

Randi soltó una carcajada. Solo era lunes.

Estimado S.:

Espero que no me escribas el viernes. Y también espero que la afortunada esté a tu altura.

101

Estimada M.:

En realidad, es demasiado buena para mí.

¿Y qué me cuentas de ti? ¿Estarás libre las futuras
noches de citas?

Randi lanzó un suspiro y se estiró en la butaca, con el portátil
sobre las piernas. La noche anterior había sometido su musculatura
a una serie de posturas que llevaba años sin practicar.

Evan la había subido a su dormitorio, donde se dedicaron a
explorar el cuerpo del otro a placer, hasta que sucumbieron al ago-
tamiento y se quedaron dormidos.

Cuando Randi se despertó por la mañana, Evan ya no estaba.
Después de ducharse, se dirigió a la planta baja para recuperar su
portátil y la ropa. Encontró ambas cosas y en ese momento estaba
sentada en el sofá que Evan y ella habían compartido la noche anterior, hablando con el misterioso S. mientras averiguaba dónde se
había metido su anfitrión.

Ignoraba su paradero, pero debía de haberse llevado a Lily con
él. La perra acudía siempre que la llamaba, y Randi la había buscado
por todas partes.

—Quizá han ido a dar una vuelta —murmuró para sí, todavía
desconcertada por su desaparición.

Estimada M.:

¿Y qué me cuentas de tu pretendiente? Creo que
deberías intentar conocerlo mejor. Quizá al principio no supiste interpretarlo bien. Has dicho que
fue amable contigo.

Randi dudó. Sabía que no podía entrar en muchos detalles sobre Evan. Fuera quien fuese su misterioso amigo por correspondencia, era más que probable que trabajara para los Sinclair.

Estimado S.:

Solo está de visita por aquí. No es nada serio.

Estimada M.:

Eso nunca se sabe. Quizá vaya a más.

Estimado S.:

Por desgracia... no.

Estimada M.:

¿Por qué? Creía que empezaba a gustarte.

Estimado S.:

Es una larga historia. Vivimos en dos mundos totalmente distintos.

Estimada M.:

¿Y si él quiere que la relación vaya a más y le da igual que seáis de dos planetas distintos?

Randi soltó una risa al leer el comentario.

Estimado S.:

No creo que vaya a suceder nada de eso. Lo nuestro es pasajero, una forma de solucionar ciertos temas que arrastramos desde hace tiempo.

Evan la deseaba, y quizá Randi había llegado a gustarle, pero
ella no se dejaba engañar con la posibilidad de que una maestra con
un pasado tortuoso tuviera la menor posibilidad de entablar una
relación duradera con un multimillonario. Evan no tardaría en irse
para atender sus negocios y ella volvería a su trabajo cuando amai-
nara la tormenta.

Estimada M.:

Quiero que sepas que me tienes aquí si te apetece
hablar de ello.

Randi respiró hondo, tentada de contárselo todo. Pero no podía
hacerlo. Había muchos aspectos de su vida privada que él no conocía, y tampoco tenía claro cuál era el vínculo exacto de su amigo
por correspondencia con los Sinclair. Podía compartir una parte de
sus sentimientos con el misterioso desconocido, pero había algunos
temas de los que no se atrevía a escribir.

Estimado S.:

Gracias por tu generosidad. Para mí siempre ha
sido muy importante saber que puedo contar contigo. Espero que no pases frío, yo salgo a buscar a
mi perra. No tengo ni idea de dónde se ha metido.
Ya hablaremos.

Randi cerró la cuenta de correo electrónico, apagó el portátil y lo dejó en el suelo. Intentó no hacer caso de la leve sensación de tristeza que se había apoderado de ella al saber que S. tenía una mujer en su vida, y que al parecer le importaba mucho. Aunque quería alegrarse por él, en el último año había disfrutado enormemente de su amistad, sus consejos, su sentido común y compasión. En ocasiones sentía que había un vínculo especial entre ambos, algo que iba más allá de la amistad, pero no acertaba a definirlo de un modo concreto. A veces parecían almas gemelas, dos personas que congeniaban a un nivel distinto al de la amistad. Por desgracia, nunca lo averiguaría.

Tenía ganas de conocerlo en persona, pero una mujer tan sensata como ella sabía que era peligroso quedar con un desconocido con el que solo había intercambiado mensajes de correo electrónico. De hecho, si no congeniaban a la primera podía acabar siendo un desastre de proporciones épicas. Ambos perderían a un amigo muy importante.

—En fin, ahora que ha conocido a alguien tampoco importa demasiado —susurró en voz baja para sí, con la esperanza de que la desconocida se diera cuenta de lo maravilloso que era él. De lo contrario no le quedaría más remedio que buscarla y hacérselo entender por las buenas o por las malas. Era cierto que no lo conocía en persona, pero le había hecho compañía muchas noches, la había consolado después de la muerte de Joan y sabía que tenía un corazón que no le cabía en el pecho.

Randi bostezó cuando se levantó del sillón.

«Necesito un café. Ahora».

Recorrió la inmensa casa, buscando la cocina, y se dio cuenta de que aunque estaba decorada con unos muebles muy bonitos, en el fondo parecía... fría, sin vida. Seguramente se debía a que Evan apenas la usaba y, por lo tanto, no le había dado un toque personal.

Mientras se preguntaba si debía seguir buscando a Lily, se sorprendió cuando Evan apareció por una puerta de la cocina en la que no se había fijado. Lily lo seguía.

—Hola, Lily —dijo Randi, que se agachó para darle el beso de buenos días a su perra. La estrechó en los brazos y miró a Evan—. Buenos días —le dijo con cierta timidez, sonrojándose al recordar todo lo que había ocurrido entre ambos la noche anterior.

—Ahora sí que son buenos —replicó Evan con voz ronca, devorándola con la mirada.

Randi se dio cuenta de que estaba tan guapo con ropa informal como con traje y corbata. Y a pesar de que llevaba unos pantalones que le realzaban el delicioso trasero, rezumaba poder por los cuatro costados. Era un aura de la que no podía desprenderse; daba igual la ropa que se pusiera.

—Estaba preocupada por Lily —le dijo Randi mientras acariciaba a la perra—. No sabía que me había traicionado. Creía que no te gustaban los perros.

A decir verdad, confiaba en el buen juicio de Lily, que, al parecer, había dado su visto bueno a Evan. La perra los miraba a ambos con su cara más adorable.

—No te dije que no me gustaran los perros, solo que nunca había tenido uno. Es muy mona. Hemos salido un momento para que pudiera hacer sus necesidades —dijo Evan muy serio—, y luego me ha seguido a mi despacho.

Lily dio un último lametón en la mejilla de Randi antes de que ella se levantara.

—¿Por qué le gusta tanto lamer? —dijo Evan con ademán de sincera perplejidad—. Le he dado de comer, pero ha seguido lamiéndome incluso después de desayunar. Yo creía que tenía hambre, pero supongo que me equivocaba.

Randi soltó una carcajada.

—Te está demostrando su afecto. Le caes bien.

Al final Randi encontró la cafetera y las cápsulas individuales. Puso una, cerró la tapa y pulsó el botón después de poner una taza.

—¿Y también le sigo cayendo bien a su dueña hoy? —preguntó Evan con un deje de cautela, abrazándola de la cintura por detrás.

Randi se volvió y le devolvió el gesto.

—Depende. ¿Vas a besarme?

—Sí. Sí, creo que sí. Y no podrás detenerme. Estás guapísima —dijo Evan con una mirada tan amenazadora como la tormenta que se desataba en el exterior.

Randi se estremeció cuando Evan empezó a agachar la cabeza. No se había maquillado y tenía el pelo húmedo después de la ducha. Estaba convencida de que presentaba un aspecto horrible con los pantalones viejos y la sudadera que se había puesto, pero a Evan no le importaba.

Ella asintió y sonrió.

—Los piropos siempre ayudan —dijo ella en tono burlón.

Evan esbozó una sonrisa y, cuando estaba a punto de besarla... la olió, con un gesto muy descarado.

—¿Qué es ese olor tan horrible?

Randi supo de inmediato a qué se debía el hedor que había invadido la cocina.

—¿Qué le has dado de comer a Lily?

—No sabía qué cantidad le das habitualmente, ni cuándo, así que le he dado las sobras de ayer. Parecía que le gustaba y yo he creído que eso la ayudaría a aguantar hasta que despertaras. —Evan estaba preocupado—. Dime que no he hecho nada malo.

Parecía tan preocupado por el bienestar de Lily que a Randi le dieron ganas de reír, pero se contuvo.

—No me digas que le has dado ternera.

Un bistec era la peor opción, pero la hamburguesa tampoco era buena idea. A Lily le gustaban las dos cosas, pero tenían demasiada grasa, algo que no le sentaba nada bien a su sensible aparato digestivo.

Él asintió de inmediato.

—Bistec. Pero me ha parecido que le gustaba.

El peor temor de Randi se confirmó.

—Ya lo creo que le encanta. Pero si come más de un bocado, le dan muchos... gases.

—Pues ha comido bastante. ¿Se pondrá enferma? —preguntó Evan, preocupado.

Randi notó el temor que traslucía su voz y levantó la mano.

—No se pondrá enferma, tranquilo. La ternera no la matará. Pero se pasará el día tirándose pedos.

Evan volvió a adoptar su gesto impertérrito.

—Pues entonces ningún problema. Solo espero que no esté mal. No lo sabía.

Randi arrugó la nariz mientras las últimas bombas fétidas estallaban en la cocina. Miró a la perra, que se acercó a Evan y le dedicó la más adorable de sus miradas. Era su héroe. Seguramente Evan no era consciente de que se había ganado el afecto eterno de Lily después de darle el primer pedazo de carne. En lugar de huir del mal olor, Evan se agachó y la acarició, aliviado.

—Lo siento, pequeña —se disculpó con voz grave y relajante.

Randi le añadió rápidamente nata y azúcar al café para huir de la apestosa cocina cuanto antes, convencida de que el modo en que Evan trataba a los animales era un motivo más para quererlo.

¡Maldición!

CAPÍTULO 9

—¡Joder! Evan nunca nos habló de su infancia. Es normal que apenas lo viéramos. —Jared Sinclair agarró la taza de café con más fuerza—. ¿Por qué no nos dijo nada?

—Quizá porque estábamos todos muy ocupados con nuestros propios problemas para darnos cuenta de que tampoco estaba bien. Para él era más fácil guardar silencio —dijo Grady desde el sillón de piel—. Siempre ha ejercido el mismo papel, le gusta cuidar de los demás, y me apuesto lo que sea a que no está cómodo hablando de sus dificultades con nadie. No digo que sea justo, solo que Evan no se siente cómodo cuando no está en una posición de control.

—Lo sé —admitió Jared, recordando la época más oscura de su vida, a la que no habría sobrevivido de no ser por Evan.

En esos instantes Micah Sinclair se arrepentía de haberle tomado el pelo a Evan y del modo en que había intentado bajarle los humos. Su primo le caía bien, incluso lo comprendía porque él también era el primogénito de la familia, pero cuando sacaba a relucir su lado más arrogante, siempre cedía a la tentación y tenía que meterse con él. Era obvio que era un hombre presuntuoso, pero quizá no tanto como había creído Micah hasta entonces. A decir verdad, Evan era un cabrón engreído, pero no por los motivos que siempre había imaginado.

Miró a los tres hombres que lo acompañaban en la sala de estar de Jared, todos ellos bastante afectados por los secretos que Hope les había contado hacía muy poco sobre Evan y que todos ignoraban. Las mujeres habían subido al primer piso para solucionar los últimos detalles de la fiesta de Hope. Mientras tanto, ellos aún estaban intentando interpretar el silencio del mayor de los Sinclair.

Hope les había dicho que Evan no le había pedido que no se lo contara, y ella creía que todos debían conocer los problemas a los que se había enfrentado en su juventud. En opinión de Micah, el hecho de que no le hubiera prohibido explícitamente que se lo contara a los demás no significaba que quisiera que su hermana revelara sus problemas al resto de la familia. De hecho, Evan prefería que la gente supiera lo mínimo de él. Micah lo entendía hasta cierto punto, pero Hope había decidido compartir lo que sabía porque se preocupaba por su hermano.

«Hope quiere que su familia vuelva a estar unida después de todo lo que pasaron en su infancia y juventud».

Micah sabía cómo se sentía. En esos momentos su propia familia estaba tan dividida que le parecía imposible volver a estar juntos en el futuro.

Al comprobar lo lejos que habían llegado sus primos para recuperar los vínculos, Micah se dio cuenta de que los envidiaba. Apenas veía a Julian, que llevaba mucho tiempo en Hollywood intentando labrarse una carrera como actor. Y a Xander, su hermano menor... simplemente parecía que le daba igual estar vivo o muerto.

Añoraba los días en que los tres tenían una relación muy estrecha y creían que la distancia nunca podría separarlos. Debía admitir que esta no era lo único que los había alejado; el factor más importante había sido la gran tragedia que había sacudido sus vidas. Cada uno se había enfrentado a la situación de un modo distinto y, por separado. Xander era el que había salido peor parado, de tal modo que Micah aún no sabía si su hermano menor llegaría a recuperarse de las heridas físicas y emocionales.

Miró a su alrededor y vio que los demás estaban enfrascados en una conversación sobre el mejor modo para ayudar a Evan. Grady y Jared discutían animadamente, y Jason contribuía con sus opiniones de vez en cuando. Dante había salido para atender unas llamadas y comprobar el estado de los miembros más ancianos de la comunidad porque era policía, y las fuerzas de seguridad de Amesport no contaban con muchos efectivos. Micah estaba convencido de que el debate habría sido mucho más caótico si Dante también hubiese estado ahí.

Se levantó, tenía que volver a la casa de invitados para hacer un par de llamadas. Había decidido quedarse hasta la fiesta del sábado por la noche, pero debía atender sus negocios aunque no estuviera en la sede de la empresa.

Una parte de él quería quedarse y seguir charlando con sus primos. Casi no recordaba la última vez que se había sentido tan relajado como en ese momento, acompañado de su familia. Pero no podía inhibirse de las responsabilidades que había asumido con sus propios hermanos.

Julian había retrasado su llegada por culpa del mal tiempo, pero contaba con reunirse con ellos el viernes por la noche. Aun así, Micah sabía que no iba a compartir sus temores con él, ahora que por fin empezaba a hacer realidad su sueño como actor. Merecía disfrutar de su momento sin tener que preocuparse por su familia.

Aprovechó uno de los escasos lapsos de silencio para despedirse de sus primos, salió por la puerta corredera y se dirigió a la casa de invitados corriendo para evitar el viento gélido que soplaba fuera.

Cuando llegó, cerró la puerta y se apoyó en el marco. No daba crédito al riguroso invierno que estaban sufriendo.

Era un tiempo tan severo que debería haber afectado a su estado de ánimo. Tendría que estar triste o, cuando menos, más sensible. Sin embargo, se había apoderado de él una extraña alegría sumamente estimulante. Le gustaba el peligro, era un adicto a la adrenalina. Aunque ya no hacía las mismas locuras que unos años antes, siempre asumía riesgos. Calculados, pero riesgos, a fin de cuentas. Para él no había mejor sensación que lograr algo que los demás consideraban imposible.

Se quitó el jersey y se dirigió al baño. Necesitaba una ducha más que ninguna otra cosa. Había pasado por casa de Jared porque Hope le había pedido que los acompañara para estar presente en la conversación sobre Evan. Había tomado un café, pero aún no había podido ducharse con calma.

Abrió el grifo, se desnudó, hizo una bola con la ropa y la lanzó al otro lado del baño. Esta cayó en el cesto de la ropa sucia y levantó los brazos en señal de victoria.

—Dos puntos —dijo para sí, sonriendo. Abrió la puerta de la ducha y entró.

A pesar de la deliciosa sensación que le provocaba el agua caliente deslizándose por su cuerpo, decidió no alargar la ducha más de lo necesario para ponerse manos a la obra cuanto antes. Cuando acabó de asearse cerró el grifo, se volvió para abrir la mampara y se detuvo en seco.

Desnudo y empapado, se quedó inmóvil al oír a alguien que cantaba cerca de la ducha.

«¿Quién diablos es?».

Escuchó con atención y se dio cuenta de que era una voz de soprano, un pelín desafinada, detalle que no parecía importarle demasiado a la cantante. La voz fue aumentando de intensidad y ganando en seguridad a medida que se aproximaba al *crescendo* del tema.

«Pero ¿qué es esto?».

¿Es que había entrado una loca para robar? ¿Cuántos ladrones tenían el valor de entrar en una casa durante una ventisca y ponerse a cantar a voz en cuello?

Llevado por la curiosidad más que por el miedo, Micah abrió lentamente la puerta y salió de la ducha sin hacer ruido.

Ahí estaba ella, delante de sus narices, luciendo un trasero perfecto en pompa, mientras limpiaba el inodoro. Micah no podía apartar la mirada de aquel espectáculo glorioso.

Agarró la toalla.

—¿Podrías esperar a que haya acabado? —dijo, preguntándose por qué diablos aquella mujer se había puesto a limpiar el baño mientras él estaba en la ducha. No la conocía de nada. Micah nunca olvidaba un trasero como aquel, y no recordaba haber visto a una rubia tan despampanante como la que estaba ante él. Tenía una melena que abarcaba diversos tonos, desde el color miel hasta el platino.

La mujer no respondió. Ni siquiera se inmutó con sus palabras.

Micah empezó a molestarse mientras se secaba.

—¿Es que no me oyes? Joder, ¿eres dura de oído?

Harto de que lo ignorara de aquel modo, la agarró del brazo y la obligó a darse la vuelta.

—Te estoy hablando. Hazme caso. ¿Es que estás sorda, joder?

No sabía qué tramaba la mujer, pero no podía ser nada bueno.

Micah se asustó cuando ella dejó de cantar y se puso a gritar, mirándolo a la boca.

—Calla ya. No voy a hacerte daño. Eres tú quien ha entrado en mi casa.

La mujer dejó de gritar tras el susto inicial y se lo quedó mirando fijamente, de arriba abajo, con los ojos desorbitados.

Micah, que no tenía ningún reparo en que lo vieran desnudo, dejó que lo observase y se sujetó la toalla a la cintura.

—¿Qué diablos haces aquí? ¿Qué quieres? —Las mujeres siempre querían algo de él.

Ella lo miró, antes de responder lentamente.

—Pues sí, resulta que sí soy sorda. —Lanzó un suspiro—. No sabía que estabas aquí, no te oía.

Micah miró el cristal empañado de la ducha y cayó en la cuenta de que ella no había podido detectar su presencia. La miró a la cara para que pudiera leerle los labios. Se sentía como un imbécil.

—Siento haberte asustado. ¿Qué haces aquí? —Le dijo en lenguaje de signos y pronunciando las palabras al mismo tiempo.

Uno de sus mejores amigos era sordo y, aunque lo tenía un poco olvidado, Micah dominaba bastante bien el lenguaje de signos.

—Soy la mujer de la limpieza. Jared me paga para que me encargue de todas las casas de la península cuando ellos no están. Mi hermano y yo tenemos un restaurante en la ciudad, pero en invierno no hay mucho trabajo. Hago esto como extra. —Se quitó los guantes de goma, los dejó en un cubo que había en el suelo y le tendió una mano—. Soy Tessa Sullivan.

Micah le estrechó la mano un poco más de lo debido, incapaz de apartar la mirada de sus delicados rasgos y de sus preciosos rizos. Dios, era guapísima.

—Micah Sinclair. Soy el primo de Jared.

Por algún motivo, ahora que le veía bien la cara, se dio cuenta de que le resultaba familiar. Sin embargo, sabía que nunca los habían presentado, porque en tal caso no la habría olvidado.

—Lo siento. No sabía que habías logrado llegar antes de la ventisca. Normalmente limpio los baños antes que el resto de habitaciones, si no habría visto tu equipaje. ¿Eres el tarambana o el actor famoso? —Tessa retiró la mano y le sonrió. Fue una sonrisa auténtica, sin un ápice de falsedad—. Aún no he visto la película que ha convertido al primo de Hope en estrella.

Por una vez en su vida, Micah no salía de su asombro. Aquella sonrisa franca y sincera no le pasó desapercibida y su cuerpo reaccionó con una erección fulgurante. Sintió la necesidad irrefrenable de arrancarle la ropa y empotrarla contra la pared del baño para aliviar la lujuria que se había apoderado de su cuerpo. Quería embriagarse con la calidez que irradiaba su sonrisa.

Se sentía como un imbécil por haberle gritado. Claro que no lo había oído ni había podido percibir su enfado inicial.

—Soy el deportista —la corrigió Micah, cuya excitación iba en aumento mientras ella le miraba la boca con inocencia.

«Claro que me mira los labios. Es la única forma que tiene de entenderme».

Micah ya no se consideraba un tarambana. A decir verdad, nunca lo había sido. Aún corría ciertos riesgos, pero ahora se dedicaba principalmente a los negocios. Los deportes extremos eran lucrativos y él fabricaba los mejores equipos para los especialistas de cada materia. Se sentía muy orgulloso de haber convertido los deportes extremos en una práctica más segura.

Tessa sonrió al entender su corrección.

—Te gustan las emociones fuertes. Mara me ha hablado mucho de tus hermanos y de ti.

—Es una profesión que me ha permitido amasar una gran fortuna —respondió Micah bruscamente, algo molesto al verse obligado a defender su negocio.

«¿Por qué me importa tanto?».

No le importaba. En realidad no. Le habían llamado cosas mucho peores por algunos de sus actos en el pasado, y a juzgar por la expresión de Tessa estaba claro que no se estaba burlando de él. Aun así, no le hacía gracia que no se tomara en serio su profesión. Y no sabía por qué...

—¿Hay algún Sinclair que no sea rico? —preguntó ella con un brillo en los ojos.

—Seguro que hay muchos, pero ninguno tiene nuestro ADN —admitió él, mirándola como un adolescente en celo.

Ella soltó un resoplido, un sonido que probablemente era una risa. Micah se rio porque, viniendo de ella, resultaba encantador.

—¿Cómo has llegado hasta aquí? —preguntó Micah.

Hacía muy mal tiempo y no le gustaba imaginársela conduciendo con unas condiciones meteorológicas tan adversas.

—Conduciendo. Soy sorda, no estúpida ni incapaz de realizar tareas sencillas.

Puso los brazos en jarra y lo miró fijamente.

—No me refería a eso. Por si no te has dado cuenta, está cayendo una buena nevada —replicó Micah con sarcasmo. Cuando ya era demasiado tarde cayó en la cuenta de que ella no detectaría el tono que había empleado.

Tessa se encogió de hombros.

—He vivido aquí toda mi vida y tengo un apartamento cerca de la península. Sabía que las carreteras estarían en buen estado porque los Sinclair tienen su propio servicio de quitanieves.

—Y luego soy yo el temerario —gruñó Micah, que no entendía cómo se las había apañado si no se veía nada. Tenía razón. Los operarios se encargaban de limpiar la nieve, pero la visibilidad era casi nula.

—Me conozco las carreteras como la palma de mi mano. Podría recorrerlas con los ojos cerrados.

Conducía sin oír nada, y Micah se estremeció ante la posibilidad de que tuviera que salir a la carretera con la que estaba cayendo.

—Ahora mismo no es seguro andar por ahí fuera —le dijo, molesto.

—Ahora mismo no estoy por ahí fuera —replicó ella.

—Voy a vestirme y te llevaré a casa. No es necesario que limpies más aquí. —Si se quedaba allí le resultaría imposible concentrarse.

—No pasa nada, ya me voy. —Recogió los productos de limpieza y salió disparada por la puerta.

Micah se fue corriendo a su habitación, se puso unos pantalones limpios y una sudadera vieja. Se estaba arreglando el pelo con las manos cuando llegó a la sala de estar.

Todo estaba en silencio; solo se oía el zumbido del viento.

—¡Tessa! —gritó, enfadado, antes de recordar que no lo oiría—. ¡Mierda!

Micah se puso las botas y salió corriendo a la calle. No había ningún vehículo desconocido en el camino de la casa de Jared.

Tessa se había ido.

Capítulo 10

«Tengo que decírselo. Se lo diré... pronto».

Evan estaba sentado en su despacho de la planta baja, acompañado de Lily, que seguía con problemas de gases, preguntándose cuándo diablos iba a contarle que él era su misterioso amigo por correspondencia. Quería decírselo, necesitaba confesárselo, pero ¿y si eran incapaces de comunicarse tan bien cara a cara como lo hacían por correo electrónico?

¿Y si le entraba el pánico? ¿Y si creía que era un cretino por no haberle contado que él, S., era en realidad Evan Sinclair? Quizá se sentiría traicionada porque no la hubiera sacado de su error, convencida como estaba de que S. era un trabajador más de la Fundación Sinclair. Bueno... tal vez le había mentido un poquito para que siguiera pensando que era un tipo normal. De modo que se arriesgaba a perderlas a las dos, a su mejor amiga y a la mujer a la que deseaba más que a ninguna otra que hubiera conocido a lo largo de su vida. Bueno, sí, eran la misma persona, pero eso lo complicaba todo aún más. Era el doble lo que estaba en juego.

Para Evan las dos mujeres ya eran una sola. Había empezado a ver en Randi la faceta oculta que había ido descubriendo en el intercambio de mensajes de correo electrónico.

Lanzó un suspiro de frustración, se reclinó en la cómoda silla de oficina y apoyó la mano en la cabeza de Lily, acariciándola sin darse cuenta. Randi se había quedado dormida en el sofá después de acabar unas tareas pendientes de la escuela, y Lily lo había seguido hasta el despacho. Evan empezaba a acostumbrarse a tener una perra en casa y, para su sorpresa, también disfrutaba de su compañía. No dejaba de sorprenderle que el animal estuviera encantado de la vida por el mero hecho de recibir un poco de comida y afecto. Era muy fácil contentar a los perros.

Evan no estaba dispuesto a admitir que había pasado más tiempo del que quería reconocer mirando a Randi mientras dormía, luchando contra la tentación de tocarla, de arrancarle la ropa para aplacar la brutal necesidad que sentía de acostarse con ella y dar rienda suelta a sus instintos más salvajes.

—Se lo diré dentro de poco —le susurró a Lily. La perra lo miró con sus ojos oscuros y serios, ladeando la cabeza como si lo hubiera entendido—. ¿Se enfadará? —le preguntó mientras el animal le dirigía una mirada de empatía.

«¡Maldita sea! No me puedo creer que esté hablando con una perra».

Evan sabía que no iba por el buen camino recurriendo a los servicios de una golden retriever como consejera. Pero había salido de su zona de confort y no sabía qué diablos hacer.

Podía hablar con sus hermanos, aunque seguramente lo pondrían de vuelta y media. Y con razón. Cuando ellos le habían confesado su amor por otra mujer, él no se había mostrado muy comprensivo. De hecho, había intentado convencer a Dante y Grady de que no se casaran tan de buenas a primeras, y se había comportado como un auténtico desgraciado con Jared cuando intentaba conquistar a Mara.

Hope le había aconsejado que le confesara la verdad a Randi cuanto antes y que luego ya se vería cómo evolucionaba su relación. Si ya tenían una buena comunicación, era probable que las cosas salieran bien.

Al final no le había hecho caso y aún no le había contado la verdad. Cuanto más tardara en hacerlo, más le costaría confesarle el secreto. Evan lo sabía perfectamente, pero le preocupaba la posible reacción de Randi.

Quizá se habían precipitado al iniciar tan pronto la parte sexual de su relación, pero no se arrepentía de la gloriosa noche de pasión que había tenido con ella. Desde el mismo momento en que se conocieron, ambos habían sentido una atracción irresistible por el otro. A decir verdad, había creído que aquella incómoda sensación que habitaba en sus entrañas desaparecería después de acostarse con ella.

Pero no era así.

Lo que le pasaba más bien era como si tuviese una úlcera que lo reconcomía por dentro cada vez que la veía.

Abrió el cajón del escritorio, sacó un bote de antiácido y se llevó varios a la boca. Desde que sabía que iba a volver a ver a Randi los había consumido a un ritmo tan alto que había empezado a sopesar la posibilidad de comprar acciones de la farmacéutica.

—Es guapísima —le dijo a Lily mientras engullía la sustancia blanquecina que esperaba que mitigara el ardor que sentía en el pecho y el estómago.

Evan despertó de su estado de ensoñación, dejó de pensar el tiempo suficiente para apagar el portátil y se dio cuenta de que no iba a poder trabajar. Tenía la cabeza en otra parte. Era mejor que saliera a ver si había dejado de llover y comprobar, de paso, si Randi se había despertado. Era ya tarde y aún no había comido nada.

Se levantó y se alisó la suave tela de los pantalones que llevaba. Debía reconocer que la ropa informal que le había comprado Hope después de ir al supermercado no estaba tan mal. De hecho, era comodísima. El jersey abrigaba mucho y era agradable no sentir el roce de la camisa y la corbata en el cuello. Sí, era una sensación extraña, pero no le desagradaba. El único momento en que se sentía incómodo con los vaqueros era cuando se le ponía dura, es decir, cada vez que veía o pensaba en Randi. Era una tela poco flexible y, para un hombre como él, la erección resultaba bastante incómoda.

Hope lo había llevado de compras al salir del supermercado. Le dijo que tenía que relajarse y ofrecer una imagen más cercana con ropa informal. Evan, por su parte, estaba dispuesto a hacer lo que fuera necesario para facilitar la comunicación entre Randi y él, aunque ello lo obligara a renunciar a su estilo habitual. La ropa que llevaba en ese momento no era de la misma calidad a la que estaba acostumbrado, pero si eso servía para que Randi lo viera con otros ojos y dejara de considerarlo un cretino, estaba dispuesto a ceder.

En el momento en que abrió la puerta del despacho, oyó un grito procedente del piso de arriba.

«¡Miranda!».

Sintió un escalofrío que le recorrió la espalda y subió corriendo las escaleras, como un atleta olímpico. El corazón le latía desbocado. Quizá había entrado alguien en casa y le estaba haciendo daño... o algo peor.

Evan se detuvo en seco al llegar a la sala de estar y ver que Randi seguía durmiendo en el sofá, aunque se movía con gestos bruscos.

—No soy una puta. No soy una puta —repetía ella en voz baja—. No. Por favor. No puedo.

Entonces se puso a gemir y a Evan se le cayó el alma a los pies. Estaba soñando, pero ¿qué diablos ocurría en su pesadilla?

Lily se acercó a su dueña y, como si compartiera la congoja de Randi, empezó a lamerle la cara.

—¡Nooo! —exclamó, una mezcla de grito y súplica.

Evan tomó aire con dificultad y se acercó a Randi. Lily saltó a las piernas de su dueña y ella se incorporó, entre jadeos:

—Oh, Dios. Oh, Dios. Otra vez no.

Evan esperó a que ella se diera cuenta de su presencia. Tenía miedo de asustarla. Randi abrazó a Lily contra el pecho y le acarició el pelaje, apoyando la frente en el cuerpo de la golden retriever.

—Lily —dijo, con la respiración entrecortada, presa del pánico. No tardó en darse cuenta de que había estado soñando y soltó a la perrita.

—¿Estás bien? —le preguntó Evan en voz baja.

Randi siguió acariciando a Lily distraídamente, como si fuera un consuelo.

—Sí —respondió ella con voz trémula. Era obvio que no era cierto.

Incapaz de contener el sentimiento de miedo, de preocupación y el deseo irrefrenable de consolarla, Evan dejó a Lily en el suelo con cuidado y tomó a Randi en brazos para sentarla en su regazo. Ella lo abrazó de un modo inconsciente y Evan le apoyó la cabeza en su hombro mientras le acariciaba el pelo sedoso y oscuro.

—¿Qué ha pasado? —le preguntó con voz dulce—. Te he oído gritar desde abajo.

—He tenido una pesadilla —murmuró ella sin apartar la cara de su jersey—. Siento haberte asustado. Cuando era adolescente las tenía con cierta frecuencia, pero creía que eran cosa del pasado. Sin embargo, al morir Joan volvieron. Es la segunda vez que me sucede. Creo que se han reactivado porque me he quedado sola de nuevo.

«No está sola. Me tiene a mí».

Evan intentó dominar el feroz anhelo de hacerle entender que había gente que se preocupaba por ella, que el fallecimiento de su madre de acogida no la había dejado desamparada.

—¿Con qué soñabas? —Evan intentó mantener un tono calmado, pero no soportaba verla asustada, aunque solo fuera por un sueño—. ¿Por qué decías que no eras una puta?

—Es una larga historia —respondió ella—. Los sueños son los residuos de algo que ocurrió hace mucho tiempo. Algo que ya se acabó.

—Cuéntamelo, Randi. Por favor. —Evan utilizó el nombre familiar a propósito, convencido de que aquello que la asustaba guardaba relación con su infancia y quizá con su madre. Si sus recuerdos eran aterradores, Evan se prometió no volver a llamarla por su hombre de pila—. Háblame de tu vida antes de que llegaras a Amesport.

—Mi madre hizo cosas malas. Yo también —le advirtió.

—Me importa una mierda lo que hiciera tu madre. Tú no eres responsable de eso. Solo eras una niña. Cuéntamelo —insistió.

—Mi madre era prostituta.

Evan notó el escalofrío que recorrió el cuerpo de la mujer al confesarle su secreto.

—Fue prostituta desde que tengo uso de memoria. Cuando nací ella solo tenía dieciséis años y nunca he sabido quién fue mi padre. Seguramente uno de sus... clientes. Teníamos un apartamento cerca de la esquina en la que trabajaba, pero yo no veía gran cosa. En el edificio donde vivíamos había varias prostitutas más que hacían la calle en la misma zona y se turnaban para cuidar de mí. A veces me traían comida. A pesar de que no tenían ningún motivo para hacerlo, se portaban bien conmigo. Yo no era su hija.

Evan le acarició el pelo y se estremeció de ira al pensar en la niña que tuvo que criarse en ese entorno.

—¿Qué ocurrió?

«Debo mantener la calma. Todo esto trata sobre ella, no sobre mí. En estos momentos me necesita».

Y era lo que él más deseaba, que lo necesitara.

—Una de las amigas me ayudó a matricularme en la escuela y empecé a ir a clase todos los días. No recuerdo gran cosa de la época anterior a primaria.

—¿Tu madre subía con los clientes al piso?

—No, siempre se iba antes de que yo volviera de la escuela y a veces no estaba en casa por la mañana cuando me despertaba.

Evan estaba montando en cólera, algo poco habitual en él. ¿Randi se había criado sola, con la ayuda ocasional de unas prostitutas?

—¿Cómo acabaste en Amesport? ¿Con qué soñabas? ¿Con algo que ocurrió de verdad?

Randi asintió lentamente sin apartar la cabeza de su hombro. Hablaba con voz temblorosa.

—Cuando tenía trece años, mi madre desapareció durante varios días. Encontraron su cuerpo al cabo de una semana. Había sido asesinada, seguramente por uno de sus clientes, pero nunca lo encontraron.

La ira de Evan aumentó un poco más.

—¿Te quedaste sola?

—Cuando los servicios sociales descubrieron mi existencia, me llevaron a un hogar de acogida.

Confundido, preguntó:

—¿Entonces te adoptaron los Tyler?

—No. Me entregaron a una familia del sur de California. Y luego hui.

Evan sabía que algo no encajaba en su historia.

—¿Qué pasó?

Sabía que debía de existir un motivo para que Randi escapara. Si le hubieran proporcionado la estabilidad necesaria después de una infancia tan caótica, no se habría ido.

—Mi padre de acogida sabía que yo era la hija de una prostituta y supuso que yo tenía las mismas habilidades que mi madre —le dijo Randi en voz baja.

La ira que se acumulaba en el interior de Evan estaba a punto de estallar. Era algo que nunca había experimentado.

—¿Abusó de ti? Eras una niña.

—Mi madre huyó de su casa. Algunas chicas empiezan muy jóvenes. Suelen venir de hogares desestructurados y han sido víctimas de abusos —le explicó Randi con paciencia—. Un día intentó obligarme a que se la chupara. Tuve que huir y me fui sin nada... Aunque tampoco tenía muchas pertenencias.

—Podrían haberte encontrado otro hogar de acogida...

—Tenía miedo. En ese momento preferí probar suerte en la calle.

Evan la comprendía, pero aquello no sirvió para aplacar la intensidad de su ira.

—Dime cómo acabaste aquí.

No quería obligarla a revivir su pasado. Quizá Randi transmitía la sensación de que había dejado atrás todo aquello, pero si aún tenía pesadillas era porque se aferraba al dolor de su infancia. Si encontraba al cabrón que había intentado violarla, lo mataría con sus propias manos.

—Durante un tiempo viví en la calle. Dejé de ir a la escuela. Hice todo lo necesario para sobrevivir. Un día tenía tanta hambre, estaba tan desesperada, que intenté robarle la cartera a un turista. Lo último que quería era vender mi cuerpo, pero sabía que si no hacía algo acabaría volviendo con las amigas de mi madre para pedirles que me ayudaran. Habría hecho cualquier cosa con tal de sobrevivir —dijo Randi con voz trémula, recordando la desesperación de su juventud.

Evan respiró hondo, intentando concentrarse en Randi más que en sus propias emociones. La simple idea de que hubiera estado a punto de verse obligada a vender su cuerpo para sobrevivir estuvo a punto de hacerle perder los estribos.

—¿Conseguiste el dinero que necesitabas? —le preguntó, sin importarle una mierda que hubiera robado a cientos de personas para salir adelante. Merecía una vida mejor que la que había tenido de niña... una infancia que había sido un auténtico infierno.

—No —respondió con un tono más melancólico y reflexivo—. El hombre al que intenté robar fue Dennis Tyler.

—¿Tu padre de acogida? —preguntó Evan con incredulidad.

Randi asintió.

—Dennis y Joan estaban de vacaciones para celebrar su aniversario de boda. Me pillaron con las manos en la masa.

—No te denunció a la policía —dijo Evan, que esperaba no equivocarse.

—No. Joan y él me llevaron al restaurante más cercano y me invitaron a comer. Cuando les conté que no tenía casa y lo que me había pasado, me trajeron con ellos a Amesport. Joan estaba jubilada y como había trabajado toda la vida de maestra, me ayudó a ponerme al día en los estudios. Me pasé todo el verano estudiando para estar preparada y poder empezar a ir a la escuela en otoño.

—Y lo lograste —dijo Evan con gran admiración—. ¿Cómo consiguieron entenderse Dennis y Joan con el servicio de acogida?

—Mintieron —confesó Randi—. Les dijeron que eran familiares lejanos y que tenían la guarda y custodia. Dennis también estaba jubilado y había sido el director del colegio. Tenían tantas ganas de que me quedara con ellos que hicieron todo lo necesario para matricularme en la escuela. —A Randi se le quebró la voz y empezaron a correrle las lágrimas por las mejillas—. Dos personas que habían sido ciudadanos ejemplares toda la vida mintieron para evitar que una adolescente volviera a la calle. No querían correr el riesgo de que me quedase atrapada de nuevo en el laberinto del sistema. Por entonces ya tenían setenta años. Ninguno de nosotros sabía qué podía ocurrir si contaban la verdad.

Evan imaginó que seguramente no habría ocurrido nada, dado que Randi ya era mayor y no habría sido fácil que alguien la hubiera adoptado. Seguramente los Tyler habrían podido adoptarla si lo hubieran intentado. Pero también imaginó que en algún momento del proceso Randi se habría visto obligada a volver a los servicios sociales, ya que los Tyler la habían acogido ilegalmente y se la habían llevado del estado. Evan se sintió enormemente agradecido por el sacrificio que habían hecho los ancianos y por las mentiras que habían dicho.

—¿Cómo heredaste su apellido?

—Me lo cambié legalmente al cumplir la mayoría de edad. Eran los únicos padres que había tenido y quería tener su apellido —respondió categóricamente.

—Me habría gustado conocerlos —dijo Evan, que aún no había asimilado que la mujer que tenía entre los brazos lo hubiera pasado tan mal. Sin embargo, admiraba su resistencia y fuerza de voluntad para sobrevivir y salir adelante. ¿Cuántos niños como ella acababan llevando una vida respetable como maestros? No conocía las estadísticas, pero estaba convencido de que no eran muchos.

Randi suspiró.

—Te habrían caído muy bien. Eran muy sensatos y me dieron mucho amor —dijo con añoranza.

—¿Por qué crees que vuelves a tener pesadillas? —Tuvo que hacer un auténtico esfuerzo para pronunciar la pregunta, ya que la ira lo había dejado en silencio.

—Creo que es por la muerte de Joan. Fue la piedra angular de mi vida durante tanto tiempo que no me di cuenta de lo sola que iba a sentirme sin ella. Mis padres de acogida me proporcionaron la formación y los recursos para llevar una vida mejor, pero los echo muchísimo de menos —dijo Randi con un deje de tristeza inconsolable.

Evan sabía que Miranda tenía amigas que se preocupaban por ella, pero la pérdida que había sufrido avivaba la hoguera de las inseguridades de su infancia. Aunque él nunca había sentido en carne propia la inseguridad que provocaba no tener una cama donde dormir, ni nada que comer, comprendía que los miedos de los primeros años de vida habían quedado grabados a fuego en su alma y quizá nunca podría dejarlos atrás del todo. Él mismo era el ejemplo perfecto que demostraba esa teoría.

No era de extrañar que le gustara tanto la comida y que saboreara los alimentos como si se tratase de una experiencia religiosa. Supuso que cuando uno había pasado hambre en la infancia, sin saber cuándo podría llevarse algo a la boca, se disfrutaba de la comida de un modo especial.

Sintió una opresión en el pecho al pensar que Randi había pasado hambre y se le revolvieron las entrañas al imaginarse a un desgraciado intentando violarla cuando solo era una niña.

«Siempre la protegeré, haré que se sienta a salvo».

Randi se había apoderado de él. Si la abrazaba con fuerza, quizá lograría que se sintiera más segura.

La agarró con vigor de la cintura y prometió no abandonarla mientras ella quisiera. Iba a hacer cuanto estuviera en su mano para que se sintiera a salvo.

Quizá Randi no lo sabía, pero mientras él tuviera fuerzas para respirar, ella no volvería a sentirse asustada o sola.

«¿Me permitirá que siga a su lado cuando descubra que soy su misterioso confidente?».

Como no quería correr el riesgo de perderla en ese momento, se convenció a sí mismo de que debía esperar un poco más a contarle la verdad.

Capítulo 11

—¿Cómo? ¿Que no te gustan los pasteles?

Randi miró a Evan horrorizada mientras él observaba el pastel de zanahoria que tenía en el plato como si fuera una serpiente venenosa. Primero había mostrado su desagrado cuando supo que iban a cenar espaguetis, argumentando que eran bombas de hidratos de carbono. A pesar de ello, se los comió como si se estuviera muriendo de hambre y, dejando a un lado las quejas, logró que su plato quedara reluciente. En ese momento, no obstante, miraba el pastel con recelo.

—Intento no pasarme con el consumo de azúcar —dijo con indiferencia.

Randi le dio un bocado a su pedazo de tarta y cerró los ojos mientras la cobertura de queso cremoso montaba una orgía con sus papilas gustativas. Cuando abrió de nuevo los ojos, se quedó mirando a Evan como si le estuviera hablando en un idioma desconocido. Había hecho trampas con la pasta, ya que había utilizado una salsa preparada. Pero el pastel lo había hecho ella.

—¿Qué pasa, eres diabético?

Nunca había conocido a un hombre que estuviera tan espectacularmente en forma y que cuidara tanto lo que se llevaba a la boca.

—No. De pequeño estaba gordo. Me pusieron una dieta muy estricta y desde entonces no pruebo el azúcar —gruñó.

¿Sus padres lo sometieron a una dieta sin dulces? Había muchas formas de fomentar que los niños siguieran una dieta sana, pero un caramelo de vez en cuando no iba a convertirle en una bola de grasa.

—¿Qué comías?

—Pues pescado, carne magra, verdura. Lo mismo que como ahora, básicamente.

—¿De verdad tenías sobrepeso? —Era una dieta muy rigurosa para un niño, y no se imaginaba que nadie se mostrara tan drástico a menos que existiera un problema grave.

Evan se encogió de hombros.

—No mucho, pero me sobraba algún kilo. Sin embargo, mi padre creía que estaba gordo. No comía con el resto de la familia, y si me pasaba del peso previsto, no comía.

A Randi se le partió el corazón al ver la mirada de anhelo de Evan, que no apartaba los ojos del pastel que tenía ante sí. Estaba atrapado en su propio miedo a comer algo que se saliera de su dieta habitual. No era la primera vez que Randi se daba cuenta de que era un hombre que seguía una serie de rutinas obsesivas.

—Pero si salta a la vista que haces ejercicio y que no tienes ni un gramo de grasa. —Podía dar fe de ello—. No pasará nada si te das algún capricho de vez en cuando.

Randi se levantó de la silla, pinchó un trozo de pastel con el tenedor de Evan y se lo acercó a la boca.

—Ábrela.

Él obedeció y accedió a sus deseos. Randi lo observó mientras él masticaba y engullía la tarta, con los ojos cerrados para disfrutar del momento.

—¿Está bueno? —preguntó ella con cautela.

—Es una puta delicia.

Randi sabía lo que era disfrutar de la buena comida después de no poder probarla durante tanto tiempo. Quizá Evan no había tenido que hurgar en la basura como ella, pero le habían privado del placer de comer.

Lo obligó a apartarse de la mesa para sentarse en su regazo y se comió un pedacito de su pastel.

—Es una receta de Joan —le dijo después de tragarlo.

Randi le ofreció un poco más, compartiendo el pedazo de pastel con él. Los ojos de Evan eran dos llamas de color azul; su intensa mirada no se apartaba del rostro de su amada y aceptó su ofrenda sin dudarlo. Randi le sonrió, contenta por la victoria obtenida: era obvio que Evan quería más dulce, pero tenía miedo de saltarse su estricta dieta.

Comieron en silencio unos minutos antes de que Evan le quitara el plato vacío y el cubierto y los dejara en la mesa de cualquier manera.

—El pastel estaba buenísimo, pero ahora es a ti a quien quiero devorar —le dijo, con una mirada de deseo desenfrenado.

Randi sintió un escalofrío cuando Evan la levantó en brazos y se puso en pie. No vaciló ni un instante mientras subían las escaleras, cargando con ella como si fuera una pluma.

No iba a fingir. No podía hacerlo con Evan. En ese momento lo necesitaba con la misma pasión desaforada que sentía él. El deseo crecía en sus entrañas y su sexo se humedecía ante la expectativa de lo que estaba a punto de ocurrir.

—Te necesito —admitió Randi con voz entrecortada cuando él la dejó en el suelo.

Evan tenía opinión para casi todo, pero también la aceptaba a ella por quien era, a pesar de su oscuro pasado. No se había inmutado cuando Randi le confesó que su madre había sido prostituta, no había huido de ella, sino que intentó consolarla con dulzura y cariño. Quería que se sintiera segura después de aquella pesadilla y en ningún momento la menospreció.

—Lo sé, cariño. Yo también te necesito. Quiero demostrarte que eres mía —gruñó—. Desnúdate para mí o acabaré arrancándote la ropa interior.

Sus palabras posesivas y dominantes avivaron el deseo de Randi de un modo que no había experimentado jamás. Debería haber tenido miedo, y seguramente habría sido así si se hubiera tratado de otro hombre. Pero en esos momentos sus palabras eran una declaración sincera del mismo deseo que resonaba en el interior de su propia alma.

Randi quería ser suya y deseaba que él se entregara con la misma pasión. Ambos se regían por unas emociones primarias y depredadoras, que en ese momento parecían la consecuencia más natural de su estado de ánimo.

Habitualmente Randi se decantaba por tonos suaves y delicados para su lencería, tonos pastel, en lugar de las prendas provocadoras y atrevidas que buscaban despertar la pasión, pero a Evan no parecía importarle.

—No llevo lencería muy sexy —dijo ella, algo nerviosa.

No era que no confiara en Evan, pero nunca había visto esa mirada salvaje que la estaba desnudando. Parecía... fuera de sí. Y estaba arrebatador cuando se comportaba de ese modo. Randi tenía la mano en la cremallera de sus pantalones, pero no podía apartar la mirada de Evan, que fue quitándose la ropa hasta quedar desnudo.

—Oh, Dios. Qué guapo eres —susurró casi sin aliento, deleitándose con el espectáculo de los fuertes músculos y la piel desnuda. La luz del día le permitió ver varias cicatrices en los hombros y el pecho—. Date la vuelta —le pidió mientras ella se quitaba los pantalones, sin el menor rastro de su anterior inhibición.

—Preferiría no hacerlo —masculló Evan. Sus ojos azules brillaban con un destello mezcla de ira y excitación.

Quizá Randi debería haber tenido miedo de su fiereza, pero no fue así. Sabía que aquella ira no iba dirigida contra ella, y Evan era demasiado hombre para tomarla con la persona equivocada. Era muy precavido y reservado. Lo que estaba viendo no era algo que Evan dejara ver a cualquiera. Se había desnudado ante Randi porque confiaba en ella, un poco al menos, lo cual no hizo sino excitarla aún más.

—Por favor —suplicó ella, consciente de que era algo a lo que debía enfrentarse Evan, un obstáculo más que debía salvar. Por desgracia, sospechaba que le iba a costar mucho más que comer dulces o ponerse ropa informal.

Randi se quitó el jersey mientras esperaba y contuvo la respiración.

Él la observó con avidez antes de volverse lentamente, y Randi dejó de contener el aliento.

Las cicatrices no eran horribles, ni siquiera se distinguían claramente a simple vista. Pero cuando Randi se acercó un poco para acariciar las marcas que surcaban la espalda y las nalgas de Evan, se dio cuenta de que llegaban también a los muslos. Los poderosos músculos se estremecieron al notar el roce de la yema de sus dedos.

«¿Por qué? No entiendo cómo un padre puede pegar a su hijo. Sé que el suyo fue un hombre horrible, pero Hope nunca me ha dicho que les pegara. Supuse que el maltrato solo era psicológico».

Entonces comprendió que, al ser el primogénito, toda la presión había recaído en Evan, que había vivido una de las infancias más crueles que se podían imaginar.

Randi no pudo contener las lágrimas, pero intentó dejar a un lado sus propias emociones. ¿Qué tipo de infancia había tenido Evan? Había recibido una alimentación insuficiente y había sido víctima de un maltrato físico que le había dejado marcas y cicatrices que aún eran visibles varios años después. ¿Qué monstruo era capaz de hacer algo así a un niño? Su padre había separado a Evan del resto de la familia y lo había utilizado para dar rienda suelta a su propia brutalidad.

—¡Cabrón! —exclamó Randi, con la voz entrecortada por las lágrimas—. Si tu padre no estuviera muerto, iría yo misma, le cortaría las pelotas y lo obligaría a tragárselas.

Cuantas más cicatrices encontraba, más aumentaba su ira. Ella había vivido una infancia dura, pero no tanto como la de Evan.

—¿Tan disgustada estás por mí? —preguntó Evan con voz áspera.

Sí. Quizá nunca había conocido a nadie que se indignara por lo que le había pasado, pero Randi no soportaba pensar en lo que había sufrido siendo niño.

—Sí.

—Eso sucedió hace mucho tiempo —le dijo él sin perder la calma, como si quisiera consolarla a ella.

Randi se arrodilló y examinó todas las cicatrices de los muslos y pantorrillas.

—Me da igual. Se comportó como un auténtico monstruo. ¿Les hizo lo mismo a todos tus hermanos?

—No. No tanto. Pero el maltrato psicológico al que nos sometió fue peor que el físico.

Randi notó un deje de duda y receló de la respuesta de Evan.

—Lo hiciste a propósito. Dejaste que te pegara para que no la emprendiera a golpes con los demás.

Sabía que tenía razón. Evan tenía un claro instinto de protección.

—No puedo negar que en algún momento pensé que si me elegía como objetivo para volcar su frustración, dejaría en paz a los demás —admitió a regañadientes.

—¿Y funcionó?

—Más o menos. Mi padre era un desgraciado y cuando me fui a la universidad, empezó a cebarse con Grady. Me di cuenta cuando volví a casa por Navidad. Iba a enfrentarme con él, pero entonces murió.

Randi notó una sensación de alivio. Sabía que seguramente Evan había planeado algo más que una simple discusión con su padre sobre el trato que le dispensaba a su hermano menor. Habría estado bien que hubiera tenido la oportunidad de darle su merecido, pero, en el fondo, era mejor que el desgraciado hubiera muerto. Quizá la familia no se habría sobrepuesto a un enfrentamiento físico entre Evan y su padre.

—Ahora ya pasó. —Randi no quería que reviviera esos horribles recuerdos—. Eres un hombre fuerte y maravilloso.

Randi lo agarró del trasero y empezó a besar las marcas que tenía en la parte inferior de la espalda.

—¡No! —le ordenó Evan, que se volvió y la miró—. No quiero que sientas pena por mí.

—No siento pena —replicó ella con sinceridad, y lo miró fijamente—. Lo que ocurre es que me preocupo por ti.

Evan no soportaba la idea de ser objeto de compasión por parte de nadie. Seguramente por eso nunca había compartido su pasado.

La expresión de su rostro se suavizó.

—De acuerdo —dijo, con cierta incredulidad.

Randi acercó los labios a sus abdominales, recorriendo con la lengua aquellos músculos que parecían esculpidos con un cincel.

Su vientre se convirtió en una superficie tensa y rígida al notar el roce de su lengua y sus labios. Randi bajó y empezó a seguir la fina línea de vello, que conducía a un glorioso miembro erecto en estado de máxima excitación.

«Ahora sí».

No podía dejar pasar el momento. Era la situación ideal para dejar atrás algunos de los fantasmas de su pasado y demostrarle a Evan que nunca había conocido a un hombre tan excitante como él.

Abrió la boca lentamente y deslizó la lengua por el glande, deleitándose con el sabor de Evan.

No tenía miedo.

No era asqueroso.

Era divino.

Todos los pensamientos relacionados con su traumática infancia quedaron relegados al paladear la esencia de Evan Sinclair. No había vuelta atrás, ahora quería más. Abrió la boca, agarró el miembro erecto con la mano derecha y deslizó la lengua desde la base hasta la punta. Era una barra de acero cubierta con una funda de seda. Una combinación irresistible.

—Para —gruñó Evan—. No te gusta.

Randi se quedó con el corazón en un puño al oír sus palabras torturadas y al reconocer su voluntad a renunciar a algo que obviamente le gustaba solo porque creía que ella tenía miedo. Aquel gesto aumentó su excitación a un nivel que nunca había sentido. Se apartó un momento y respondió sin dejar de mirarlo a los ojos.

—Quizá me guste contigo. Déjame probarlo. Estoy muy excitada.

Randi lo miró mientras rodeaba el miembro erecto con los labios y, poco a poco, lo engulló. Evan inclinó la cabeza hacia atrás y cerró los ojos. Estaba en el paraíso.

—Me estás matando —susurró.

Randi fue ganando confianza rápidamente en una habilidad en la que no tenía experiencia. Al oír los gruñidos de placer de Evan, combinó la mano y la boca para llevarlo al éxtasis imitando las sensaciones de una penetración, aplicando la presión necesaria con la boca y utilizando la lengua en la zona más sensible del glande.

Evan se puso a jadear, casi sin control, cuando ella le agarró los testículos con una mano y, con la otra, lo sujetó de las nalgas para que no se apartara. Los gemidos eróticos, graves y animales que lanzaba la excitaron aún más, hasta llegar a una parte de su alma que sentía una conexión especial con él y el dolor de su pasado.

Randi no se inmutó cuando él la agarró del pelo para guiarla tal y como le gustaba, para que siguiera el ritmo que mejor se ajustaba a su excitación.

—No. Puedo. Parar —dijo, presa de una desesperación exacerbada.

«No pares, Evan. Déjate llevar por una vez en la vida».

Randi cerró los ojos y disfrutó de la conexión sensual que había establecido con Evan, consciente de que estaba a punto de llegar al orgasmo.

—¡No pares! Ya no aguanto más —le advirtió.

«Sí. Sí. Sí».

Randi alcanzó también el éxtasis sin apartarse de él, aunque Evan lo intentó. Aceptó con avidez la deliciosa esencia de su amante, encantada de haber tenido a un hombre tan grande, fuerte y orgulloso como él en sus manos.

Se tomó su tiempo para asegurarse de que no dejaba ni una gota, excitadísima ante sus gemidos de placer.

Al final, Evan la agarró de los brazos y la puso en pie.

—¿Por qué? —preguntó sin aliento, con la mirada turbia como un mar embravecido.

No fingió que no lo entendía.

—Porque me apetecía. Me vuelve loca tu sabor. —Se relamió los labios para ver cómo reaccionaba.

Y no se llevó una decepción. Evan la tomó en brazos con una mirada excitada y la dejó en la cama.

—¿Te ha excitado chupármela? —preguntó muy seriamente.

—Más de lo que me imaginaba —admitió Randi.

Evan subió a la cama.

—En toda mi vida podré dejar de fantasear con tu deliciosa boca chupándomela. No lo olvidaré nunca —dijo Evan, con un tono mezcla de admiración y vergüenza.

Randi sabía que ella recordaría todo lo que habían hecho juntos, la intimidad de la que estaban disfrutando. Ninguna experiencia sexual del pasado se había acercado al éxtasis que había sentido con Evan. Estar con él era peligroso y sumamente adictivo.

—Te necesito —susurró Randi con un hilo de voz, lanzando una mirada suplicante a Evan.

—Ya me tienes —respondió él de inmediato.

—Demuéstrame lo que se siente después de una sesión de sexo alucinante —le pidió—. Nunca había vivido nada parecido —le confesó.

Evan soltó una risa.

—¿Y crees que yo soy un experto? Yo tampoco había vivido nada igual. Pero admito que he practicado bastante. Ahora creo que llevo toda la vida esperándote.

A Randi le dio un vuelco el corazón cuando Evan le desabrochó el cierre de su sujetador de encaje.

Él no apartó la mirada de la prenda mientras se la quitaba delicadamente, deslizando los tirantes por los brazos. Al acabar, lo dejó caer al suelo.

—Te equivocas, por cierto —le dijo a Randi—. La lencería que llevas es de lo más sexy que he visto. Me encantan los colores suaves y el encaje. Es casi inocente, pero sé que lo que se oculta debajo es delicioso.

La tumbó en la cama y se arrodilló entre sus piernas, devorándola con la mirada. Se inclinó hacia delante y le acarició los pechos. Eran del tamaño perfecto, le cabía cada uno en una mano.

—Maravilloso —gimió con voz gutural.

Randi se estremeció cuando empezó a acariciarle los pezones con los pulgares y murmuró su nombre cuando se puso encima de ella para besarle un pecho.

—Evan —dijo con un suspiro erótico.

Lo agarró del pelo y arqueó la espalda cuando él le mordió con dulzura el pezón izquierdo y luego se recreó con la lengua, para aliviar el dolor. Se movía de un pecho al otro. Los mordisqueaba. Besaba. Acariciaba.

—Por favor —suplicó Randi cuando ya no aguantaba más. Se estaba volviendo loca con sus caricias, pero necesitaba algo más.

Evan le tapó los labios con un dedo y se puso junto a ella para poder tocarla.

—Quiero ser testigo del momento en que llegues al orgasmo —le dijo, excitado.

Randi estaba empapada y se estremeció de gusto cuando Evan empezó a acariciarle el vientre y deslizó la mano entre sus piernas. Ella se abrió de inmediato. Quería sentirlo, lo anhelaba con desesperación.

Él introdujo la mano bajo la goma de las braguitas y le excitó el clítoris con habilidad, trazando círculos en la zona más sensible antes de darle lo que quería y de empezar de nuevo con el ritual. Justo cuando ella iba a llegar al orgasmo, se detenía para llevarla al paroxismo del placer. Mientras tanto, seguía torturándole los pechos con la boca.

Randi sacudió la cabeza, atormentada, desesperada por alcanzar el clímax. Cerró los ojos y vio un caleidoscopio de colores sobre la pantalla de sus párpados.

—Sí. Por favor. No pares.

Evan empezó a acariciarle los pezones y acercó la boca a su oído.

—Quiero verte en éxtasis. Estás preciosa cuando te dejas llevar. Quiero saber que soy yo el responsable de esa arrebatadora mirada —dijo con su voz más grave y seductora.

Sabía interpretar las señales de su cuerpo mejor que nadie y hacerla estremecer de placer. Su clímax no llegó como una oleada porque Evan no quiso. Randi inclinó la cabeza hacia atrás y empezó a jadear, sintiendo el lento embate del placer supremo.

Esta vez el orgasmo fue distinto, y Randi se estremeció de los pies a la cabeza a medida que las oleadas de placer desbordante se apoderaron de su cuerpo. Pareció que duraba una eternidad, pero no fue suficiente. Randi gimió fuera de sí cuando se entregó al clímax, levantando las caderas para sentir los dedos de Evan dentro de ella.

—Preciosa —dijo Evan—. Estás preciosa.

Cuando su cuerpo empezó a recuperarse del tsunami de placer, Evan aún le estaba acariciando el sexo, que se estremeció de excitación cuando él se arrodilló entre sus piernas. Sin decir nada, le arrancó las bragas y las tiró al suelo. La puso boca abajo, le levantó las caderas y se la metió hasta el fondo.

El cuerpo de Randi se amoldó de inmediato a su tremenda verga, aunque al principio sintió alguna molestia ante la brusca invasión desde un ángulo distinto.

—¡Eres mía! —gruñó Evan, agarrándola de las caderas para que no se moviera.

Randi soltó un grito ahogado y movió las manos y las rodillas para estar más cómoda. El corazón empezó a latirle desbocado al darse cuenta de que la estaba poseyendo como un hombre de las cavernas.

Nunca había estado tan excitada. Quería que la tomara así: sin contemplaciones, sin rodeos, salvaje como un animal fuera de sí.

Empezó a moverse. Las arremetidas de Evan eran cada vez más fuertes. Estaba tan excitado que apenas podía respirar.

—Eres mía. Dilo —le ordenó Evan mientras la embestía una y otra vez.

Randi guardaba silencio, incapaz de pronunciar las palabras. Había perdido el control por completo, las llamas del deseo la consumían. Lo único que podía hacer era levantar las caderas para notar sus arremetidas, suplicando en silencio que aquella posesión feroz no acabara nunca.

—Dilo —le ordenó de nuevo y esta vez deslizó una mano entre los muslos para acariciarle el clítoris.

—Sí. Maldita sea, sí.

Randi sabía que estaba gritando, pero su cuerpo estaba a punto de llegar al momento de máximo placer que necesitaba tan desesperadamente. El instinto salvaje y carnal de Evan la estaba llevando al borde de la locura.

Quería sentirse más cerca de él.

—Más fuerte —insistió, empujando con las caderas para sentirlo hasta el fondo—. Más.

Evan se inclinó hacia delante y le dio un suave mordisco en la nuca, en el lugar donde su melena caía a ambos lados y le enmarcaba el rostro.

El clímax de Randi llegó como una descarga eléctrica que le hizo agachar la cabeza y gritar sobre la almohada de Evan.

—¡No! —exigió él, que se apartó un poco y le tiró suavemente del pelo—. Quiero oír tus gritos de placer.

Randi sucumbió a la oleada de contracciones, mientras Evan seguía bombeando a un ritmo infernal.

—Joder, Randi —profirió Evan, una mezcla de grito y gruñido antes de caer rendido sobre ella, apoyándose en los brazos. Randi, por su parte, se derrumbó sobre la cama.

Gimió de placer cuando él se tumbó a su lado y notó su cuerpo empapado en sudor, acurrucado a su lado.

—¡Mierda! No me he puesto el preservativo —dijo Evan con un tono de voz poco habitual en él, presa del pánico.

Randi se volvió para mirarlo a la cara y se le cayó el alma a los pies al ver el gesto aterrorizado de Evan.

—Tomo la pastilla, no pasa nada. —Había empezado en la universidad y como le ayudaba a regular el ciclo menstrual no la había dejado.

Cuando vio la mirada de alivio de Evan se puso aún más triste.

«Claro, no quiere dejar preñada a la hija de la prostituta. Como es multimillonario hay mucho en juego».

—Yo estoy limpio —se apresuró a añadir—. Me hice las pruebas hace poco y es la primera vez que me acuesto con una mujer sin usar preservativo.

—Conmigo no tienes que preocuparte —le aseguró Randi de forma inexpresiva—. También me he hecho los análisis y no me había acostado con nadie desde entonces.

—Me preocupaba más dejarte embarazada que eso —replicó Evan en voz baja.

Después de todo lo que habían compartido, le dolió oírle pronunciar esas palabras. Ella comprendía su preocupación, claro, pero aquello sirvió para devolverla de golpe a la realidad.

«Esto solo es una cana al aire. Disfruta del momento, pero no te hagas ilusiones. Es algo puramente físico. Solo va a servir para saciar nuestro apetito sexual».

Randi se deslizó hasta el borde de la cama, se levantó y se dirigió al baño.

—¿Adónde vas? —le preguntó Evan con brusquedad.

—Creo que voy a darme un baño en tu enorme bañera —contestó ella. Tenía ganas de usarla desde que la había visto.

—¿Quieres compañía? —preguntó él en tono sugerente.

—Creo que me las apañaré sola —respondió Randi con voz inexpresiva. Debía mantener la compostura hasta que hubiera salido de la habitación.

Evan no supo qué decir, tal y como ella esperaba.

No derramó ni una sola lágrima hasta que cerró la puerta del baño con el pestillo.

CAPÍTULO 12

La tormenta empezó a remitir esa misma noche, y Randi volvió a su casa a la mañana siguiente, después de que Dante llamara para avisarla de que ya tenía electricidad de nuevo.

Evan, por su parte, se sentía inquieto a pesar de haber hecho ejercicio y se dirigió a pie a casa de Grady. Necesitaba hablar con alguien para intentar aclarar las ideas.

—No sé qué hice mal —les dijo a sus hermanos, mientras los cuatro permanecían sentados en torno a la mesa de Grady con una taza de café. Había decidido confesar su relación con Randi, con la esperanza de que pudieran ayudarlo. No le importaba que se burlaran de él siempre que consiguiera comprender un poco mejor cómo funcionaba la mente de una mujer. Lo único que deseaba era hacerla feliz.

—¿Y si hablas con ella? —sugirió Grady—. Sé por propia experiencia que los regalos no siempre sirven para solucionar los problemas con las mujeres cuando están enfadadas.

—Antes tiene que averiguar qué ha hecho mal —dijo Jared, que frunció el ceño, intentando encontrar la posible causa del problema.

—¿Qué le dijiste exactamente para hacerla enfadar de esta manera? —preguntó Dante con curiosidad.

Evan miró a sus hermanos, que lo observaban muy serios. Estaban intentando ayudarlo de verdad... algo que lo sorprendió mucho.

Cuando llegó a casa de Grady y vio que estaban todos allí, se quedó algo desconcertado. Dante llevaba el uniforme de trabajo, pero le dijo que podía empezar un poco más tarde porque se había cansado de hacer horas extra durante la ventisca. Jared no le dio ninguna excusa.

Habría apostado cualquier cosa a que Grady los había llamado, pero no entendía por qué.

Sin embargo, todos parecían dispuestos a echarle una mano, así que, en realidad, lo de menos era el motivo que los había llevado hasta ahí.

—Ni siquiera sé qué flores le gustan, y no sé qué hice mal. Lo único que ha pasado es que Randi... ha cambiado de un día para otro.

Había pensado en enviarle flores, pero se enfadó consigo mismo por no saber cuáles eran sus favoritas.

—¿Qué pasó antes de su transformación? —preguntó Grady con solemnidad.

—Que nos acostamos sin usar el preservativo —admitió Evan a regañadientes, ya que no le gustaba compartir los detalles más íntimos de su relación con Randi. Pero estaba desesperado.

—¿Y luego qué? —preguntó Dante después de tomar un sorbo de café.

—Le dije que era un alivio que estuviera tomando la píldora y que no pudiera dejarla embarazada. —Para Evan había sido una reacción de lo más normal.

—¡No puede ser!

—¡¿Cómo es posible?!

—Ya puestos, ¿por qué no le dijiste que lo único que te interesaba era acostarte con ella? —intervino Dante.

—Bueno, más o menos... es lo que le dije —admitió Evan, que se revolvió incómodo en su asiento—. Es que me gusta y me atrae mucho, pero no quiero tener hijos.

—¿Por qué? —preguntó Jared en voz baja—. ¿Por tu trastorno?

Evan volvió la cabeza hacia él con un gesto brusco, algo nervioso.

—Te lo ha dicho Hope.

Estaba seguro de que había sido ella.

—Nos lo ha contado todo. Aunque podrías haberlo hecho tú, Evan —gruñó Grady—. Nuestro viejo me hizo la vida imposible, pero tú debiste de pasar por un auténtico infierno.

No se imaginaban lo duro que había sido, pero Evan tampoco quería darles todos los detalles.

—Sobreviví. Pero creo que el problema es hereditario.

—Tu hijo no tendrá nada que ver con nuestro padre —le recordó Dante—. El único responsable serías tú. —Dudó antes de añadir—: A Randi le encantan los niños. Quizá no quiera tenerlos ahora, pero al ver lo aliviado que te sentías quizá interpretó que la única relación que te interesaba mantener con ella era puramente sexual. ¿Se lo explicaste?

Evan negó lentamente con la cabeza, arrepentido de haberle transmitido a Randi la idea de que ella no era la madre adecuada para sus hijos. Lo había malinterpretado. En realidad, a Evan le aterraba la idea de tener hijos con cualquier mujer, y no quería hablar de ello. Intentó cambiar de tema.

—¿Algún consejo de lo que puedo hacer para deshacer el entuerto? —preguntó.

—Arrástrate a sus pies —sugirió Jared.

—Habla con ella. Cuéntale toda la verdad —dijo Grady.

—Has de conseguir que entienda que te interesa algo más que acostarte con ella —dijo Dante—. Randi te importa, ¿verdad?

145

Evan miró a Dante y asintió lentamente. No había ningún motivo para negarlo. El mero hecho de pensar que había herido a Randi con sus comentarios le provocó tal punzada de dolor en el estómago que metió la mano en el bolsillo, sacó el frasco de antiácidos y se tomó uno. Había llegado a un extremo que ya no salía de casa sin ellos.

Sí, claro que había querido acostarse con ella, pero sus sentimientos iban mucho más allá del sexo. Las emociones se mezclaban con el deseo, pero ella no había comprendido los motivos por los que no le entusiasmaba la idea de tener hijos.

No entendía que no era por ella, sino por él.

—Si no vas en serio con ella, hay un par de detectives que me han preguntado por Randi. A todos los compañeros de la comisaría les parece muy atractiva —añadió Dante.

Evan se puso rojo y dio un puñetazo en la mesa.

—¡Es mía! Diles que como se acerquen a ella los machacaré y les daré una paliza. Me da igual que sean agentes de la ley o no.

Perdió los estribos al imaginarse a Randi con otro hombre que no fuera él. Estaba tan furioso que no se dio cuenta de que nunca perdía la calma por completo. Aunque en el caso de que hubiera reparado en ello tampoco le habría importado.

Sus hermanos esbozaron una sonrisa.

***

—¿Has leído el artículo de Elsie?

Randi pasó por Natural Elements para comprobar si Beatrice se encontraba bien después de la ventisca. Por supuesto, estaba perfectamente. El entusiasmo de la anciana era contagioso.

—¿Ha publicado un artículo hoy? —preguntó Randi con curiosidad, observando la ecléctica colección de objetos que tenía a la venta—. Me sorprende porque hasta anoche no paró de nevar.

146

Beatrice movió la cabeza, emocionada.

—Sí. Lo ha titulado «Estrella del cine de visita en Amesport».

Randi estalló en carcajadas al oír el tono de Beatrice cuando leyó el titular de la noticia.

—Está soltero —le recordó a la autoproclamada casamentera, guiñándole un ojo.

La visita de Julian Sinclair, cuyo último estreno había sido un bombazo en taquilla, era todo un acontecimiento en Amesport, pero Randi supuso que la familia intentaría llevarlo todo con la máxima discreción. Elsie Renfrew, o Elsie la Soplona, como la llamaban la mayoría de ellos cuando no estaba delante, era la amiga íntima de Beatrice, y aún escribía para el periódico de la ciudad. Randi no entendía cómo podían haberse enterado de que los primos de los Sinclair iban a visitar Amesport. Debían de haber obtenido la información de un miembro de la familia. Beatrice y Elsie parecían dos entrañables ancianas, pero eran implacables cuando se les metía entre ceja y ceja enterarse del último chisme. Randi las conocía desde hacía mucho como para caer en la trampa de sus preguntas supuestamente inocentes.

—Lo sé, cielo, pero no seguirá en el mercado durante mucho tiempo —le dijo Beatrice con gran seguridad—. Su destino está ligado a la ciudad.

Randi acarició la lágrima apache que llevaba en el bolsillo, pensando en el tremendo error que había cometido Beatrice con su predicción. El único hombre al que de verdad deseaba estaba fuera del alcance de una mujer como ella. Ya no estaba tan enfadada con Evan. ¿Qué había imaginado? ¿Que le diría que no le importaba que se quedara embarazada? No habría sido una respuesta lógica ni razonable. A decir verdad, no quería ser madre soltera, pero sí que le gustaría tener hijos algún día.

Se había acostado con Evan siendo muy consciente de que la cosa entre ellos no tendría un gran recorrido. Era ella quien quería algo más; no él. No tenía ningún derecho a esperar otra reacción que no fuera la de alivio. Randi sabía que debería sentirse igual. Sin embargo, no era así.

—¿Crees que no le importas? —le preguntó Beatrice mientras quitaba el polvo a las estanterías.

—Sé que es así —dijo Randi, apoyándose en el mostrador de la tienda.

—Pues te equivocas —le aseguró Beatrice—. Es muy reservado, pero se acabará sabiendo la verdad.

—No es un hombre para mí, Beatrice.

—Te aseguro que no me he equivocado. Mis guías espirituales no fallan con los Sinclair —declaró Beatrice con firmeza.

Randi sonrió. No quería decirle que en su opinión esos presuntos guías espirituales empezaban a sufrir demencia.

—Tengo que irme —le dijo afectuosamente—. Lily me está esperando.

Como aún no había pasado por casa, llevaba a la perra a todas partes con ella y la había dejado en el todoterreno.

Beatrice se volvió y la miró fijamente.

—No te rindas. Vale la pena la espera. Siempre supe que sería un hueso duro de roer.

Randi asintió, a pesar de que las predicciones de Beatrice nunca le habían inspirado gran confianza. Al menos esta.

—¿Y los primos? —Quería saber qué futuro les vaticinaba la anciana.

—Todos proceden de aquí y ya he soñado con el primero.

«Pobres, los primos Sinclair no se imaginan la que se les viene encima».

Randi dudaba de que alguno de los primos fuera a trasladarse a Amesport. Micah se dedicaba a los deportes extremos, Julian trabajaba en Hollywood y Xander era el chico malo de la familia, que necesitaba salir de fiesta en una gran ciudad para vivir al límite y ser feliz. Ninguno de ellos estaría a gusto en Amesport.

—Cuídate, Beatrice —le dijo Randi mientras se dirigía a la puerta.

—Tú también, cielo, y recuerda lo que te he dicho. Nacisteis para estar juntos.

Randi abrió la puerta y se despidió:

—¡Gracias, Beatrice!

Una vez fuera, Randi se dirigió a su vehículo negando con la cabeza. La predicción de la pobre Beatrice estaba condenada al fracaso. Pero ella aún no lo sabía.

***

Esa misma tarde, Randi tenía que dar clase en el Centro Juvenil. La escuela empezaba al día siguiente, pero tenía una cita y se alegraba de que la madre de Matt no la hubiera cancelado.

Había ayudado al pequeño a mejorar su habilidad lectora, uno de los puntos débiles del alumno de tercero.

—No lo entiendo —se quejó el pequeño, frustrado mientras intentaba leer un fragmento de un libro.

—Ya lo entenderás —lo animó Randi—. Tienes que seguir intentándolo. Esfuérzate un poco más —le dijo con una sonrisa paciente—. Confía en mí.

Matt era inteligente, pero necesitaba algo más de atención individualizada, algo que no siempre podía ofrecerle en clase. Randi les había pedido a sus padres que lo llevaran a las clases de refuerzo gratuitas del centro, y ella se reservó una tarde a la semana para trabajar con él a solas.

De pronto Randi vio con el rabillo del ojo que algo se movía. Se dio la vuelta y vio a Evan, que la observaba a ella y a Matt. Tenía el hombro apoyado en el quicio de la puerta, de modo que era obvio que llevaba ahí un buen rato.

Iba vestido de nuevo con un traje formal y lucía un gesto serio e inquietante. Entró en la sala sin sacar las manos de los bolsillos de su americana de lana.

—Tardará cuatro veces más que los demás niños en reconocer las palabras. No ve lo mismo que los otros. Su cerebro está configurado de un modo distinto. A veces no podrá relacionar una palabra con un objeto o un significado. Quizá le cueste entender el sarcasmo y puede que tenga problemas para dar con la palabra adecuada que quiere decir. No siempre entenderá las bromas, así que es normal que se sienta incómodo si le gastan alguna. Pero puede llegar tan lejos como los demás niños.

Randi miró fijamente a Evan. Sus palabras la habían desconcertado, hasta que ató cabos. Había captado alguna señal: su necesidad de que todo estuviera sometido a una organización estricta y una rígida rutina, el hecho de que le hubiese pedido a Randi que marcara su propio número de teléfono en lugar hacerlo él, lo mal que se tomaba en ocasiones ciertos comentarios inocentes que no eran más que una broma, y su firme determinación para alcanzar el éxito cuando ya había logrado mucho más que la mayoría.

Evan había sobrecompensado su discapacidad.

—¿Eres disléxico? —Fue una pregunta casi innecesaria. Después de que Evan hubiera descrito los diversos síntomas de forma tan precisa, Randi estaba casi segura de la conclusión a la que había llegado.

Él asintió lentamente, sin apartar su mirada turbia de ella.

—Sí. —Asintió y señaló a Matt con la cabeza—. ¿Sabías que él también lo es?

Randi tragó saliva antes de responder.

—Sí, hice un máster en educación de alumnos con trastornos de aprendizaje.

Matt miró a Evan con los ojos desorbitados.

—¿Usted tiene los mismos problemas que yo? —preguntó con curiosidad.

Evan se sentó junto al pequeño. Ambos se encontraban frente a Randi.

—Así es —le dijo con sinceridad—. Somos distintos, pero eso no significa que no podamos alcanzar el éxito. Hay muchos famosos que sufren dislexia.

—Lo sé —contestó Matt con entusiasmo—. Me lo dijo Randi. Pero me cuesta leer y a veces confundo los números.

Evan asintió con un gesto solemne.

—Tu cerebro aprenderá a interpretarlos de otra forma. Recuerda siempre que eres especial, no estúpido. Tienes la capacidad de entender las cosas de un modo diferente a todos los demás.

A Randi le temblaban las manos cuando cerró el libro que habían estado leyendo y mientras escuchaba la sincera conversación que Evan tenía con Matt. No era fácil darse cuenta de que Evan tenía dislexia, pero, pensándolo bien, todo cuadraba.

Había intentado compensar sus debilidades aprovechando al máximo sus puntos fuertes. A veces se comportaba como un cretino porque su vida debía regirse por una organización perfecta para que él pudiera desenvolverse sin problemas. En ocasiones no captaba las bromas de la gente y por eso no decía nada. Seguramente nunca la había ignorado a propósito. ¿No le había mencionado que no sabía qué decir? De ahí esos extraños silencios. Si no estaba acostumbrado a relacionarse con gente que bromeaba, era normal que no se sintiera cómodo con alguien a quien le gustaba tomarle el pelo.

Todos los niños que sufrían dislexia debían seguir su propio camino para aprender y desarrollar sus habilidades. Randi estaba convencida de que Evan había recorrido un trayecto largo y tortuoso, con su pasado de malos tratos. Pero aun así lo había logrado, había obtenido un éxito al alcance de muy pocos.

Sí, su familia siempre había tenido una gran fortuna, pero su habilidad para los negocios le había permitido aumentar aún más su riqueza.

—Ya ha llegado mi madre —exclamó Matt sacando a Randi de su estado de ensoñación.

Randi vio a la madre del pequeño junto a la puerta, con la chaqueta de su hijo en la mano. Por suerte la mujer se preocupaba por él y comprendía el trastorno de Matt.

—Ve con ella —le dijo Evan, y le dio una suave palmada en la espalda—. Y recuerda lo que te he dicho.

Randi lamentó haberse perdido una parte de la conversación por tener la cabeza en otra parte.

Matt asintió con una sonrisa de oreja a oreja y un gesto de adoración. Randi lo observó mientras se dirigía a su madre, y luego se volvió hacia Evan. No sabía qué decirle.

—¿Por qué no me lo contaste? —le preguntó al final.

Él se encogió de hombros.

—Nunca se lo digo a la gente.

—¿Por qué?

—Sé que no soy estúpido, vago ni más lento que los demás. ¿Por qué debería importarme lo que piense la gente? —preguntó Evan, enarcando una ceja.

—¿Eso es lo que creía tu padre? ¿Que eras estúpido y vago? ¿Por eso te pegaba? —Randi cerró los puños. Deseaba que Evan le dijera que se equivocaba.

Pero no lo hizo.

—Sí. Así fue como empezó todo —le dijo, apartando la mirada—. Se suponía que debía ser el mejor de la clase. Era el heredero de los Sinclair. Mi padre no concebía que no fuera el primero en todo, para él no debía tener ningún defecto. —Evan respiró hondo—. Fui la mayor decepción de mi padre. Tardé en aprender a leer y tenía problemas con los números, algo inconcebible para un

Sinclair. A veces aún me hago un lío. Necesito que alguien de mi equipo compruebe que lo que plasmo en el papel se corresponde con lo que tengo en la cabeza. A menudo prefiero dictar los informes porque de este modo cometo menos errores.

A Randi se le cayó el alma a los pies al darse cuenta del esfuerzo que hacía Evan para ocultar su trastorno cuando, en realidad, debería sentirse orgulloso de lo lejos que había llegado. Se levantó y recorrió la mesa para sentarse junto a él.

—¿Cómo aprendiste?

Evan seguía sin mirarla y a Randi le dieron ganas de llorar por todo lo que había sufrido en su infancia. Era un hombre brillante, pero el idiota de su padre lo había hundido, convenciéndolo de que era un inútil.

—Cuando mi padre se dio cuenta de que pegarme hasta dejarme inconsciente no iba a convertirme en un niño más inteligente como por arte de magia, contrató a un profesor particular. El tipo era un desgraciado, pero funcionó. Las repeticiones y la fonología me ayudaron; me resultaba más fácil memorizar palabras relacionadas con una persona o un objeto tangible. Los conceptos abstractos llegaron más tarde. Trabajaba con el profesor todas las noches y los fines de semana que no estaba en la escuela.

—Eres increíble. Lo sabes, ¿verdad? —Randi alargó el brazo y lo obligó a mirarla.

—No es para tanto. Mi cerebro funciona así. No me quedó más remedio que aceptarlo.

Evan hablaba de ello con tal naturalidad que la desarmaba. Tuvo que sufrir una barbaridad de niño. Era obvio que aquellas experiencias le habían servido para reforzar su determinación de encontrar un modo de solucionar sus problemas. La dislexia no tenía cura, pero él había encontrado la forma de adaptarse a ella.

Randi sabía cómo veían las palabras los niños que sufrían dislexia y conocía los mejores métodos que podían utilizar para enfrentarse a sus problemas. Aquella experiencia le había permitido adentrarse en el mundo de los niños con trastornos de aprendizaje y fue entonces cuando decidió que quería ayudarlos. Había muchos famosos que eran disléxicos, incluidas algunas de las mentes más brillantes y creativas de la historia.

—No estoy de acuerdo —dijo Randi, que no apartó la mano de su cara para obligarlo a que la mirase.

—¿De modo que das clase a niños con trastornos de aprendizaje? —preguntó, intentando cambiar de tema.

Randi negó con la cabeza.

—No, doy clase normal a alumnos de tercero de primaria. Pero aquí en el centro me ofrecí como profesora de apoyo para niños con necesidades especiales. Amesport no tiene un programa para niños con altas capacidades o necesidades especiales.

—Entonces, tienes más titulación de la que exige tu cargo.

—Tampoco es eso. Lo que pasa es que no puedo aprovechar todos mis conocimientos. Y no me importa trabajar de voluntaria aquí. —A menudo era la parte que más la satisfacía de su jornada laboral—. Me hace feliz. ¿Sabes lo que se siente al ser feliz?

Randi se preguntó si Evan alguna vez había salido de su zona de confort. Se consideraba responsable del bienestar y la felicidad de sus hermanos, pero ¿y él? Tenía una mente brillantísima que funcionaba de un modo muy especial y lo había compensado todo con un comportamiento solemne y superorganizado. Bueno... a menudo se comportaba como un cretino, pero existía un buen motivo para que fuera así. El trastorno de aprendizaje no justificaba su arrogancia, eso era de cosecha propia. Con el paso de los años había ido adquiriendo confianza y no le avergonzaba compartir su certidumbre sobre su inteligencia.

Al final se puso en pie y la miró. Tenía la respiración agitada y sus ojos refulgían con un brillo azul.

—Creo que entiendo el concepto de felicidad. Quizá el año pasado, o la semana pasada, no lo comprendía, pero empiezo a entenderlo.

Randi apartó la mano de su cara, la apoyó en el hombro y lo miró ojos.

—¿Por qué ahora?

—Porque creo que soy feliz cuando estoy contigo y te veo llegar al orgasmo —gruñó, y movió la mano hábilmente para agarrarla de la nuca y besarla.

CAPÍTULO 13

Randi se dejó arrastrar por el torbellino de emociones del beso. El poder de aquel abrazo era feroz y subyugante. Se agarró a los musculosos hombros de Evan y se entregó a él.

No quedaba ni rastro de su fuerza de voluntad para oponerse a la atracción indomable que sentía por él. Así era Evan. Fuerte. Irresistiblemente atractivo. Una fuerza de la naturaleza cuando estaba fuera de control.

Él se apartó un segundo y Randi lo miró con los ojos desorbitados, entre jadeos.

—¿Te hice daño cuando te dije que no quería que te quedaras embarazada? —preguntó con voz áspera.

Ella asintió con un gesto lento.

—No es que quiera tener un hijo ahora, pero no me sentó bien que te horrorizaras ante la posibilidad de que me pasara.

—Sabes que la dislexia es hereditaria. Me asusté cuando Grady empezó a tener problemas en los primeros años de escuela, pero al final resultó que se debía a algo distinto. Y cuando me fui a la universidad, su situación empeoró aún más. No lo soportaba.

No fue culpa de Evan que tuviera que irse a la universidad, pero Randi lo conocía lo suficiente para saber que le gustaba asumir los problemas de todo el mundo. No lo veía como una carga, sino como una responsabilidad.

—¿Y qué? —le preguntó Randi en tono desafiante—. ¿Si tuvieras un hijo que sufriera dislexia lo considerarías inferior a los demás?

—¡Claro que no! —respondió Evan con vehemencia—. Pero no es fácil vivir así.

—Evan, tú no eres como tu padre. Él no te define —le dijo Randi con voz suave—. Serías un padre fantástico y tu hijo sería especial. Los niños disléxicos pueden aprender lo mismo que los demás y pueden ser tan inteligentes y creativos como tú. Le has dado un discurso maravilloso a Matt.

Era cierto que no había escuchado toda la conversación, pero Matt se había ido muy contento.

Evan negó con la cabeza.

—Me ha dicho que quería ser un tiburón como yo.

Randi se rio al oír lo que le había dicho.

—¿Eres un tiburón?

—No. Pero mi visión del mundo es distinta y seguramente la suerte ha estado de mi lado. Soy inversor y tengo cierta habilidad en analizar las cosas desde otra perspectiva para determinar qué saldrá bien y qué no. A veces se trata de un talento, pero otras lo único que hago es seguir mi instinto —admitió—. Además, tengo más dinero que un tiburón normal.

A Randi le dieron ganas de reír al oír los aires de suficiencia que se daba al hablar de su cuenta bancaria, pero no lo hizo. Quería centrarse en lo demás que había dicho.

—Eres un hombre brillante.

Era una obviedad, pero le daba igual. A pesar de las dificultades a las que se enfrentaban los niños disléxicos, su cerebro funcionaba de un modo distinto y permitía que muchos de ellos tuvieran talentos creativos que nada tenían que ver con los de la mayoría. En el caso de Evan, el trastorno le permitía formarse una imagen general de una posible transacción en lugar de centrarse en uno o dos aspectos negativos que podían resolverse. Tenía un don especial para elegir los buenos negocios, por mucho que él intentara encontrar una explicación racional.

—Soy competente en mi campo —la corrigió. No estaba dispuesto a reconocer que era un hombre brillante—. Y tengo un instinto natural para saber qué va a funcionar y qué no. He comprado empresas que nadie más quería y las he reflotado.

—¿Vendiste los negocios de tu padre? —Randi sabía que lo había hecho. Evan los liquidó tras la muerte de su padre y repartió los beneficios entre los hermanos a partes iguales. Luego, construyó otro imperio por su cuenta.

—En realidad no eran de mi padre. Fue mi abuelo quien fundó las empresas. Era un tipo muy astuto capaz de oler un buen negocio desde el otro extremo del mundo. Yo los vendí cuando murió mi padre para dividir la fortuna entre la familia. —Frunció el ceño y continuó—: A decir verdad, tenía ganas de librarme de esas empresas. Quería demostrarme a mí mismo que podía tomar mis propias decisiones y conseguir una fortuna. Obviamente tuve la suerte de disponer del capital necesario para ponerlo todo en marcha, pero he logrado multiplicar mi herencia inicial. —No presumía de nada, simplemente se limitaba a exponer los hechos tal y como eran.

—¿Qué se siente al ser tan rico? Es algo que siempre me he preguntado —inquirió Randi con curiosidad. No le importaba no ser rica y saber que nunca llegaría a serlo, pero no podía evitar plantearse qué sentía la gente que no tenía que ceñirse a un presupuesto mensual.

—Imagino que no es muy distinto de lo que siente la mayoría. Tenemos las mismas preocupaciones, el mismo miedo al fracaso. La diferencia es que disponemos de vehículos más bonitos, casas más bonitas y más ceros en la cuenta corriente.

Evan esbozó una sonrisa.

—¿Y eso te hace feliz? ¿No te cansas de ganar dinero? —Cuando alguien ya era rico, ¿qué más daba seguir consiguiendo más?

—Ya te he dicho lo que me hace feliz. Para mí hay más cosas aparte del dinero —replicó con cierta brusquedad—. Pero supongo que siempre he querido demostrar que podía crear algo por mi cuenta. Quería tener más que mi padre.

Randi sabía a qué se refería. Durante años Evan había querido demostrarse a sí mismo que era mejor que su padre y que la imagen negativa que este había intentado inculcarle de sí mismo no era cierta.

—Más dinero no es sinónimo de mejor —le explicó Randi. Estaba segura de que había gente rica que también podía ser muy desdichada—. La felicidad importa más que el dinero.

—Creo que eso lo estoy descubriendo ahora. —Levantó la mano y le acarició el pelo con cariño—. Siento haberte hecho daño, Randi. No era mi intención.

Ella se fijó en que había usado su apodo para no recordarle su propia infancia. Aquel gesto de sensibilidad la conmovió de un modo especial.

Ahora comprendía su extraña reacción ante la posibilidad de dejar embarazada a cualquier mujer. No se debía a los motivos que ella había imaginado. A decir verdad, tampoco era una reacción muy racional. El hecho de que él fuera disléxico no significaba forzosamente que su hijo fuera a heredar este trastorno del aprendizaje. Además, si llegado el caso así fuera, con su fortuna podía permitirse las mejores escuelas para ayudarlo, por no mencionar que los niños disléxicos solían tener una inteligencia igual o superior a la media. Pero a lo mejor Evan no quería que su hijo sufriera como había sufrido él. No se daba cuenta de que el modo de abordar el problema era lo más importante y podía cambiarlo todo.

—Podrías habérmelo dicho. —Le dio un puñetazo en el hombro—. Creía que empezaba a gustarte —le dijo ella, tomándole el pelo.

—Empezaste a gustarme hace mucho —aseguró Evan muy serio—. Enséñame a ser feliz. Creo que eres la única que puede hacerlo.

A Randi se le aceleró el corazón al darse cuenta de lo que le estaba pidiendo. Evan siempre pensaba en términos muy generales cuando pedía algo que no acababa de comprender. Y a ella le dolía pensar que nunca había experimentado lo que era la felicidad.

—Antes tendrás que confiar en mí.

—Ya confío en ti —le aseguró él de inmediato.

Randi se estremeció. Sabía que se estaba comprometiendo a pasar con Evan casi todo el tiempo libre de que dispusiera en los siguientes días. Era una opción tentadora, pero peligrosa.

—Pero te aviso que no todo será sexo. —Le gustaba el sexo tanto como a él, pero necesitaba algo más para ser feliz.

A Evan se le ensombreció el rostro y Randi tuvo que morderse el labio para no reír. Era maravilloso tener a un hombre que la deseara con tanta intensidad, pero a Evan no le bastaba. Tenía que aprender que no iba a encontrar lo que buscaba trabajando todos los días de sol a sol. Su entorno laboral y la gente con la que trataba a diario no destacaban especialmente por su alegría.

—De acuerdo —aceptó él a regañadientes.

—No será para tanto. Te lo prometo —le aseguró con una sonrisa. Era fantástico que Evan confiara lo suficiente con ella para dejar a un lado su lado más arrogante.

—Pues demuéstramelo. —Se inclinó hacia delante y la besó en la frente.

Su buena disposición a ponerse por completo en sus manos había acabado conquistándola. Por mucho que le costara, Randi iba a demostrarle que en la vida había algo más importante que el trabajo y las obligaciones... y a juzgar por la mirada sensual de Evan, supo que quizá no saldría indemne de la empresa.

***

Estimada M.:

¿Cuál es tu flor preferida?

Randi se quedó mirando el escueto mensaje que había recibido de su compañero por correspondencia y se preguntó a qué se debería aquella curiosidad. De vez en cuando se preguntaban cosas raras, pero normalmente guardaba relación con alguno de los temas que habían tratado. Esta pregunta no venía a cuento de nada.

Negó con la cabeza sin apartar la mirada del portátil y respondió.

Estimado S.:

Me gustan las azucenas. Mi madre de acogida las plantaba en primavera, junto al arroyo que pasaba por su finca. No se adaptan muy bien al clima de Maine, por eso todos los años, cuando llegaba el invierno, las ponía en el interior de casa para poder replantarlas cuando volvía el buen tiempo.

Randi le había puesto un nombre de flor a su perra porque los pistilos de los lirios eran del mismo color dorado que su pelaje.

Sintió una punzada fugaz de dolor en el pecho al recordar que ese año no vería las azucenas junto al arroyo. Joan había estado demasiado enferma para ponerlas a resguardo del frío y Randi no sabía hacerlo.

Será una pena no ver las flores blancas junto al arroyo este año.

Randi añadió la frase a su mensaje anterior antes de que S. pudiera responder.

Estimada M.:

¿Aún estás triste?

Randi respondió con sinceridad.

Estimado S.:

Creo que echaré de menos a mis padres de acogida durante el resto de mi vida. Hace más de un mes que falleció mi madre, pero a veces me duele tanto que casi no puedo ni respirar. Sé que debo considerarme muy afortunada por haber podido disfrutar de ellos, pero ahora me parece que fue muy poco tiempo.

Cuando Randi hizo clic en el botón de «Enviar» ya sabía que su amigo la comprendería. Siempre la entendía.

Estimada M.:

Ojalá encontrara las palabras adecuadas para aliviar tu tristeza, pero creo que el tiempo será la mejor medicina. Nunca he pasado por lo mismo que tú, de modo que solo puedo imaginar lo duro que debe de ser perder a un ser tan querido.

Randi lanzó un suspiro. S. siempre lograba consolarla, quizá porque poseía una habilidad especial para empatizar con los demás.

Estimado S.:

Supongo que no te queda más remedio que aguantar este mal humor durante un tiempo.

Le había abierto su corazón a S. desde la muerte de su madre.

Estimada M.:

No es mal humor, sino que estás pasando por la fase de duelo. ¿No ayuda en algo que haya un hombre en tu vida?

Randi sopesó la respuesta durante un rato. Evan no era el hombre de su vida, pero ambos habían compartido una serie de secretos muy personales, algo que no habían hecho con nadie más. Randi no le había revelado cuestiones tan íntimas a ningún hombre, solo a S., y, en realidad, no lo conocía. S. ignoraba la dura infancia que había tenido ella y Randi no sabía cómo era él en persona.

Estaba convencida de que Evan tampoco compartía detalles íntimos con nadie más.

Estimado S.:

Creo que sirve de ayuda, aunque no es una relación estable. Pero me sirve para olvidar mis penas.

Al pensar en los momentos tan difíciles que había vivido Evan, Randi tomó la firme decisión de enseñarle a vivir el momento, a sentirse satisfecho consigo mismo. Además, su misión la ayudó a mitigar un poco el dolor que sentía.

Estimada M.:

Podría ser una relación indefinida. Nunca se sabe.

Randi respondió con tres palabras.

Estimado S.:

No lo será.

Él replicó con otras dos.

Estimada M.:

¿Por qué?

Había varios motivos, pero el más importante era que, tarde o temprano, Evan acabaría marchándose.

Estimado S.:

Sé que no se va a quedar mucho más tiempo aquí. Disfrutaremos esta semana de nuestra compañía mutua y luego se irá.

¿Qué tal te va todo con esa nueva mujer que ha aparecido en tu vida? Creo que me he puesto un poco celosa.

Estaban en pleno invierno, una época del año que seguramente no era la mejor para enseñarle a Evan a disfrutar de la vida, pero ya se le ocurriría algo.

Estimada M.:

No tengas celos. Tú fuiste la primera y creo que si mi nueva amiga me gusta tanto es porque se parece mucho a ti.

Randi se quedó algo desconcertada al leer sus palabras. Por un lado, S. no la conocía en persona, pero, por el otro, daba la sensación de que eran amigos de toda la vida. Había compartido muchos pensamientos, sentimientos y emociones, a pesar de que nunca se habían visto cara a cara. En cierto sentido, envidiaba a esa desconocida. Si le gustaba a S., era obvio que intentaría conquistarla. Y sabía que si lo intentaba, lo conseguiría. Alguien tan inteligente, considerado y perspicaz había de ser sin duda una excelente persona. Estaba convencida de que nunca la dejaría tirada, algo muy importante, ya que desde el fallecimiento de Joan no había hecho más que sincerarse con él.

Estimado S.:

Me alegro por ti. Esa mujer es muy afortunada.

Ambos se desconectaron tras unos cuantos mensajes más.

Randi fue a la cocina. No sabía qué preparar. Estaba demasiado cansada para ponerse a los fogones, así que al final le puso una lata de comida a Lily en su plato y ella se preparó un bol gigante de nachos con queso. Entonces se puso a reír, imaginando lo que habría dicho Evan de su cena.

Evan.

¿Cómo diablos había acabado aceptando el desafío de ayudarlo a alcanzar la felicidad? ¿Cómo diablos se había convertido en una persona tan optimista? Su vida era un desastre y ella todavía lloraba la muerte de aquella parte de su alma que le había arrancado el destino.

«He sido una mujer feliz. Solo tengo que recordar lo que sentía antes de perder a la última persona que me amó como si fuera su hija».

Quizá, si tenía mucha suerte, Evan y ella podrían ayudarse mutuamente. Ella recuperaría la alegría de vivir y Evan la descubriría.

No se arrepentía de haberse comprometido a ir a la fiesta con él cuando se vieron en el centro, mientras daba clases de refuerzo a Matt. Sería la última noche que pasaría con Evan antes de que este subiera a su lujoso avión y volara al otro extremo del mundo para cerrar otro acuerdo de negocio.

«No pienses en que se va a ir. Piensa en la fiesta. Aprovecha el presente».

Comió unos cuantos nachos más, untándolos en el bol de queso cremoso.

Decidió resignarse a vivir el momento. A fin de cuentas, era la única opción que tenía. El hecho de saber que Evan se marcharía no podía dar al traste con su intención de hacerle ver que en la vida había muchas más cosas aparte del trabajo.

Si alguien merecía un poco de felicidad, ese era Evan Sinclair.

Randi dejó a un lado los pensamientos negativos y se puso a darle vueltas a la cabeza para decidir cómo podía enseñar a ser feliz a un hombre cuya vida giraba exclusivamente en torno al trabajo.

Capítulo 14

A la mañana siguiente, Micah Sinclair estaba sentado en el Sullivan's Steak and Seafood preguntándose qué diablos hacía ahí. Estaba solo, en un rincón, obsesionado con mirar a Tessa Sullivan.

Y eso fue lo que hizo. Mirarla.

De forma obsesiva.

Compulsiva.

Constante.

La observó mientras se desplazaba por la sala con la gracia de una bailarina y se llevó una pequeña decepción al comprobar que no era ella quien iba a tomarle nota, sino un hombre con cara de malas pulgas, más o menos de la misma edad que él, con el cabello muy similar al de Tessa.

«Eres un perdedor y das pena, Sinclair. Levántate y vete a casa».

Micah se había recordado a sí mismo varias veces que no estaba allí por casualidad, sino que había seguido a Tessa, pero es que no podía evitarlo. Cuando vio que se había ido, sintió la necesidad de comprobar que había llegado a salvo a casa. Sí, a lo mejor podría haberle pedido a Hope que le enviara un mensaje, o que le diera directamente su número, en lugar de presentarse él mismo en el restaurante.

Pero no había hecho nada de eso.

Porque quería verla en persona de nuevo.

De modo que se había acercado al Sullivan's para verla, y había acabado saboreando el mejor sándwich de langosta que había probado jamás. El lugar parecía un tugurio, pero la comida era deliciosa.

Estaba tomando los últimos tragos de cerveza cuando vio que el tipo que le había servido se dirigía a su mesa.

—¿Necesita algo más? —le preguntó al detenerse junto a él.

El maldito camarero le impedía ver a Tessa.

Micah levantó la mano.

—Estoy lleno, gracias.

—Aquí está la cuenta —dijo el camarero, que le dejó el papel en la mesa con un gesto brusco.

Micah asintió, miró la nota y se preguntó por qué de repente estaba de tan mal humor el camarero, quien por otra parte tampoco había destacado por su amabilidad cuando le tomó el pedido.

—Gracias.

—No le has quitado ojo a Tessa en toda la noche. Olvídate de ella —le dijo el desconocido con un gesto amenazador.

—Es una mujer atractiva —replicó Micah de modo razonable.

—Y también es mi hermana, así que no te acerques a ella. No lo ha pasado muy bien en los últimos años y no necesita que un Sinclair intente volverla loca. —El fornido camarero se cruzó de brazos y le lanzó una mirada peligrosa, una advertencia que decía: «Como te acuestes con mi hermana, te mato».

—¿Sabes quién soy? —preguntó Micah, sorprendido.

—Claro que sí. Te he reconocido. Conozco tu trabajo y en ocasiones he utilizado vuestro material.

—No quiero hacerle daño. Solo miro —dijo Micah, manteniendo la calma—. Es difícil no mirarla cuando está cerca.

—Pues mira hacia otro lado. Tiene una discapacidad, es sorda —le ordenó, llevado por su instinto protector.

—Creo que a ella no le supone ninguna discapacidad el hecho de no oír. Me da la sensación de que lo lleva bastante bien —replicó Micah. No le hacía ninguna gracia que el hermano creyera que Tessa era menos atractiva por el hecho de ser sorda—. Debes de ser Liam Sullivan, uno de los dueños del restaurante, ¿verdad? ¿Cuántos años lleva en marcha el negocio? La comida es deliciosa. —Intentó entablar conversación para calmarlo un poco.

—Desde la época de mi abuelo —admitió Liam—. No es el ambiente lo que atrae a la gente, sino la comida. —Dudó antes de añadir—: ¿Estás intentando cambiar de tema?

En realidad, Micah quería olvidar que se había dedicado a seguir a Tessa como si fuera un acosador.

—Sí. Mira, tu hermana es muy guapa. Eso es todo. No pretendo hacerle daño.

Liam le lanzó otra mirada de advertencia.

—Deja de mirar. No se va a convertir en una muesca más en el cabezal de tu cama.

Micah tuvo la tentación de decirle que no tenía por costumbre llevar la cuenta del número de mujeres con las que se acostaba grabando una muesca en la lujosa cama que tenía, pero pensó que no le haría mucha gracia el comentario.

—¿Desde cuándo le llevas la agenda de citas a tu hermana? —preguntó Micah sin alterarse y se levantó para pagar la cuenta. Era mejor que se fuera. Aparte de que tenía que trabajar, el hecho de quedarse ahí sentado, mirando a una mujer sorda como un acosador, era una actitud bastante lamentable.

—Desde que soy el único que puede protegerla. —Liam le dio un empujón suave con el puño—. Tú solo traes problemas, y lo último que necesita Tessa en estos momentos es que algún irresponsable ponga su mundo patas arriba. Ya tiene bastante con lo suyo.

Micah retrocedió un par de pasos.

—No me toques, estúpido. ¿De verdad que te preocupas por tu hermana? ¿Cómo crees que se sentiría si montamos una pelea en medio de su restaurante?

Micah no tenía miedo de Liam. No le temblaban las piernas si tenía que defenderse, pero no quería organizar una trifulca. Aquel tipo era un cretino sobreprotector, pero era el hermano de Tessa, y no quería buscarse más enemigos.

—¿Acaso crees que podrías ganarme? —preguntó Liam con una sonrisa.

—Estoy convencido de ello —replicó Micah con arrogancia. Liam le ganaba en centímetros y kilos, pero él era rápido y tenía una destreza que estaba a la altura de su rapidez.

—Cabrón engreído —murmuró Liam.

—Tranquilo, ya me voy. Pero no te prometo que no vaya a volver. —Se puso la chaqueta y se subió la cremallera.

—Pues no te olvides de que la próxima vez te conviene más mirar en otra dirección —le dijo en tono amenazador.

Micah sospechaba que si daba su palabra de no quedarse embobado mirando a Tessa, no podría cumplirla, de modo que prefirió guardar silencio.

—Me lo llevo —dijo Liam, quitándole la cuenta y la tarjeta de crédito que Micah había sacado de la cartera.

Saltaba a la vista: quería dejarle muy claro que no tenía la menor posibilidad de hablar con su hermana. Y además se alegraba de perderlo de vista, al menos por esa noche.

Micah esbozó una sonrisa burlona mientras se dirigía a la entrada del restaurante para ver cómo Liam se encargaba de cobrarle.

—No voy a desearte que vuelvas pronto por aquí —le dijo el hermano de Tessa de malos modos.

Micah tomó la tarjeta y la guardó en la cartera.

—No es necesario. La buena comida y un trasero como el de tu hermana son el mejor reclamo —le soltó con una sonrisa burlona y se volvió para salir del restaurante. Lo más probable era que no volviera, pero no iba a darle a Liam el gusto de admitirlo. Le habría gustado ver la cara que ponía, pero logró reprimir la imperiosa necesidad de volverse para comprobarlo.

—Cabrón —murmuró Liam, muy enfadado.

Micah se rio mientras salía del restaurante y volvía al frío de la calle.

***

Randi aparcó en la cuneta de la carretera que llevaba al cementerio, convencida de que no iba a molestar a nadie. Era la única persona viva del lugar.

Sacó una pala del todoterreno y dejó bajar a Lily, que salió disparada hacia el lugar exacto al que se dirigía Randi: las tumbas de sus padres.

Desde la muerte de Joan, había tomado la costumbre de ir de vez en cuando al cementerio para limpiar el camino que llevaba hasta las lápidas. Por algún motivo siempre se sentía un poco mejor cuando las tumbas no estaban cubiertas de nieve, sepultadas bajo el olvido.

Cerró el todoterreno con llave, aunque seguramente no era necesario, y echó a andar al lugar donde descansaban Dennis y Joan.

El silencio imponente se vio roto por un ladrido de Lily.

Cuando abandonó el camino para adentrarse en la nieve, Randi se dio cuenta de que aquel día había algo distinto. Sorprendida, recorrió el sendero que conducía a las tumbas de Dennis y Joan. Estaba limpio.

Había alguien más allí.

Enseguida dedujo que el responsable de aquello no era la familia de otra persona. La zona limpia llevaba exactamente al lugar donde se encontraba Lily, que estaba olisqueando el suelo. No había ni un copo de nieve sobre las lápidas de sus padres, en las que podía leerse el nombre completo y la fecha de nacimiento.

—Pero ¿qué diablos ha pasado? —murmuró para sí, acariciando a Lily con una mano enguantada—. ¿Reconoces algún olor? —le preguntó con curiosidad. La perra levantó el hocico del suelo, se sentó y se quedó mirando a Randi con la cabeza ladeada.

¿Por qué iba alguien a limpiar el camino que llevaba a la sepultura de sus padres y luego a limpiar también las lápidas? Aparte de ella nadie más se acercaba por allí, solo Beatrice y Elsie de vez en cuando. Las ancianas iban a llevar flores para los seres queridos y los amigos en las fechas más señaladas.

Pero ese día no se conmemoraba nada importante.

Y Randi sabía que no eran Beatrice y Elsie las que habían quitado la nieve.

De repente vio un destello de color y se agachó para recuperar algo que había entre ambas lápidas.

Era una azucena. Randi se quedó boquiabierta al leer la nota manuscrita que había junto a la flor. Solo se leía una palabra: «¡Gracias!».

Con la flor en la mano, Randi se dejó caer en el pequeño montón de nieve que había dejado la persona que había despejado el camino. Tenía el trasero helado, pero le daba igual. Estaba demasiado ocupada intentando comprender lo que había ocurrido.

Lily se acurrucó junto a ella, en silencio, y apoyó su cabeza peluda en el hombro de Randi.

—¿Quién ha hecho todo esto? ¿Y por qué? —susurró Randi, observando la flor perfecta que sujetaba entre los dedos. Era una azucena pequeña, con unas manchas de color que le recordaron una ciruela madura dentro de una flor blanca. En el centro había los pistilos dorados tan característicos, a juego con el pelaje de Lily.

Era una flor preciosa, en perfecto estado, lo que significaba que no llevaba mucho tiempo en la nieve.

—Imposible —dijo Randi, maravillada y confundida a partes iguales. Era imposible que alguien hubiera encontrado esa flor en la ciudad. La floristería no las vendía. De hecho, apenas se veían en la zona, y mucho menos en invierno.

Se preguntó quién le estaba dando las gracias a Joan y Dennis sin dejar de girar la flor... Y ¿por qué? Si alguien debía darles las gracias era ella. La habían rescatado de una existencia sin futuro y por primera vez en su vida le habían permitido sentir que era una persona.

Entonces se le anegaron los ojos en lágrimas y rompió a llorar. Aunque era un poco raro que un desconocido hubiera visitado sus tumbas, en el fondo agradecía el detalle. La persona que había dejado la flor ahí y había limpiado el camino había disfrutado de la bondad de Dennis y Joan... como ella.

Quizá era un antiguo alumno de su madre, o de la escuela de Dennis. Los dos habían sido siempre tan buenos que merecían no caer en el olvido.

Randi abrazó a Lily cuando esta empezó a lamerle las lágrimas.

—Los echo de menos, pequeña. Más que nada en este mundo.

Al final Randi no pudo aguantar más, agachó la cabeza y rompió a llorar sin apartar la cara del suave pelaje de Lily, y sin soltar la azucena.

Lloró por la pérdida de sus padres, a pesar de que no tenía su misma sangre.

Lloró por todos los sacrificios que habían hecho para que se quedara con ellos.

Lloró porque aún no había superado el duelo. Porque era muy duro hacerse a la idea de que jamás volvería a verlos.

173

Cuando ya no le quedaban más lágrimas que derramar, los recuerdos de sus padres se apoderaron de su mente.

«En realidad nunca se irán del todo, porque su recuerdo vivirá conmigo y en mi corazón para siempre. Ellos me enseñaron lo que era ser feliz y sentirse querido. Y ninguno de los dos querría que me pusiera triste al pensar en ellos».

—Querían que fuera feliz, Lily. Por eso mintieron para que pudiera quedarme en Amesport —murmuró Randi, levantando la cabeza.

Se secó las lágrimas con el guante, regresó al todoterreno y tomó una bonita rosa roja que tenía en el asiento trasero. Envolvió ambas flores con la nota que había dejado la persona desconocida y regresó a las lápidas. Algo más alegre, las depositó entre las tumbas. Se sentía mejor que cuando había llegado.

No sabía quién había dejado la azucena y limpiado el camino y las lápidas, pero aquella persona y ella tenían un vínculo especial, los unía un amor eterno por dos de las personas más bondadosas que habían existido jamás.

—Espero que os sintáis orgullosos de mí —susurró Randi, decidida a aprovechar al máximo los sacrificios que habían hecho por ella—. Me esforzaré todo lo que pueda y más.

Lily gimió como si estuviera mostrando su conformidad con su dueña.

Randi le dio una palmadita en la cabeza.

—Venga, vámonos a casa.

La perrita se dirigió corriendo al todoterreno. Randi la siguió lentamente, pensando en los recuerdos felices que conservaba de Dennis y Joan. Los llevaría en su corazón eternamente, mientras la tristeza quedaba atrás.

Ya recuperada, por fin abría una nueva etapa de felicidad en su vida.

Capítulo 15

—Evan parece mucho más feliz —le confesó Mara Sinclair a Randi mientras ambas guardaban la comida y llenaban el lavavajillas de la cocina de Hope—. Últimamente me tenía un poco preocupada.

Randi envolvió el trozo que había sobrado de la tarta de chocolate que había hecho y lo guardó con cuidado en la nevera.

—¿Tan mal estaba? —preguntó con curiosidad.

Hope resopló mientras limpiaba los fogones.

—Sí —se limitó a responder.

Randi se había esforzado para hacer más feliz a Evan, y una de las cosas que había probado había sido reunir a toda su familia para cenar. Hubo algunos momentos difíciles en los que Evan hizo un auténtico esfuerzo para no apartarse de ellos llevado por la costumbre, pero en general pareció cómodo. Randi le había dicho que la gente que lo amaba tenía el poder de hacerlo feliz, por eso había organizado la cena familiar en casa de Hope.

Las chicas habían echado a los hombres de la cocina, a pesar de que se habían ofrecido a lavar los platos. La pobre Hope temía por la seguridad de su vajilla. Tampoco habían tenido que insistir

demasiado para enviarlos a la sala de estar, pero aun así ellos se fueron entre quejas y lamentos.

Entre Randi, Emily, Hope, Sarah y Mara no tardarían en poner
la cocina en orden.

—No me puedo creer que se haya comido la lasaña y el pan de
ajo que he preparado. No ha perdonado ni el postre —dijo Mara
con un tono mezcla de sorpresa y felicidad.

—No es solo que haya comido todo eso, sino que ha disfrutado
—añadió Emily con una sonrisa radiante—. Por una vez ha sido
agradable verlo en la mesa.

Randi sonrió.

—Poco a poco, intento introducirlo en el maravilloso mundo
de lo que no es tan... saludable. Seguía una dieta muy aburrida e
insulsa. Además, con todo el ejercicio que hace, no creo que vaya a
engordar.

—Gracias a Dios que come como una persona normal —dijo
Mara—. Ojalá hubiéramos sabido antes todo lo que vivió de niño.
No quiero ni imaginarme lo que fue tener un padre como el suyo.
—Se estremeció—. Debió de ser una pesadilla para él.

Randi sabía muy bien cómo le había afectado la infancia en su
vida adulta.

—Sufrió maltrato físico. Aún tiene las cicatrices.

El silencio se apoderó de la cocina y todas se quedaron mirando
a Randi.

—Oh, Dios mío. Grady dice que su padre nunca le pegó —
afirmó Emily con tono apesadumbrado.

—Jared dice lo mismo —terció Mara.

—Y Dante también —añadió Sarah.

—Nuestro padre fue un imbécil que nos maltrataba psicológi-
camente. Cuando no se le ocurría nada malo que decir, nos ignoraba —le explicó Hope—. Pero que yo supiera, nunca nos pegó, a

ninguno de nosotros. —Miró directamente a Randi—. ¿Es verdad? ¿Es cierto que pegaba a Evan? ¿Por qué no me lo contó?

Randi sabía los motivos exactos... ya sí. Pero no debería haber revelado nada. El hecho de que Evan se hubiera sacrificado para recibir los malos tratos físicos de su padre había permitido ahorrárselos a los demás hermanos. Aunque consideraba que todos debían conocer la historia, no le correspondía a ella contarla.

—Creía que ya lo sabíais. Me dijo que os había hablado de su infancia.

—Esa parte no la conocíamos —apuntó Hope con pesar.

—Quizá no quiere que lo sepáis. Forma parte del pasado y creo que Evan está intentando encontrar su lugar en la familia y el mundo. Os agradecería que no se lo contarais a nadie más —rogó Randi, con voz de súplica.

Todas asintieron.

—No diremos nada. Quiero que Evan se sienta cómodo, pero aun así no lo entiendo. Dios, ¡mi padre era un imbécil! —exclamó Hope, enfadada por lo que había sufrido su hermano—. Es un milagro que haya logrado salir adelante y labrarse una carrera de éxito.

Randi se encogió de hombros.

—A mí no me sorprende tanto. Los niños disléxicos pueden ser muy creativos y sumamente inteligentes. Hoy en día se cree que muchas personas de mente excepcional podrían haber sufrido dislexia: Alexander Graham Bell, Albert Einstein, Pierre Curie, Picasso, Ansel Adams, Richard Branson y Thomas Edison. —Hizo una pausa para tomar aliento—. Y la lista no acaba ahí.

—Evan es tan inteligente como cualquiera de esos genios —confirmó Mara—. ¿Cómo aprendió, entonces?

Randi lanzó un suspiro.

—A base de esfuerzo. Para adquirir conocimientos de un modo distinto hay que repetirlos muchas veces. Tuvo que asimilar el concepto de fonología antes de aplicarlo a la lectura. Para Evan, la dislexia fue un problema de aprendizaje rodeado por el mar de sus habilidades. El tiempo y la perseverancia le permitieron aprender a leer y escribir cuando más le costaba. Cada niño es distinto y se enfrenta a diferentes niveles de dificultad. Ahora hay programas de lectura que ayudan, y los audiolibros son una herramienta fantástica si los niños pueden ir leyendo mientras escuchan la narración.

—¿Por qué es tan estirado? —preguntó Hope con curiosidad.

—A veces es muy puntilloso —admitió Randi—. Creo que para poder manejarse correctamente, todo lo que lo rodea debe funcionar de un modo óptimo. No tiene altos ni bajos. No hay sombras de gris. Eso le permite ser organizado y centrarse en lo que tiene entre manos. El problema de Evan es que nunca ha tenido la oportunidad de ser espontáneo o indisciplinado. En la actualidad no es un rasgo deseable, aunque seguramente de pequeño fue un mecanismo que le permitió soportarlo mejor todo. Siempre quiso demostrarle a vuestro padre que podía dirigir bien el negocio, tener éxito. Por desgracia, creo que aún intenta demostrar algo, a pesar de que vuestro padre murió hace tiempo.

—Queremos ayudarlo. ¿Qué podemos hacer? —preguntó Mara, nerviosa.

—Preocupaos por él, pero tened en cuenta que su cerebro no sigue la misma lógica que el de los demás. No va a cambiar tanto y en ocasiones seguirá siendo un arrogante insoportable, pero se está esforzando. Quiere formar parte de la familia. Ahora que todos sois adultos y felices, no sabe cuál es su lugar.

Evan podía negarlo tanto como quisiera, pero deseaba sentirse querido.

—Su lugar está aquí, con nosotros —dijo Mara—. Me da igual que sea un arrogante. Todos los hombres Sinclair lo son a su manera, pero tienen buen corazón. Solo quiero que Evan sea feliz, como todos los demás.

Las mujeres asintieron con entusiasmo.

—Le llevará un tiempo —advirtió Randi.

—No tenemos nada más importante que hacer —replicó Hope.

Randi sonrió. Sabía que las cuatro mujeres de armas tomar que había en la cocina iban a aferrarse a él y no lo dejarían marchar. Los Sinclair eran unos enamorados de su familia y Randi sabía que lo ayudarían a encontrar su lugar. Y Evan acabaría dándose cuenta de que los demás lo querían de verdad.

—¿Y no piensas contarnos lo que hay entre vosotros dos? —preguntó Sarah sin andarse con rodeos.

Randi se sonrojó y, con la excusa de que estaba limpiando la encimera, apartó la mirada.

—Nada. Él se irá después de la fiesta. Me ha dicho que tiene una reunión importante el lunes por la mañana. Solo intentamos ser... amigos. —Una respuesta bastante segura—. Comenzamos con mal pie, pero creo que estoy empezando a comprenderlo y ahora me cae mejor —añadió.

—No me trago ni una palabra —le espetó Hope—. Me he dado cuenta de cómo te mira y, la verdad, no te quita el ojo de encima. Pero gracias por intentar ayudar a mi hermano.

—No es para tanto. Solo intento que se relaje un poco más y disfrute de la vida —dijo Randi, lanzando un suspiro.

—Bueno, más relajado está, pero creo que lo único que le apetece es llevarte a casa y arrastrarte a la cama —añadió Mara.

Randi no podía negar que Evan y ella tenían una química especial, por lo que guardó silencio. Seguramente ella ponía la misma cara que él, la de una mujer que se moría de ganas de arrancarle la ropa y comérselo vivo.

Hope acudió al rescate de Randi.

—¿Vamos a ver qué hacen los chicos? Creo que ya los hemos privado de nuestra compañía más tiempo del necesario.

Randi lanzó un suspiro de alivio cuando salieron de la cocina para reunirse con los hombres.

***

A la noche siguiente, a Randi casi le dio un ataque de risa al ver a Evan intentando meditar. Esa actividad era todo un desafío para él.

Como Evan le había llevado comida durante la ventisca, ella decidió devolverle el favor cocinando en su casa, y había comido como un animal, postre incluido.

Después de pasar la velada del día anterior con su familia, Evan había insistido en que Randi se quedara en su mansión de la península, con la promesa de que por la mañana temprano la llevaría a su casa para cambiarse de ropa antes de ir a la escuela.

En cuanto cruzaron el umbral, Evan se entregó en cuerpo y alma a satisfacerla, y proclamó su «felicidad» cuando Randi tuvo el primer orgasmo.

Ella se rio. Por un lado, la molestaba, pero, por el otro, le hacía gracia que Evan solo pareciera ser «feliz» cuando ella alcanzaba el clímax.

Esa noche, Randi estaba decidida a demostrarle que ni la felicidad ni la satisfacción dependían únicamente de una buena sesión de sexo.

Por el momento, el fracaso era estrepitoso.

—Tienes que cerrar los ojos y concentrarte en la respiración —le ordenó y se sentó con las piernas cruzadas ante él. Había llevado un poco de ropa, incluidos los pantalones de yoga y la camiseta vieja que llevaba puesta—. Concéntrate en la respiración y conviértete en un observador de lo que te rodea. No ignores tus pensamientos, acepta su presencia, pero no reacciones a ellos. Trátalos como si fueran información aleatoria que no guarda ninguna relación contigo.

—No puedo —gruñó Evan, sentado frente a ella con unos pantalones cómodos grises y una camiseta de tirantes azul marino.

—Cierra los ojos —le pidió ella.

—No puedo —insistió él.

—¿Por qué?

—Porque no puedo ignorar mis pensamientos y tengo una erección que me está matando. Estoy así desde que te he visto bajar con los pantalones de yoga —gruñó.

Randi se puso a reír. ¿Cómo podía encontrarla atractiva con la pinta que tenía? Había lavado tantas veces la ropa de yoga que la tela rosa se había quedado casi desteñida y llevaba el pelo recogido en una coleta. A ella, desde luego, no le parecía una imagen muy seductora.

En cambio, el hombre que estaba sentado delante era otra historia. Evan estaba arrebatador, con el pelo alborotado y el espectáculo de los bíceps y pectorales en tensión cada vez que se movía.

Tan solo tenía que inclinarse ligeramente hacia delante para deslizar la lengua por la piel desnuda de Evan y entonces...

«Para ya. Estás haciendo todo esto por él. ¡Tienes que enseñarle a relajarse! A ver si no vas a poder mantener las hormonas a raya durante una hora. Bueno... que sea media».

Randi cerró los ojos y tragó saliva, incapaz de controlarse con la mirada lasciva que le estaba lanzando él, como si quisiera devorarla para convertirla en su segundo postre.

—Cierra los ojos —le ordenó—. Ya te he dicho que hay vida más allá del sexo.

Era la última noche que iban a pasar juntos, aparte del baile. La noche siguiente tenía una de sus clases en el centro. Evan y ella irían juntos a la fiesta de Hope y luego él se iría.

«Puedo hacerlo. Puedo pasar una noche con Evan sin acostarme con él».

Notó su aliento cálido en la oreja antes de oír su voz grave.

—Hay vida más allá del sexo, Randi. Contigo siempre la ha habido.

Ella se estremeció al sentir el roce de sus labios en la oreja, pero no abrió los ojos.

—Entonces ¿qué más hay? —susurró ella con voz temblorosa.

—No es necesario que te lo explique. Ya lo sabes. Tienes tantas ganas como yo —dijo Evan, que deslizó una mano fuerte hasta su nuca—. Tengo que hacer todo lo que pueda para asegurarme de que no olvidas qué se siente, para que recuerdes que eres mía. El mero hecho de estar contigo me hace feliz.

El vínculo que los unía era muy especial y Randi sentía una euforia adictiva cuando Evan reclamaba toda su atención, despertando su deseo, como si fuera lo más natural del mundo. ¿Cómo iba a olvidarlo? Jamás podría hacerlo.

—El hombre que intentó abusar de ti está muerto —le dijo él con un deje de tristeza, como si estuviera decepcionado por no haber podido hacerle sufrir—. Murió de un infarto hace varios años.

—¿Has intentado encontrarlo? —preguntó Randi, abriendo los ojos con incredulidad.

—Pues claro. De no estar muerto, se habría arrepentido de seguir con vida si yo lo hubiera encontrado —dijo Evan, con voz temblorosa por la ira.

—¿Lo localizaste por mí?

No le cabía ninguna duda de que Evan había intentado vengarse por un incidente que había ocurrido años atrás. Randi sabía que no era capaz de asesinar a sangre fría, pero un multimillonario como él tenía muchas formas de arruinarle la vida a alguien.

—Haría cualquier cosa por ti —dijo Evan con voz grave—. Si ese cabrón seguía abusando de niñas, había que pararlo.

Randi sintió alivio al saber que había muerto.

—¿Cómo lo descubriste?

—Hay pocas cosas que no pueda lograr —replicó con petulancia.

Randi chilló cuando Evan se abalanzó sobre ella y la tiró al suelo, mirándola con una expresión feroz.

—¿Es esto lo que te hace feliz? —preguntó ella con la respiración entrecortada.

—Me vuelve loco —gruñó, inclinándose hacia delante para tomar posesión de su boca.

Randi lo abrazó del cuello y se estremeció al sentir el roce de la piel desnuda de Evan.

«Al diablo con la meditación. Esto lo necesito más. Evan me vuelve loca y no puedo concentrarme».

Randi se apartó de Evan girando la cabeza y lo empujó por los hombros.

—Levántate —gruñó, mientras intentaba mover a un lado lo que parecía una pared de roca maciza. Evan era un hombre fornido y musculoso, y tan fuerte que ella no podría moverse a menos que él la dejara.

Y obedeció.

De inmediato.

La ayudó a sentarse y la miró, confundido.

—¿Estás bien?

El deseo aún se reflejaba en sus preciosos ojos azules, pero lo hacía mezclado con la preocupación.

Randi le agarró la parte inferior de la camiseta de tirantes y se la subió, obligándolo a levantar los brazos para poder quitársela. Lanzó la camiseta a un lado y le dijo:

—Me prometí a mí misma que te enseñaría a ceder las riendas de tu control cuando no estás trabajando. —Entonces se quitó su camiseta y la lanzó junto a la de Evan.

No llevaba sujetador y tenía los pezones sensibles y excitados, de modo que Evan no podía apartar la mirada de sus pechos.

—¿Vamos a meditar desnudos? —preguntó Evan con calma, y le lanzó una fugaz mirada inquisitiva, antes de volver a fijar los ojos en sus pechos—. Porque en ese caso, seguro que no lo consigo.

—No —respondió Randi con firmeza—. Vamos a hacerlo de un modo distinto.

Entonces fue ella quien se abalanzó sobre Evan, que no opuso ningún tipo de resistencia.

—¿Ahora vas de profesora mala? —preguntó él—. Porque si es así, debo decirte que me encanta.

Randi se mordió el labio para contener la risa, se puso en pie y empezó a quitarse los pantalones de yoga lentamente.

—Como parece que no puedes ser feliz a menos que haya sexo de por medio, quizá así aprenderás a relajarte un poco. —Apartó los pantalones y las bragas con un pie y se quedó completamente desnuda. Lo miró y se relamió los labios, nerviosa.

Evan era un hombre dominante y siempre quería hacerla llegar al clímax. ¿Iba a permitir que ella tomara el control de la situación? ¿Confiaba lo suficiente en ella?

—¿Te fías de mí? —le preguntó Randi, que se arrodilló y tiró del cordón de sus pantalones.

—Sí —se apresuró a responder él con sinceridad.

Evan levantó el trasero mientras ella le quitaba los bóxers y cooperó para que ella lo desnudara.

—Bien. —Randi asintió y deslizó una pierna encima por encima de él—. Pues déjame a mí al mando. No pienses en nada, solo en lo que sientes.

Evan tenía una erección descomunal desde que ella lo había despojado de la ropa. Randi, por su parte, se estremeció de placer cuando lo agarró de los hombros y sus miradas se cruzaron.

—¿Por qué? —preguntó él con voz ronca, como si le costara asimilar la idea de no hacer nada.

—Porque es lo que yo quiero —se limitó a responder Randi, y empezó a frotar su sexo húmedo contra el miembro erecto de Evan.

Con el vaivén de las caderas, utilizó a Evan para excitarse aún más y no pudo contener un gemido al notar el roce con su clítoris.

—De acuerdo. —Evan no parecía muy contento, pero no apartaba la mirada de su rostro, embelesado por sus hábiles movimientos.

Randi notaba los ojos de su amante clavados en ella y entonces se soltó el pelo para que su sedosa melena cayera alborotada sobre los hombros.

—Cierra los ojos —le pidió Randi con voz profunda y sin dejar de moverse.

—Quiero verte llegar al orgasmo...

Randi le tapó los labios con dos dedos para hacerle callar.

—Lo sabrás cuando pase. Ahora concéntrate, despeja la mente y no pienses en nada, solo en lo bien que estamos los dos.

Evan cerró los ojos, pero añadió:

—¿Cómo quieres que no piense en nada?

Randi sonrió porque sabía que Evan no podía verla. Era consciente de que su amante deseaba satisfacerla, quería llevarla al clímax siempre que estaban juntos. No se daba cuenta de que eso iba a suceder igualmente de forma natural. No era necesario que se esforzara: él era Evan y Randi podía tener un orgasmo solo con pensar en él.

Entonces se inclinó hacia delante y le besó en el cuello.

—Eres guapísimo. Todo tú me excitas —susurró ella, dándose permiso para tomar las riendas de la situación, algo que resultaba muy embriagador con un hombre tan dominante como él.

Evan lanzó un gruñido cuando ella le dio un mordisco en el lóbulo.

—Ten un poco de piedad —le suplicó él—. Quiero que llegues al orgasmo. Ya.

Bueno... quizá no podía adoptar un papel tan sumiso, pero a ella ya le bastaba así. Lo agarró del pelo y lo atrajo de nuevo hacia sí.

—Es lo que pienso hacer, machote. Quiero montarme encima de ti y cabalgarte para que ambos tengamos un orgasmo brutal. Lo deseo desde el primer momento en que te vi.

—Puedes empezar cuando quieras —le aseguró Evan, deses-perado—. No te imaginas cómo me pones. —Levantó los brazos y deslizó las manos lentamente por su espalda, hasta llegar al tra-sero—. No hay otra mujer que huela tan bien como tú y que me haga sentir lo mismo.

Randi notaba la sensación de angustia de Evan, lo mucho que le estaba costando no abalanzarse sobre ella, auténtico objeto de su deseo. Pero al final se contuvo. Y confió en ella.

—No hay otro hombre como tú —le confesó Randi, acaricián-dole los labios con un dulce beso.

Entonces levantó las caderas para notar el roce del glande en sus pliegues más íntimos y, lentamente, fue entrando toda.

—¡Sí, joder! —gruñó Evan, que arqueó la espalda para ayudarla.

Randi ya estaba lista para cabalgarlo como una amazona. De hecho, no aguantaba más. Bajó las caderas para notarla hasta el fondo y lanzó un gemido de gusto.

Empezó a moverse con un ritmo lento y sensual, cadencioso, pero Evan no aguantaba más. No abrió los ojos en ningún momento, pero la agarró de las caderas y la sujetó mientras él la embestía... una y otra vez.

Al final, fue Randi quien se dejó arrastrar por el momento, con-centrada en la sensación de placer indescriptible que le producía notar a Evan dentro de ella, dejándola sin aliento mientras ambos se precipitaban hacia un objetivo común: un clímax sudoroso, estre-mecedor e increíble.

Randi se apoyó en los hombros de Evan y acompañó sus aco-metidas con un vaivén acompasado de sus caderas, creando un acoplamiento sincronizado que la estaba llevando al borde de la locura.

—Ya casi estoy —jadeó, sintiendo la proximidad del orgasmo.

—Lo sé.

Randi bajó la mirada y vio que Evan la estaba contemplando para no perderse el momento del clímax. La agarró de las manos y la mantuvo en posición erguida mientras los espasmos le provocaban una oleada de contracciones que le arrancaron hasta la última gota de su esencia cuando ella inclinó la cabeza hacia atrás y gritó su nombre.

Evan lanzó un gruñido acompañado de una última acometida antes de quedarse quieto, dentro de Randi.

Ella se dejó caer encima de su amante, que aún no le había soltado las manos. Entonces la abrazó de la espalda para que no se separase ni un milímetro de él.

Cuando por fin recuperaron el aliento, Evan le murmuró al oído:

—Tienes razón. La meditación estimula el cuerpo y el alma. Creo que debería practicarla unas cuantas veces al día.

Randi se rio. Evan no bromeaba a menudo, pero en los últimos días se había soltado un poco más.

—Es un aspecto muy tangencial de lo que pretendía enseñarte —le reprendió.

—Creo que me gusta esta versión modificada —dijo Evan, acariciándole el pelo—. Me siento muy relajado.

Randi se apartó ligeramente para poder mirarlo.

—No quieres aprender a meditar, ¿verdad?

—Yo creía que querías que encontrara la felicidad. Ahora mismo soy feliz. Cuando estoy contigo, soy el hombre más dichoso del mundo. Da igual lo que hagamos.

Randi se estremeció al ver la mirada seria de sus preciosos ojos. No le quedaba más remedio que admitir que ella también era muy feliz.

«Ten cuidado, Randi. No te enamores de Evan Sinclair. Por mucho que muestre interés por ti, no quiere tener hijos, y sabes que a ti te encantan los niños. Quizá ahora seas feliz, pero sabes que vuestra relación no tiene futuro. Él se marchará y tú te quedarás en Amesport, dando clase».

Incapaz de decir nada, Randi apoyó la cabeza en el cuello de Evan, saboreó su delicioso aroma y disfrutó del contacto de piel contra piel.

En esos momentos no quería pensar en el futuro. El presente era lo único que tenía.

Capítulo 16

Randi intentó dejar a un lado las extrañas emociones tras su visita al cementerio de Amesport.

Era raro que alguien fuera a visitar todos los días la tumba de sus padres de acogida. El sendero seguía despejado, a pesar de que había nevado un poco desde la última vez, y la azucena y la rosa seguían donde las había dejado, entre ambas lápidas. Lo más raro era... que estaban en perfecto estado. No podían ser las mismas. Las dos que había depositado ella deberían estar congeladas y marchitas. La única explicación posible era que alguien se acercaba a diario, limpiaba la nieve y dejaba flores en las tumbas.

Era extraño, pero el responsable de todo aquello había imitado incluso el modo en que ella había unido ambas flores con la misma tarjeta y una única palabra: «¡Gracias!».

Cuando entró en la cuenta de correo electrónico, Randi se preguntó por la identidad del desconocido.

La primera vez que ocurrió no le dio más importancia, pero ahora que parecía suceder a diario, sentía curiosidad por saber qué habían hecho sus padres por aquella persona que quería honrar su memoria.

Un mensaje de S. la despertó de sus cavilaciones.

Estimada M.:

Solo te escribo para saber qué tal estás. ¿Cómo
va tu nueva relación? ¿Has cambiado de opinión y
quieres que se convierta en algo estable?

Randi sonrió al leer el mensaje. Ya no podía limitarse a escribirle solo desde el centro. Sabía mucho sobre ella, lo suficiente para averiguar quién era si quería. Sin embargo, estaba convencida de que no se entrometería en su vida a menos que ella quisiera conocerlo en persona. Además, también había iniciado una relación.

Estimado S.:

No. Ningún cambio. Se va mañana. Tiene que
atender su negocio.

A lo que él contestó:

Estimada M.:

¿Y te da igual?

Claro que no le daba igual, pero era lo que había y ella sabía desde el principio que su relación con Evan nunca llegaría muy lejos.

Estimado S.:

¿Qué le voy a hacer? Siempre he tenido muy claro que lo nuestro no iba a llegar a buen puerto. Nunca podría amar a un hombre como él.

¿Qué tal te va en tu nueva relación? ¿Por qué no
sales hoy? Es noche de citas.

Randi sabía que estaba mintiendo, pero no podía decirle a S.
que se había enamorado de Evan Sinclair y que estaba desolada porque él se iba al día siguiente. Quizá Evan no era el jefe directo de S.,
pero era el director general de la fundación. Aunque confiaba en S.
lo suficiente para contarle sus secretos, no podía revelarle que salía
con Evan.

Se puso a tamborilear con los dedos en el escritorio mientras
esperaba la respuesta. Nunca tardaba tanto en contestar cuando
estaban enfrascados en una de sus conversaciones.

Randi tenía que vestirse y prepararse para la fiesta de Hope. Había
quedado para comer con sus amigas, por lo que no tendría tiempo
para ver a Evan durante el día. Además, se habría sentido culpable de
monopolizarlo e impedir que pasara un rato con su primo Julian. El
famoso actor había llegado la noche anterior desde California.

Transcurrieron unos minutos más hasta que recibió una escueta
respuesta de S.

Tengo que irme.

Randi frunció el ceño. Quizá se sentía dolido por el hecho de
que no le hubiera contado nada de Evan. A lo mejor se lo había
tomado como un desaire. Ella también le envió un último mensaje
de una sola frase. No acababa de saber por qué no podía compartir
sus sentimientos con él.

Disfruta del fin de semana.

Cerró la sesión del correo electrónico y una abrumadora sensación de soledad se apoderó de ella cuando cerró el portátil. Estaba

perdiendo su relación con S., y esa noche iba a ser la última que veía a Evan. Tarde o temprano volvería a visitar a su familia, pero Randi sabía que no volvería a disfrutar de la intimidad de la última semana.

Se había implicado demasiado emocionalmente y ya empezaba a pagar las consecuencias. Lo mejor que podía hacer era intentar olvidar lo que había ocurrido con Evan y seguir adelante con su vida. Quería tener hijos algún día. Le encantaban los niños y eran el motivo por el que se dedicaba a la enseñanza, para dejar una huella en sus vidas.

«El tiempo me ayudará a olvidarlo. El vacío que siento ahora desaparecerá».

Evan se había presentado en el centro la noche anterior, después de la clase con Matt, y le había dado al pequeño su dirección de correo personal para mantener el contacto. Al ver aquel gesto Randi estuvo a punto de echarse a llorar. El hecho de que un hombre tan ocupado e importante como Evan le hubiera dado su información de contacto a un niño para saber cómo evolucionaba era tan conmovedor que apenas pudo contener las lágrimas. La sinceridad de la expresión de Evan y su interés por un niño que padecía el mismo trastorno que él era... conmovedor.

Más tarde Evan y ella fueron a tomar un café al Brew Magic. Randi aún oía su voz, diciendo que era feliz por el mero hecho de haber tenido la oportunidad de verla. Lo único que habían hecho era hablar de su día, pero fue un encuentro tan íntimo como el sexo.

Evan había abandonado con cara de tristeza su cita improvisada para ir a ver a Julian, que acababa de llegar a Amesport.

«Ya no puedo pasar sin Evan. Anoche también sentí una gran tristeza cuando se fue».

Sumida en un mar de dudas, Randi se levantó para ir a su dormitorio y empezó a prepararse para la fiesta de Hope. Como iba con

Evan deseaba que la noche fuera eterna, pero su lado más pragmático sabía que tarde o temprano iba a acabar.

Dirigió una mirada al portátil y pensó en la distancia cada vez más grande que había entre S. y ella. Se alegraba de que hubiera una mujer en su vida, pero también echaba de menos sus conversaciones sencillas.

Muy pronto no tendría a Evan.

Y tampoco S. estaría ahí para consolarla.

—Vamos a pasar solas una buena temporada —le dijo Randi a Lily mientras le acariciaba la cabeza, preguntándose por qué una mujer tan espabilada como ella se había enamorado perdidamente de Evan Sinclair.

***

—Estoy preocupada por Evan —le confesó Mara a su marido, Jared, mientras se miraba en el espejo para cambiarse los pendientes. Estaba casi lista para ir al baile de Hope, pero tenía un mal presentimiento sobre cómo iban a acabar las cosas para Evan.

Jared estaba junto a ella, ajustándose la pajarita.

—¿Por qué? —le preguntó con curiosidad.

Mara se quedó sin aliento al alzar la mirada y ver el reflejo de su guapo marido en el espejo. Aún no se había acostumbrado a estar casada con un hombre tan atractivo. Lanzó un suspiro mientras elegía el pintalabios y no se preguntó por qué se habían enamorado perdidamente el uno del otro. Prefería dar las gracias todos los días por la maravillosa relación que tenían.

—Todas estamos preocupadas —dijo Mara. Hope, Sarah, Emily y ella habían compartido sus temores durante el café—. Está enamorado de Randi. Lo sé. ¿Qué pasará cuando se vaya?

¿Volvería a encerrarse en sí mismo y echaría a perder todos los avances que había hecho para salir de su caparazón protector?

Mara estaba convencida de que Randi era la responsable del milagro que se había obrado en Evan, que había cambiado muchísimo. Dudaba que fuera a perder su arrogancia de sabelotodo. Formaba parte de su esencia. Pero era un hombre distinto, menos reservado, más vinculado a la familia. Y Mara no quería que se perdiera todo eso.

—Sé que está enamorado de ella —dijo Jared como si fuera lo más normal del mundo—. Pero no estoy tan seguro de que él lo sepa. Grady, Dante y yo no tenemos ninguna duda, porque ya hemos pasado por la situación en la que él se encuentra ahora. Después del modo en que se entrometió en mi relación contigo, no debería sentir ni un gramo de pena por ese cretino.

Mara se volvió y le dio un suave puñetazo en el estómago.

—No digas esas cosas. Qué feo. Quieres a Evan y lo sabes.

—Te quiero más a ti —añadió—. Y cada día que pasa te quiero más y más y más.

Mara se derretía cuando le decía esas cosas. No pasaba ni un día sin que Jared le declarase su amor.

—También quieres a tus hermanos.

Jared se encogió de hombros.

—Los quiero, y sí, Evan me salvó la vida. Pero no voy a inmiscuirme en sus asuntos.

Mara sonrió. Sabía que Jared no dudaría en hablar con su hermano mayor si era necesario. Se miró por última vez en el espejo y se levantó. No estaba mal para ser una chica del montón. Nunca sería una belleza despampanante como Randi, ni tan llamativa como Sarah, pero cuando descubrió el modo en que Jared la miraba, comprendió que tampoco lo necesitaba.

Jared lanzó un silbido y la rodeó de la cintura.

—Eres preciosa.

Mara lo abrazó del cuello.

—Tú tampoco estás mal, guapo. —Hizo una pausa antes de mirarlo a los ojos—. Sabes que hablarás con tu hermano si no le van bien las cosas. Merece ser feliz.

—Estoy en deuda con él porque me salvó la vida y gracias a eso ahora soy feliz —dijo Jared con cara de arrepentimiento—. Pero no creo que nadie sepa qué hacer. Ignoramos qué piensa Randi y Evan es tan reservado que nunca estamos seguros de si sufre o no. Espero que puedan resolverlo ellos solos.

—Ella lo quiere —dijo Mara—. No se acostaría con él si no fuera así. No había estado con nadie desde la universidad. Durante el almuerzo de hoy he intentado sonsacarle algo de información, pero no ha soltado prenda.

Randi había llegado un poco tarde a la comida, cuando las demás ya habían acabado de hablar de lo preocupadas que estaban por Evan.

Mara también lo estaba por Randi. Si amaba a Evan, y Mara estaba convencida de que así era, su marcha le partiría el corazón. Randi lo había pasado muy mal últimamente, merecía encontrar a un buen hombre que le diera todo su cariño.

—¿Se ha acostado con él? —preguntó Jared con un falso tono de sorpresa.

Mara puso los ojos en blanco. Su marido sabía de sobra que había algo entre ellos.

—Yo tampoco sé qué hacer. Randi perdió a Joan hace poco. No creo que se haya recuperado del todo. Temo que su relación con Evan pueda afectarle negativamente.

Jared le acarició la mejilla.

—Eh, cielo, no te preocupes tanto —le dijo—. Estás dando por sentado que no podrán solucionarlo ellos mismos.

—Hay algo que me da mala espina —respondió Mara con un deje de tristeza—. Evan no lleva suficiente tiempo aquí para haber bajado la guardia y tampoco ha tenido una vida fácil. Me preocupa que se vaya antes de darse cuenta de lo que siente por ella.

—Aprende rápido. —Jared la abrazó de la cintura y le acarició la espalda—. Dante lo puso a prueba para saber qué pensaba de ella. Le dijo que si no le interesaba, quería presentársela a algún compañero de la comisaría. Te juro que parecía que iba a darle un infarto a Evan. No veas cómo se puso.

Mara enarcó una ceja.

—¿De modo que Dante le tendió una trampa como hizo Evan contigo?

—Aquello fue distinto. Evan se interpuso entre nosotros —gruñó Jared.

Mara se rio.

—¿Por qué tengo la sensación de que disfrutaste un poco? —le preguntó.

—Así es —admitió él sin inmutarse—. Pero eso no significa que no quiera que sea feliz. Me siento culpable por no haberme dado cuenta de los problemas que tuvo, como un cabrón egoísta. Y sé que Hope, Grady y Dante sienten lo mismo.

Mara levantó la mano para acariciarle la mejilla. Ya había cargado con suficiente culpa en el pasado y no quería que asumiera más de lo que le correspondía.

—No sabías nada. Nadie lo sabía. Evan quiso que fuera así. Sabes que es muy celoso de su intimidad. —El primogénito de los Sinclair tenía un instinto sobreprotector, pero seguramente jamás lo admitiría en público.

—Ojalá lo hubiera sabido, pero sé que no es culpa mía. Gracias a ti he aprendido a relativizar el sentimiento de culpa —le aseguró—. Si es necesario, haré lo que sea para que mi tozudo hermano se enfrente a los fantasmas del pasado y comprenda que es mucho mejor ser feliz.

Mara le sonrió, orgullosa de la sinceridad de la que hacía gala Jared, un cambio radical con respecto al pasado.

—Sé que lo harás.

—Me pregunto cómo se habrá tomado Randi la noticia de que Evan era su amigo epistolar secreto. ¿Os ha dicho algo? —preguntó Jared con curiosidad.

—No, nada —respondió Mara, pensativa. También ella se preguntaba qué debía de haber sentido Randi al saber que durante todo ese tiempo había estado hablando con Evan—. Seguro que se llevó una buena sorpresa. Hope me dijo que habían sido amigos «anónimos» durante más de un año, pero que Randi creía que era un empleado de la Fundación Sinclair.

—¿Crees que le importó? —preguntó Jared con cara de preocupación—. ¿Crees que se enfadó?

—No estoy muy segura. No sé exactamente qué tipo de relación mantenían, pero no creo que le haya hecho mucha gracia que le haya mentido durante todo este tiempo.

—Evan nos ha dicho que, para ser exactos, no le había mentido. Simplemente no la corrigió cuando ella decía que era un empleado de nuestra fundación. —Vaciló antes de añadir—. Aunque quizá Evan admitió implícitamente un par de veces que no era más que un empleado.

Mara fulminó a Jared con la mirada.

—Mintió.

—Ambos acordaron no revelar sus identidades —replicó Jared.

—Es Evan Sinclair. Podría haberle dicho la verdad en cuanto se conocieron. Dudo que Randi le hubiera mentido de forma tan descarada.

—Bueno, ahora ya está. Ella lo sabe y es obvio que lo ha perdonado —dijo Jared—. Hope le dijo que le contara la verdad y que a partir de ahí ya verían cómo evolucionaba la relación.

Mara asintió.

—Espero que todo vaya bien esta noche. Y confío en estar a la altura con este vestido. —Al principio no iba a ser una fiesta formal, pero cuando Hope empezó a llamarlo «baile» todo el mundo dio por sentado que se había convertido en un evento elegante. Su cuñada aún lo definía como un encuentro informal, pero ella sabía que los asistentes tenían ganas de vestirse con sus mejores galas y pasárselo en grande—. La sala ha quedado preciosa. Hemos pasado un momento por el centro antes de volver a casa.

Jared la atrajo hacia sí.

—Estás preciosa, Mara. ¿Es que no te das cuenta?

Ella se estremeció al notar el roce de su portentosa erección.

—Tú siempre me encuentras guapa —le dijo ella con voz sensual.

—Porque lo eres —replicó de inmediato y le acarició el trasero por encima del vestido de cóctel de seda azul que llevaba.

Mara lanzó un suspiro, embriagada por la fragancia de su marido y su voz grave. Jared tenía el poder de influir en ella rápidamente y excitarla con un deseo tan intenso que era irrefrenable.

—Te quiero —le dijo ella en voz baja, mirándolo a los ojos.

—Yo también te quiero, cariño —contestó él. Inclinó la cabeza para besarla y acariciarle el pelo, echando a perder todo el esfuerzo que ella había invertido para lucir un peinado recogido y sofisticado.

Sin embargo, los lamentos por su peinado se esfumaron cuando se entregó a los brazos de Jared.

Iban a llegar tarde al baile, pero tampoco le dio gran importancia al asunto.

Al cabo de unos segundos, ya solo podía pensar en él.

Capítulo 17

«Nunca podría amar a un hombre como él».

Evan no podía quitarse de la cabeza las palabras que le había escrito Randi en el último mensaje. El problema era que no se refería a un hombre cualquiera. De haber sido así, él se habría alegrado de que fuera a dejarlo. Pero el hecho de saber que hablaba de sí mismo lo estaba volviendo loco.

Evan no solía enfadarse, y de hecho aún no comprendía qué le molestaba tanto. ¿Acaso creía que una mujer como Randi iba a enamorarse de un hombre tarado como él? Era un tipo poco romántico, muy puntilloso y parecía trastornado. Solo tenía cabeza para los negocios.

«Si no soy digno de ser su amigo, ¿cómo va a entregarme su amor?».

Ahora ya daba todo igual. No había forma de aliviar la quemazón que lo atormentaba cuando pensaba en su confesión de que nunca podría amar a un hombre como él.

«Tengo que lograr que se enamore de mí. Lo conseguiré».

Evan albergaba sus dudas de que eso fuera posible, pero no aceptaba muy bien las derrotas. Quizá el problema al que se enfrentaba no tenía nada que ver con los negocios, pero era igual de importante.

«Es más importante».

Aunque lo había asimilado de forma inconsciente, no le quedó más remedio que admitir que era cierto. Por primera vez en su vida había alguien, aparte de su familia, que tenía más importancia que sus empresas.

—¿Cómo se llama tu chófer?

Evan se alisó los puños del esmoquin, a pesar de que no necesitaban ningún retoque, cuando la voz de Randi lo sacó de su estado de ensoñación. Estaba sentado junto a ella en el asiento trasero del Rolls e iban de camino al baile.

Ella llevaba un precioso vestido rojo de cóctel que realzaba todas sus curvas y dejaba al descubierto su piel inmaculada. A Evan le sobraban un poco ambos escotes, tanto el de la espalda como el de delante. No era que no le gustara verla así; simplemente prefería no compartir ese espectáculo con nadie más.

«¡Es mía!».

Había sido una auténtica tortura renunciar a la idea de encerrarla en casa con él, porque se le había puesto dura como una piedra desde el momento en que le abrió la puerta con una sonrisa radiante.

Aquella sonrisa arrebatadora lo volvía loco siempre que la veía.

Al final respondió a su pregunta.

—Se llama Stokes.

—Pero ¿cuál es su nombre de pila? —insistió ella con un susurro, ya que no quería que la oyera el anciano.

—No tengo ni idea —respondió Evan con sinceridad. No conocía el nombre de casi ninguno de sus empleados.

—¿Es nuevo?

—Hace años que trabaja para mí.

—¿Y no sabes su nombre? ¿Tiene mujer e hijos? —preguntó Randi sin alzar la voz.

—No me meto en la vida privada de mis empleados. Si lo hiciera, no me quedaría tiempo para trabajar.

Evan comprendió que se había metido en problemas en cuanto vio su gesto de desaprobación.

—No es cierto y lo sabes. Es un empleado personal. Cuida de ti. Quizá sea verdad que no conviene tomarse ciertas confianzas con según qué gente, pero no con quienes forman parte de tu vida personal.

Evan se encogió de hombros. Para ser sincero, no le gustaba que nadie se metiera en su vida personal. Qué diablos, nunca había tenido una vida personal. Todo giraba en torno a los negocios.

Stokes era el chófer.

Él trabajaba en el asiento trasero hasta llegar a su destino.

No intercambiaban comentarios personales.

Evan observó a Randi, que se inclinó hacia delante.

—¿Cuál es su nombre de pila, Stokes?

Evan se dio cuenta de que el chófer no se inmutó.

—Gerald. Pero mi familia me llama Jerry.

—¿Estás casado, Jerry? —le preguntó ella.

—Sí, señora. Mi mujer y yo acabamos de celebrar las bodas de oro —respondió Stokes con voz estoica.

—¿Tienes hijos? ¿Nietos?

—Tres preciosos hijos, seis nietos y también tres bisnietos —respondió Stokes, en un tono más cálido al hablar de su familia.

—¿No has pensado en jubilarte? —Randi se inclinó hacia adelante para poder acercarse un poco más al chófer.

Evan no lo soportaba.

—No, señora. Me quedé sin trabajo cuando estaba a punto de cumplir la edad necesaria para retirarme. Sin embargo, el señor Sinclair tuvo la bondad de contratar a un hombre mayor en lugar de a un chico más joven. Por entonces yo necesitaba el empleo. Mi hija estaba enferma y necesitaba ayuda. Y él me permitió ayudarla gracias al generoso sueldo que me paga. Seré un empleado fiel hasta el día en que ya no pueda ponerme al volante —dijo Stokes, con un tono emotivo al recordar su pasado.

Evan se removió incómodo en el asiento. ¿Por qué no sabía que Stokes tenía familia? No era que el chófer no tuviera ganas de hablar, sino que él nunca se había tomado la molestia de preguntarle nada.

Se prometió a sí mismo que investigaría si Stokes tenía cubiertas las necesidades económicas para el resto de su vida. El hombre siempre estaba a su disposición y acudía allí a donde le pedía. Si tenía familia, quizá había llegado el momento de que disfrutara de su jubilación.

—Te contraté porque estabas cualificado. Y te he mantenido porque eres uno de los mejores empleados que he tenido jamás —dijo Evan en voz alta para que Stokes lo oyera bien.

—Gracias, señor —dijo el chófer con humildad y lleno de orgullo—. Hemos llegado a su destino.

Evan miró por la ventanilla y vio que habían aparcado delante del Centro Juvenil. Había empezado a llegar la gente, todo el mundo vestido de gala.

—Es una fiesta pública, Jerry —dijo Randi—. ¿Te apetecería entrar y comer algo?

Stokes se volvió y le dirigió una sonrisa. Era la primera vez que Evan lo veía sonreír.

El chófer negó con la cabeza.

—No... pero se lo agradezco. Me acercaré al restaurante donde sirven los sándwiches de langosta. Cocinan muy bien.

—El Sullivan's —dijo Randi, asintiendo con una sonrisa—. Que disfrutes de la cena.

Evan esperó a que el chófer le abriera la puerta. Cuando salió se volvió hacia él y le dijo:

—Cuando quieras jubilarte, ven a hablar conmigo. Me aseguraré de que no te falte de nada.

Stokes asintió.

—Lo sé, señor. Gracias. —Hizo una pausa antes de añadir—: Es una chica maravillosa. No la deje escapar.

—No pensaba hacerlo —le aseguró Evan—. Pero ella aún no lo sabe.

Vio que Stokes sonreía de nuevo a la tenue luz de la calle.

—Bien hecho.

Evan se volvió hacia el otro lado del vehículo, pero Randi ya había salido y se dirigía hacia él. No le había molestado tener que abrir la puerta ella misma. La mayoría de mujeres que conocía se habrían quedado sentadas, esperando a que lo hiciera alguien.

Pero ella no. Tenía que darse prisa y actuar de inmediato si no quería perderla.

Randi siempre había sido una mujer independiente y no conocía los rituales de los multimillonarios.

Era una de las cosas que más le gustaba de ella: era sencilla y normal.

«En solo dos minutos ha logrado averiguar más sobre Stokes que yo en todos los años que lleva trabajando para mí».

Evan le ofreció el brazo en cuanto llegó junto a él y le dijo a Stokes que se fuera a cenar.

—No ha sido tan difícil, ¿verdad? —le preguntó Randi mientras se dirigían a la entrada del centro.

—¿Qué?

—Averiguar algo sobre tus empleados. Te tiene en un pedestal.

—Le pago su sueldo —replicó Evan con seriedad—. Pero sí, me alegro de conocer su situación. Podré encargarme de los trámites de su jubilación en cuanto esté preparado.

Randi asintió.

—No hay nada malo en preocuparse por los demás.

Evan no dijo nada. Claro que había un problema. Quería a Randi, pero ella solo lo quería a él mientras estuviera en Amesport.

Por primera vez había alguien que le importaba y no soportaba que el sentimiento no fuera recíproco.

«Nunca podría amar a un hombre como él».

No le sería fácil olvidar esas palabras ni lo que sintió al leerlas.

***

Micah la vio en cuanto entró en la sala de baile. Era imposible no verla.

—¿Te vas mañana? —le preguntó Julian mientras se zampaba otro plato de comida del bufet.

—Sí, no me queda más remedio. He de asistir a una reunión el lunes a primera hora —contestó su hermano mayor.

A Micah le gustaba Amesport y no le entusiasmaba la idea de tener que irse. No había vuelto al Sullivan's desde su encontronazo con Liam, pero no le habían faltado ganas.

—Yo también. Tengo una entrevista en Los Ángeles —admitió Julian.

—Bien, entonces podré recuperar mi avión. Puedes comprarte el tuyo cuando quieras —le dijo Micah, algo molesto. No podía apartar los ojos de Tessa, que se movía por la sala con gran elegancia.

—Lo sé —contestó Julian con una sonrisa en los labios—. Pero es que antes no iba a ningún lado y no lo necesitaba.

Julian se habría podido permitir el avión que hubiera preferido. Quizá había sido un don nadie en Hollywood hasta el éxito de taquilla de su última película, pero aun así era un Sinclair y le sobraba el dinero.

La orquesta subió el volumen un poco, lista para que la gente empezara a bailar.

—Enseguida vuelvo —le dijo Micah a Julian, sin perder de vista a Tessa.

No se quedó a escuchar la respuesta de su hermano. Estaba decidido a conquistar a la belleza que había en el otro extremo de la sala antes de que se le adelantara algún otro pretendiente.

Se acercó a Tessa, que estaba hablando con dos ancianas: una llevaba un vestido violeta intenso y la otra uno rosa algo extravagante.

A medida que se acercaba, oyó a Tessa.

—Te agradezco el regalo, Beatrice, pero ya sabes que no creo en los milagros.

La mujer de rosa esbozó una sonrisa radiante dirigida a Tessa.

—Te toca a ti, cariño. Tu destino.

—Ya lo sabe —dijo la mujer de violeta, emocionada—. Beatrice lo ha visto muy claramente.

—Lo oirás, pero no del modo que esperas —le dijo Beatrice a Tessa, acariciándole la mejilla—. Tienes que escuchar con tu interior para comprender lo que intenta decirte.

—Hola —dijo Micah, que le tocó el hombro a Tessa para que supiera que estaba detrás de ella.

—Micah Sinclair —dijo Beatrice, mirándolo con expresión radiante—. Te estaba buscando. Soy Beatrice y esta es mi amiga Elsie. —Le hizo un gesto a la mujer que tenía al lado.

Tessa se volvió para leerle los labios a Micah.

—¿Por qué me buscaba? —preguntó él, confundido. Era la primera vez que veía a las dos mujeres.

Beatrice le tendió la mano y Micah tomó el objeto que le ofrecía. Observó la piedra y le dio varias vueltas.

—No puedo aceptarlo. Ni siquiera sé quién es usted.

No entendía por qué una completa desconocida le había dado un pedrusco como ese.

—Claro, pero yo sí te conozco, jovencito. Es tu destino. —Beatrice le señaló los dedos.

—No lo entiendo. Solo he venido a preguntarle a Tessa si le apetecía bailar. —Miró a ambas mujeres, perplejo.

—Sí que me apetece —dijo Tessa, que lo agarró de la mano y aprovechó el momento para huir—. Gracias. Ha sido un placer verlas de nuevo.

Micah se metió la piedra en el bolsillo y se despidió de las ancianas con un gesto de la mano. Tessa lo arrastró como si estuviera huyendo de un incendio.

¿Qué diablos había ocurrido?

Cuando se detuvo en medio de la pista de baila, Micah le preguntó:

—¿Están locas?

—No, pero son algo excéntricas. Beatrice es la casamentera de Amesport y vidente oficial, y Elsie escribe la crónica de sociedad del periódico. Son inofensivas, pero necesitaba que alguien acudiera en mi rescate. Gracias.

Micah la miró detenidamente.

—¿Sabes bailar de verdad?

Ella se encogió de hombros.

—No lo sé. No lo he intentado desde que perdí el oído. ¿Sabrías llevarme?

—Por supuesto —respondió él de inmediato—. Se me da muy bien cualquier tipo de actividad física.

Y le guiñó un ojo.

Tessa puso los ojos en blanco.

—A ver, demuéstramelo.

Micah la agarró de una mano y con la otra le rodeó la cintura.

—Es un vals.

Ella asintió y lo miró a los ojos.

Micah descubrió que Tessa era muy buena bailarina, mejor que cualquiera de las mujeres con las que había bailado hasta entonces.

Lo siguió fácilmente, demostrando que se sentía muy cómoda en sus brazos.

Él la miró y le dijo:

—Bailas muy bien.

—Gracias —respondió ella con educación.

Micah se sorprendió cuando ella le devolvió el guiño y luego apoyó la cabeza en su hombro. Él la siguió llevando y Tessa mantuvo el ritmo a la perfección.

Ninguno de los dos volvió a abrir la boca mientras sus cuerpos se comunicaban sin palabras... y bailaron.

Capítulo 18

Evan cerró los puños al ver a Randi en la pista de baile. Hacía una hora que habían llegado y ella había aceptado bailar con Liam. Evan no soportaba verla abrazada a alguien que no fuera él.

«Debería habérselo pedido antes que nadie. Debería haber bailado con ella toda la noche».

Por desgracia, no había hecho ninguna de las dos cosas, por lo que en ese momento estaba solo en un rincón, apoyado en la pared, intentando resistir las ganas de darle un puñetazo.

Apretó los dientes al ver que Randi ladeaba la cabeza y sonreía a Liam, disfrutando del baile y de su compañía. Estuvo a punto de irrumpir en la pista de baile cuando vio que Liam tenía la osadía de deslizar la mano por su espalda desnuda.

Sin embargo, su arrebato se vio interrumpido por un hombre más corpulento que él.

—Creo que necesitas esto.

Jared le dio un vaso lleno de hielo y un líquido que Evan supuso que era alcohol.

—No bebo —le soltó, molesto, e intentó esquivar a su hermano para dirigirse de nuevo hacia Randi.

—Quizá esta noche deberías —le sugirió Jared, que lo agarró de la espalda para detenerlo—. No lo hagas, Evan. Es un buen chico.

—La está tocando —replicó Evan, enfadado.

Jared volvió a situarse delante de él y lo empujó contra la pared.

—Tómate un trago y relájate. Tessa intentó organizarles una cita a Liam y Randi, pero él se puso enfermo. Estoy seguro de que solo quería disculparse por haberla dejado plantada. A ella no le gusta.

Evan se tomó el vaso de un trago y se lo devolvió a Jared. Tuvo que hacer un esfuerzo sobrehumano para no toser cuando el alcohol le quemó la garganta y todo el trayecto hasta llegar al estómago.

—¿Es que me has envenenado? —preguntó con voz áspera.

—Whisky con hielo. Es una buena añada y una buena marca. Te acostumbrarás. Es un gusto que se adquiere con el tiempo —dijo Jared con una sonrisa malévola mientras le daba a Evan un segundo vaso, arrebatado a un camarero que pasó junto a ellos—. Esta vez tómatelo con calma —le advirtió.

Evan frunció el ceño al ver el vaso que tenía en la mano.

—¿Cómo sabes que no le gusta? Le está sonriendo.

—Por regla general, cuando un hombre invita a bailar a una mujer se considera de mala educación no sonreír. Cálmate un poco. Solo están bailando —le aconsejó Jared. Se detuvo para tomar un trago de su vaso y añadió—: Mira que te gusta...

Evan tomó un sorbo casi sin darse cuenta. Tenía la cabeza en otra parte mientras el líquido abrasador se abría camino hacia su estómago. Sin embargo, él no se estremeció.

—No me dejas ver —gruñó.

—Lo sé —le dijo Jared con toda la calma, metiéndose una mano en el bolsillo de los pantalones de su esmoquin—. Es mejor así, créeme. La canción se acabará enseguida.

—Es que no soporto sentirme así —admitió Evan, que poco a poco iba perdiendo el control de la situación y empezaba a comportarse de modo irracional, algo que poco le importaba.

—Así entenderás cómo me sentía yo cuando creía que a mi hermano le gustaba la misma mujer que a mí —le espetó Jared.

—Yo no bailé con ella —replicó Evan.

—No, pero sí que la tocaste, la levantaste en volandas y la abrazaste. Y no me niegues que empezaste a mostrar cierto interés por ella.

—Porque me gustaba de verdad y porque tú te comportabas como un cretino.

—¿Más o menos como tú ahora? —preguntó Jared.

—Sí —gruñó. Las palabras de su hermano le permitieron comprender cómo se había sentido Jared cuando él le insinuó que podía estar interesado en Mara—. De acuerdo, lo siento. En ese momento no imaginé que te sentirías así.

—Disculpas aceptadas —dijo Jared, con tranquilidad—. Creo que el karma ya te ha dado tu merecido.

Evan tomó otro sorbo.

—Tienes razón —gruñó, pasándose una mano por la cara. Empezaba a relajarse, pero estaba sudando. Debía de ser por culpa del alcohol. Nunca bebía y empezaba a notar los efectos del whisky.

—¿Estás bien, Evan? —le preguntó Jared en un tono mucho más amable y preocupado.

Por primera vez en su vida, Evan respondió con sinceridad.

—No, creo que no estoy bien —admitió con voz preñada de emoción. Notaba un dolor en el pecho que no había sentido nunca. Los sentimientos se agolpaban en su corazón y no sabía cómo reaccionar—. La amo —añadió. Estaba tan aturdido que se mostró cuan vulnerable era.

—Lo sé —dijo Jared, que no quiso hurgar más en la herida—. Pero no es el fin del mundo, Evan, sino el inicio de algo tan bueno que te despertarás todos los días feliz de ver su rostro al abrir los ojos.

—No la veré. Me voy mañana y ella no me quiere —le espetó. Quizá sus hermanos menores habían tenido suerte en sus relaciones sentimentales, pero él no podía obligar a Randi a que lo amara.

—Pues no te vayas —le sugirió Jared.

—Tengo una reunión importante en San Francisco el lunes. Llevo tiempo intentando hacerme con el control de una empresa y creo que por fin ha llegado el momento, porque ahora necesitan capital para crecer. Si no estoy atento para dar el paso, se me adelantará alguien —dijo, repitiendo un discurso que tenía muy bien aprendido.

—Pues que se la queden —replicó Jared con sinceridad—. Llega un momento en que el dinero ya no importa. Tenemos mucho más del que podríamos gastar en doce vidas.

—No es una cuestión de dinero. Lo que me importa es ser mejor, tener éxito. Nuestro viejo nunca me consideró capaz, pero se equivocaba. —Evan apuró el trago con la respiración entrecortada y dejó el vaso en la mesa que tenía al lado.

—Ya ha quedado claro —le soltó Jared, que empezaba a enfadarse—. No tienes que demostrar nada a nadie, Evan. Se acabó la batalla, has ganado. Solo existe en tu imaginación.

—¿Va todo bien? —los interrumpió una voz femenina.

Jared se apartó y tras él apareció Randi y su pareja de baile.

—A la perfección. Evan y yo solo hablábamos de negocios.

—¿Me concedes otro baile, Randi? —preguntó Liam muy educadamente, apoyando la mano en su espalda desnuda.

—No te concede nada —le gruñó Evan, que había perdido el control.

El primogénito de los Sinclair dio un paso al frente y agarró a Liam de la camisa almidonada blanca.

—Quítale las manos de encima —gritó, totalmente fuera de sí.

Jared apartó a Randi, lo que provocó que Liam perdiera el contacto con ella.

—Ya basta, Evan. La gente empieza a mirarte —le aconsejó Jared.

A Evan le importaba una mierda ser el centro de atención. Se detuvo frente a su rival con una expresión homicida. Sin soltarlo de la camisa, le dijo en tono amenazador:

—No la mires. Ni se te ocurra tocarla. Ni siquiera te imagines con ella a solas o acabaré contigo.

Jared apartó a Evan, obligándolo a soltar a Liam.

—Randi, ¿puedes llevarte a Evan a algún lado para que se calme? Está un poco... revolucionado. Yo hablaré con Liam.

Randi agarró a Evan del brazo.

—¿A qué diablos ha venido eso? —le susurró forzando la voz mientras se lo llevaba del baile.

Evan la siguió... bueno... porque la habría seguido a cualquier lugar.

Recorrieron un pasillo y entraron en una sala pequeña, lejos de la gente.

Randi cerró la puerta tras ella y lo obligó a sentarse en una silla plegable demasiado pequeña para él.

—¿Qué diablos ha pasado ahí? —preguntó Randi, en un tono que era más producto del desconcierto que de la ira.

—Que no me gustaba el modo en que te estaba tocando —respondió Evan, enfadado.

—Estábamos bailando —replicó ella, con los brazos en jarra.

—Lo sé. Pero no lo soportaba —admitió él mientras intentaba recuperar el control de sus emociones.

—Pues entonces deberías haberme pedido un baile —le dijo Randi con voz suave—. Tú eres mi pareja para la fiesta.

—Es otro rasgo de los Sinclair que no he heredado: soy un bailarín pésimo —confesó—. Me arrepiento de no haberte pedido un baile. Como no se me da bien, no suelo hacerlo. ¿Te habría molestado mi torpeza?

La expresión de Randi se suavizó cuando lo miró.

—No, no me habría molestado en absoluto. Es más, te habría humanizado. Nadie es perfecto en todo. No tienes que ser el paradigma de la excelencia en todo lo que haces. ¿No te das cuenta de que te acercas tanto a la perfección que casi das rabia?

«Entonces ¿por qué no puedes amarme? ¿Por qué no puedes enamorarte de un hombre como yo?».

Se moría de ganas de preguntárselo, pero la respuesta era obvia. El amor era algo que sucedía de forma espontánea... y ya está. No había explicación, no había forma de racionalizarlo y no existía ningún método para elegir a la pareja perfecta y sentir todas esas emociones. Evan comenzaba a entender que el amor no era algo que se elegía. Pero nunca se habría imaginado que fuese a sucederle a él.

—Creo que le debes una disculpa a Liam —dijo Randi con frialdad—. Ha sido muy amable y educado.

—No ha sido amable, lo único que quería era arrancarte la ropa —replicó Evan, descontento.

—¿Cómo lo sabes? —preguntó ella.

—Porque es lo mismo que quiero yo. Reconozco esa mirada, lo que pasa es que él no está tan desesperado como yo. —Se levantó y la agarró de la cintura—. Lo deseo cada vez que te veo u oigo tu voz. Lo deseo cuando me sonríes. Lo deseo cada minuto del día, maldita sea. Cuando no estoy contigo, solo pienso en estar a tu lado —dijo con la respiración entrecortada—. Te necesito.

Evan se estremeció cuando Randi lo abrazó del cuello y le apoyó su suave mejilla en el rostro.

—Yo también te necesito. No me interesa Liam. —Lo olió y le preguntó—: ¿Todo esto es por el alcohol? Hueles un poco. ¿Has bebido?

—He tomado dos copas, pero no estoy borracho. Son mis sentimientos los que hablan, algo que nunca me había ocurrido.

—¿Estás celoso? —le preguntó ella.

—Sí —respondió Evan enseguida, desde el fondo del corazón—. No quiero que te toque ningún otro hombre, solo yo.

—Te vas mañana temprano, no es buen momento para mantener una conversación sobre este tema —le advirtió Randi con voz grave.

—Ahora mismo es lo que hay —replicó Evan, algo molesto, incapaz de asimilar la idea de que ella no estaría a su lado y que iba a separarlos una distancia tan grande. No lo soportaba.

La miró fijamente y los tonos dorados de sus preciosos ojos estallaron en miles de destellos. Ella le lanzó una mirada de anhelo que él encajó como un puñetazo en el estómago.

—Pues hazme el amor, Evan. Aquí y ahora. Una última vez —le suplicó Randi sin aliento—. Sé que no podemos mantener una relación estable, pero tienes razón. Solo nos queda el ahora. Y he aprendido que a veces es lo único a lo que podemos aferrarnos.

Él quería algo eterno, pero la necesitaba con tal desesperación que pensó que ya se le ocurriría algún modo de conseguirlo. Miró a su alrededor y se dio cuenta de que estaban en el tocador de señoras y que la otra puerta que había daba a los baños. Sabía por anteriores visitas que había muchos baños en el centro, pero saltaba a la vista que ese era el que había reformado Grady para dejarlo impoluto.

Había una fila de sillas pequeñas y elegantes frente a un espejo que iba de pared a pared, para que las mujeres hicieran lo que fuera que hacían para arreglarse.

Evan estaba tan excitado y fuera de sí que no le importaba dónde se encontraban, pero comprobó la puerta para asegurarse de que la cerradura estaba echada y arrinconó a Randi.

—No me voy a andar con rodeos. Quiero sexo duro, aquí y ahora. En estos momentos he perdido el control de mí mismo —le advirtió.

—No me importa —le aseguró Randi, que dejó que la arrinconara contra la mesa.

Evan se quitó la chaqueta del esmoquin con un gesto brusco, casi arrancándosela para tener más libertad de movimientos. Su cuerpo necesitaba entregarse al desenfreno, como su mente.

Dejó caer la chaqueta al suelo y sintió un gran alivio. Se estremeció. Estaba tan impaciente por sentirse dentro de Randi que la verga le palpitaba de pura anticipación.

—¿Tienes miedo? —preguntó él con brusquedad al ver su gesto vulnerable.

Ella negó con la cabeza.

—No. No tengo miedo de ti, pero sí de lo que siento.

Aquellas palabras provocaron que se arremolinaran un millón de preguntas en la cabeza de Evan.

«¿Cómo te sientes?».

«¿Cómo te sientes cuando sucumbes a la locura como estoy haciendo yo?».

«¿Cómo esperas que me vaya cuando lo único que deseo es quedarme contigo?».

Todas las preguntas sin respuesta se desvanecieron cuando Randi le quitó la pajarita y le arrancó la camisa, sembrando el suelo de botones.

Cuando ella le acarició la piel desnuda, Evan se olvidó de todo. Los instintos primarios que se habían apoderado de él se convirtieron en lo único en lo que podía pensar.

Randi le deslizó una mano hasta la nuca y lo atrajo hacia sí para besarlo. Y fue entonces cuando Evan Sinclair perdió por completo el control de sí mismo.

CAPÍTULO 19

Si Randi no se hubiera sentido tan desorientada, quizá al repasar lo ocurrido esa noche se habría dado cuenta de que la vulnerabilidad de Evan fue lo que acabó conquistándola.

Su ira, el miedo y el dolor que vio en su expresión, junto con su voluntad de mostrarse tal y como era, le desgarraron el corazón. Vio la necesidad que asomaba bajo sus preciosos ojos, y la guerra que él libraba con sus propias emociones fue su perdición.

«Lo amo».

Lejos quedaba la incertidumbre, las dudas. Amaba a Evan Sinclair y su ferocidad irrefrenable. Lo necesitaba más que el aire que respiraba.

Él la besó con avidez, como si fuera la única mujer a la que había deseado besar en toda su vida, pero Randi necesitaba más. Mucho más. Quería sentir el roce de todo su cuerpo, estar pegada a él sin dejar el menor resquicio entre ambos.

El deseo crecía en sus entrañas y se apoderó de su sexo mientras lo abrazaba como si le fuera la existencia en ello.

—Por favor, Evan —le suplicó cuando él se apartó para deslizar la lengua por la sensible piel de su cuello—. Hazme el amor.

Randi se quedó sin defensas. Lo quería y lo necesitaba.

—Eres mía —le dijo él con voz exigente mientras le levantaba la falda de seda hasta la cintura.

Randi lanzó un gemido cuando los dedos de Evan se deslizaron bajo el tanga. Se había puesto el conjunto de lencería más atrevido que tenía. Quería sentirse como la mujer más sexy de la tierra una noche más.

—¿Qué te has puesto? Joder.

Evan tampoco podía refrenar más tiempo su deseo.

Ella no respondió. Se sentó en la mesa entre jadeos y dejó que Evan la mirase hasta que ya no aguantó más.

Randi se estremeció cuando él le arrancó el vestido y lo ayudó a quitárselo. No llevaba sujetador porque tenía un escote muy pronunciado en la espalda. Solo llevaba el tanga, los zapatos de tacón, las medias y los ligueros.

—Es todo nuevo. Lo he comprado para nuestra última noche.

Fue una decisión audaz tratándose de ella, una mujer que por lo general prefería la lencería de encaje.

Evan trazó el perfil de su sexo bajo el tanga húmedo. Entonces la agarró de la cintura y la sentó en la encimera.

—Ya te compraré más conjuntos como este —le dijo bruscamente.

Antes de que pudiera reaccionar, le arrancó el tanga de un fuerte tirón.

Se arrodilló ante ella de inmediato y le apoyó las piernas en sus hombros.

Un escalofrío recorrió el cuerpo de Randi cuando sintió la boca caliente y ávida de Evan en sus labios. No empezó suavemente. La devoró. La saboreó. No se detuvo hasta que ella pronunció su nombre.

—Evan. Oh, Dios, Evan.

Randi se estremeció ante aquel asalto posesivo. Él le abrió los labios y la saboreó con avidez, con gula. Era un hombre con un único objetivo: llevarla hasta el orgasmo. Y su entrega era total y absoluta.

—Sí —gimió ella, agarrándolo del pelo y atrayéndolo hacia sí con todas sus fuerzas—. Más.

Evan había dejado de lado las caricias, pero Randi quería más. Necesitaba alcanzar el clímax y lo necesitaba en ese preciso instante.

Su lengua se deslizaba con exquisitez por su clítoris, con fuerza y vigor. Las delicadezas quedaban para otro momento. En esos instantes solo existía la pasión, el deseo y una necesidad carnal.

—Sí. Por favor. Ahora —le imploró ella, restregando el clítoris contra su boca, exigiéndole la deliciosa recompensa que le había prometido.

Y entonces, con una oleada devastadora, llegó el momento de máximo placer con una intensidad tan brutal que Randi no pudo reprimir un grito.

—¡Evan!

Fue un momento de éxtasis tan arrebatador que ella pudo más que entregarse gozosamente. Evan se levantó y se bajó los pantalones para liberar su enorme miembro erecto en un tiempo récord.

Randi apenas tuvo tiempo de recuperar el aliento cuando Evan ya la había penetrado, tomándola de forma salvaje, llevado también por el deseo.

Ella necesitaba su posesividad primitiva para sentirse viva. Lo abrazó del cuello y se aferró a él cuando todavía se estremecía con las convulsiones del primer orgasmo.

—Joder. Eres como un sueño, pero sé que eres real —dijo Evan, con la voz preñada de pasión.

—Más fuerte.

Randi necesitaba más.

La agarró para bajarla de la encimera y ella estuvo a punto de soltar un grito cuando Evan salió de ella. Le dio la vuelta, la sujetó de las manos, las apoyó en la mesa y se situó detrás de ella.

—Esta vez voy a dártelo todo, ya he perdido el control.

—Es lo que quiero.

Evan acercó la punta y se la metió con tanta fuerza que Randi lanzó un gemido.

—Eres mía —insistió él con un gruñido animal mientras se apartaba hasta casi sacársela para volver a embestirla con todas sus fuerzas.

Randi reprimió un grito tras sufrir la acometida de Evan. Necesitaba algo a lo que aferrarse, algo que evitara su entrega absoluta a la arremetida violenta del deseo. Se apoyó en la superficie de mármol y empujó hacia atrás al tiempo que Evan la penetraba de nuevo. Sintió una sensación de placer indescriptible al oír el golpeteo de ambos cuerpos.

Era demasiado.

Pero quería más.

Randi quería que Evan aguantara dentro de ella todo el tiempo posible. Fue entonces cuando se dio cuenta de que era suya: le había entregado su corazón, su cuerpo y su alma. Sin embargo, necesitaba más; lo quería todo.

—No aguantes —le suplicó con un gemido, retorciéndose de placer.

—No puedo —admitió, torturado. La estaba agarrando de las caderas con tanta fuerza que seguramente al día siguiente tendría cardenales—. Admite que eres mía, Randi. Dilo o me volveré loco.

—Te quiero —dijo ella, entregada, incapaz de controlar sus emociones. Cada movimiento, cada jadeo tenían un único objetivo: Evan. Debía decirle lo que sentía.

—Mierda —gruñó Evan, embistiéndola con una fuerza que la estaba dejando sin sentido—. ¿Qué has dicho?

—Que te quiero —gritó, y sus palabras resonaron en el reducido espacio.

Randi estalló en cuanto Evan deslizó una mano y le acarició el clítoris. Dejó caer la cabeza cuando su cuerpo cedió al placer, que le desbocó el pulso y la hizo temblar de gusto.

—No, no te inclines —dijo Evan—. Quiero verte.

Seguramente no habría levantado la cabeza si Evan no la hubiera agarrado del pelo. Entrelazó los dedos en su melena y los ojos de ambos se encontraron en el espejo cuando ella sucumbió al trance del orgasmo.

Desesperada.

Necesitada.

Presa de un gozo tan intenso que apenas recordaba su propio nombre.

—Me das tanto placer que casi es doloroso —gimió y fijó la mirada en los ojos azules, atormentados y confusos de Evan.

Ambos se miraron fijamente hasta que él arremetió una vez más e inclinó la cabeza hacia atrás en éxtasis mientras ella apuraba hasta la última gota de su esencia.

Evan la abrazó para sentir el contacto, piel con piel, de ambos cuerpos. Entre jadeos, se dirigió a la silla, se sentó en ella con Randi en su regazo y se retiró de su interior.

—Dime por qué, Randi —exigió Evan mientras recuperaba la lucidez.

Ella lo abrazó del cuello con fuerza para no perder la postura.

—¿Qué?

No sabía de qué hablaba.

—Dime por qué dijiste que nunca podrías amar a un hombre como yo. Esas palabras casi me matan. ¿Por qué lo dijiste?

Le acarició el pelo como si fuera la mujer más bonita de la tierra.

Randi intentó que su cerebro recuperara la capacidad de raciocinio. A medida que recobraba la conciencia, la pregunta de Evan fue adquiriendo sentido. Nunca le había dicho eso. ¿O sí?

—Nunca te he dicho eso.

«Nunca podría amar a un hombre como él».

El cerebro de Randi empezó a funcionar y negó con la cabeza al llegar a la increíble conclusión.

No era posible y, sin embargo... Nunca le había dicho esas palabras a Evan; se lo había comentado a S. en un mensaje.

De algún modo, todo encajaba. De hecho, ¿no era cierto que S. la había animado a salir con Evan, no había llegado a pedirle que le diera una oportunidad después de haberle aconsejado que no saliera con él?

Pensándolo bien, S. había cambiado desde que ella había empezado a salir con Evan. Le hacía muchas preguntas sobre su relación y le decía que le diera una oportunidad a Evan, a pesar de que no lo conocía. Su comportamiento era el polo opuesto de su precaución habitual.

Randi se levantó, desnuda en sentido físico y literal. Agarró el vestido del suelo, se lo puso mecánicamente y deslizó la tela sedosa para ocultar la escasa lencería.

Se le revolvió el estómago al pensar en las conversaciones que habían mantenido y en el hecho de que S. también tenía a una mujer en su vida. Evan era dueño de la Fundación Sinclair, por lo que cabía la posibilidad de que fuera él, de que lo hubiera sido desde el principio.

Se le cayó el alma a los pies al darse cuenta de que si él era S., no se lo había contado; de hecho, le había mentido. Había utilizado la relación en beneficio propio sin importarle lo más mínimo los sentimientos de Randi. Pero esas acciones no se correspondían con el Evan que conocía y amaba.

«Quizá en realidad no lo conocía tan bien como yo creía».

—Nunca te he dicho esas palabras. Se las escribí a alguien a quien consideraba mi amigo, a alguien en quien confiaba. —Respiró hondo y le hizo la pregunta con toda la calma—: ¿Eres él?

Randi no lo miraba a los ojos, pero vio el gesto de asentimiento que hizo con la cabeza mientras se levantaba de la silla.

—Sí —admitió Evan con voz ronca.

—Las azucenas de las tumbas de Dennis y Joan. ¿Fuiste tú? —Ya sabía la respuesta. Su instinto le decía que era cierto. La primera vez que las vio no cayó en la cuenta, pero en ese momento todo encajaba. Evan Sinclair era uno de los pocos hombres que podía conseguir lo que deseara, incluso una azucena en pleno invierno de Maine.

—Sí. —Evan se subió la cremallera de los pantalones y empezó a ponerse la camisa—. Lo hice para darles las gracias.

—¿Por qué querías darles las gracias? —La cabeza le daba vueltas. Aún no podía asimilar la idea de que S. y Evan eran la misma persona.

—Les daba las gracias por haberte salvado cuando yo aún no te conocía —dijo mientras metía los brazos en las mangas—. Estoy muy agradecido de que estés aquí, de que tengas salud y seas tan fuerte. Estoy muy agradecido de que te dieran un hogar. Y, por encima de todo, les agradezco que te salvaran. —Se puso la chaqueta y se guardó la pajarita en el bolsillo.

Randi se sentía totalmente traicionada por los dos hombres más importantes de su vida.

—Me has mentido. ¿Cuándo averiguaste quién era yo?

—El día que fui a tu casa para llevarte la comida porque te habías quedado sin electricidad. Hope me dijo que habías perdido a tu madre de acogida hacía poco y, de repente, todo encajó. Debería habértelo dicho entonces, pero no pude.

Bueno... a lo mejor no lo sabía desde hacía tanto tiempo, pero lo sabía desde antes de que se acostaran por primera vez. Tendría que haberse sincerado antes de que su relación pasara a mayores.

—No había nada que te impidiera contármelo —sentenció. La sorpresa provocada por su confesión inicial había dado pie a una ira mal contenida—. Has jugado conmigo. —Se había aprovechado de su posición como amigo de confianza para sonsacarle información.

—No lo hice a propósito —gruñó. Se acercó a ella a grandes zancadas y la agarró de los hombros—. ¿Por qué me escribiste que no podías enamorarte de mí, y en cambio me has dicho que me quieres?

Randi se apartó de él. No quería que la tocara. Se sentía enfurecida por su traición, por su falta de honradez, por el modo en que había jugado con sus emociones.

—No dije que no te quisiera. Dije que no puedo amarte por mi pasado y los problemas que podría provocarme. Eres un multimillonario que se dedica a viajar por todo el mundo y yo soy una maestra que vive todo el año en Amesport. Pero no te preocupes, lo superaré. El hecho de que seas un mentiroso y me hayas engañado me ayudará a olvidarte mucho más rápido —soltó.

Evan la agarró de los hombros de nuevo.

—Nunca me olvidarás. Y yo tampoco te olvidaré —gruñó, también enfurecido—. Es imposible que te olvide. Cada vez que te veo siento lo mismo. Cuando descubrí que eras la mujer con la que me escribía no me sorprendí tanto como creía. Debería haber sabido que era imposible que existieran dos mujeres capaces de despertar mi interés con tal intensidad. Me pregunto si, en el fondo, tú también sabías quién era yo.

—No lo sabía —se apresuró a puntualizar Randi—. Creía que eras mi amigo. —La pérdida de ambos, de Evan y de S., suponía un duro golpe.

—Soy tu amigo. Y también tu amante —dijo Evan de manera inexpresiva.

—No eres nada —replicó Randi, pensando en todas las ocasiones en las que él había jugado con sus sentimientos—. ¿Había algo de verdad en nuestra relación?

—Todo es verdad —respondió Evan con voz torturada—. Y no digas que no soy nada. Acabas de confesar que me quieres.

Randi se apartó de él para mirarlo a la cara, incapaz de descifrar qué era real y qué era un simple engaño. Él le había mentido desde el principio al admitir que no era más que un empleado. Y luego la había traicionado de nuevo al no contarle la verdad cuando descubrió quién era ella.

—Me temo que no puedo saberlo, ¿no te parece? —preguntó, enfurecida—. ¿Cómo puedo amar a un hombre que no existe? —La pregunta le provocó náuseas. ¿Cómo podía haber sido tan estúpida?

—¡Me quieres, maldita sea! —le espetó Evan—. Me lo has dicho.

—Eso ha sido antes de descubrir que eres un mentiroso manipulador.

Randi abrió la puerta cuando las lágrimas empezaron a surcarle las mejillas. Las artimañas de Evan le habían hecho trizas el corazón.

Le faltaba el aire. Tenía que salir de aquella pequeña habitación, alejarse de aquel hombre. Necesitaba pensar y asimilar lo ocurrido. Abrió la puerta y huyó, preguntándose si alguna vez podría recuperarse del dolor insoportable de la traición de Evan.

Oyó un murmullo de voces masculinas mientras se dirigía a la entrada del centro, pero no las distinguió ni entendió qué decían. A decir verdad, tampoco le importaba demasiado.

«Tengo que salir de aquí».

La huida era lo único que ocupaba su mente en esos instantes.

La gélida temperatura exterior la embistió con fuerza en cuanto cruzó la puerta. Su vestido de noche le ofrecía escaso abrigo contra los elementos.

—¿Se encuentra bien, señora? —le preguntó una voz masculina desde detrás.

Se dio la vuelta y vio a Stokes.

—No, no estoy bien   le dijo al hombre mayor, secándose las lágrimas del rostro con un gesto brusco—. Quiero irme a casa.

—Yo la llevaré. —El chófer la tomó del brazo con un gesto afectuoso y la acompañó al Rolls.

—Evan te estará esperando —dijo ella.

—Por una vez en la vida, el señor Sinclair puede esperar —replicó Stokes con firmeza, ayudándola a subir al lujoso vehículo.

Destrozada, Randi fue incapaz de oponerse. Tenía que irse de aquel lugar, necesitaba pensar y alejarse del hombre que había puesto su vida patas arriba en el buen sentido... y en el malo. Subió al asiento trasero en cuanto Stokes le abrió la puerta.

El chófer arrancó casi de inmediato mientras ella, abrumada por los acontecimientos, rompía a llorar, convencida de que nada ni nadie podría aliviar el dolor que la embargaba.

Capítulo 20

—¿Qué diablos ha ocurrido? —le preguntó Micah a Evan, intrigado por la escena que acababa de presenciar en el centro.

Se quedó mirando a Evan con curiosidad. No era una imagen agradable ver salir llorando del baño a una mujer despeinada y con aspecto desastrado, seguida de un hombre. No creía que su primo hubiera hecho nada malo, pero cuando se trataba de Randi, siempre cabía la posibilidad de que ese hombre hubiera cometido alguna estupidez.

—Le he contado que yo era el tipo con el que se estaba escribiendo —admitió Evan.

—Creía que ya lo sabía. Hope te dijo que se lo contaras de inmediato.

—Ya, pero no lo hice. —Evan se tomó un whisky como si fuera agua.

Por eso Randi estaba tan enfadada. Micah no entendía por qué Evan no había seguido el consejo de su hermana.

—¿Por qué no se lo dijiste? —preguntó Julian, al tiempo que hacía un gesto al camarero para que le sirviera una cerveza.

En cuanto impidió que Evan montara una escena en el centro saliendo tras Randi, Micah fue a por Julian y los tres buscaron un lugar más tranquilo. Al final acabaron en el pub Shamrock. Era un bar tranquilo y pequeño de Main Street, no muy lejos del centro, y en esos momentos solo había unos pocos clientes. Micah supuso que estaba casi vacío debido a la fiesta. La mitad de Amesport se encontraba en el Centro Juvenil y era temporada baja turística.

Evan lanzó una mirada de recelo a Julian.

—Sí, lo he puesto al día —confesó Micah, que no se sentía en absoluto culpable por haberle hablado a su hermano del pasado de Evan y su relación con Miranda Tyler. A fin de cuentas, era un problema familiar.

—Tenía miedo de contárselo —dijo Evan, que tiró del cuello de su camisa sin botones de forma que la abrió aún más—. Qué calor hace aquí.

No era cierto que hiciera calor, pero Micah supuso que el sofoco de su primo se debía al whisky.

—Hope te recomendó que se lo contaras —le recordó Micah.

—No pude. Tenía miedo de que me dejara. Y podía obtener más información como amigo de internet que en persona.

—¿Le hablaste de ti por correo electrónico? ¿Ella no sabía quién eras, pero tú sí que sabías quién era ella? —preguntó Julian, que solo quería verificar que había entendido bien la situación.

—Sí. —Evan se arrellanó en la silla.

—Eres un imbécil —le dijeron Micah y Julian al unísono.

Evan los fulminó con la mirada desde el otro lado de la mesa de madera.

—¿No decíais que queríais ayudarme?

—Ya, pero es que no sabíamos que habías cometido semejante estupidez. Joder, Evan. ¿Por qué no le hiciste caso a Hope? Es tu hermana, pero también es una mujer. Traicionaste la confianza que Randi había depositado en ti, eso es innegable. —Micah se preguntó cómo era posible que alguien tan inteligente como Evan tuviera tan poco sentido común para las relaciones personales.

«Quizá yo no sea un experto, pero sé que no hay que mentir a una mujer. Siempre descubren la verdad, y cuando eso ocurre la situación nunca es agradable».

Micah nunca había estado en un aprieto como el de Evan. De hecho, la víctima había sido él. En una ocasión tuvo una relación formal, pero su prometida lo engañó con su mejor amigo y acabó casándose con él. Desde entonces, nunca se había planteado tener una relación seria.

Evan golpeó la mesa con el vaso vacío.

—Sé que le oculté la verdad, pero tenía la intención de contárselo todo.

Micah miró a Julian y lo vio sonreír.

—No lo hagas enfadar —le advirtió—. Bastante mal lo está pasando ya —le dijo en voz baja para que solo lo oyera su hermano.

—Lo sé, pero no puedo evitarlo. No me puedo creer que este sea el Evan que todos conocemos —murmuró Julian, sin borrar la sonrisa ni dejar de mirar a su primo—. No suele ponerse nervioso, pero ahora mismo está destrozado. Lo siento por él... aunque lo cierto es que me da poco de miedo verlo en este estado. Y todo por culpa de una mujer. —Julian negó con la cabeza.

Micah sabía en qué pensaba su hermano, pero también sabía que Evan lo estaba pasando mal... muy mal. Parecía que lo hubiera arrollado un camión. Normalmente lucía un peinado inmaculado y unos trajes a medida sin una sola arruga. Chocaba un poco verlo sumido en ese estado debido a un desengaño amoroso.

—¿Cuándo ibas a decírselo? —le preguntó Micah—. Seguramente cree que solo querías jugar con ella.

—Es lo que ha dicho antes de irse —admitió Evan, asintiendo con la cabeza.

¡Bingo! Ese era el problema. Cuando traicionabas la confianza de una mujer con una mentira, nunca lo olvidaba. Micah sabía que Evan no había pretendido engañarla, pero esa era la impresión que había transmitido porque era un inútil.

La camarera interrumpió la conversación, se llevó la botella vacía de Julian y dejó otra con una servilleta a modo de posavasos.

—Gracias, Red —le dijo Julian guiñándole el ojo.

Micah la reconoció. Si no le fallaba la memoria, se llamaba Kristin Moore. Habían coincidido en las bodas de Dante y Jared.

—Yo a ti te conozco. Creía que trabajabas de ayudante en la consulta de Sarah —dijo, preguntándose qué hacía trabajando ahí de camarera.

La curvilínea pelirroja asintió con un gesto brusco de la cabeza y luego miró a Julian.

—Me llamo Kristin, no Red. No soporto ese apodo. Como me vuelvas a llamar así, te echo del local. Pero no antes de hacerte tragar tus huevos, actorcillo —le dijo, enfadada, y se volvió hacia Micah con una sonrisa amable—. Trabajo para Sarah, pero mis padres querían ir al baile y me toca sustituirlos. Por las noches atiendo el local bastante a menudo.

—Cenicienta no ha podido acudir al baile —dijo Julian en tono burlón, incapaz de resistir la tentación.

—No quería ir —alegó ella a la defensiva.

—Claro que querías —replicó él—. Es el acontecimiento de la temporada de invierno en Amesport.

—No para mí, famosillo —le dijo Kristin con voz fría, fulminándolo con la mirada—. No necesito a ninguna modelo siliconada de Hollywood para ser feliz.

Micah estaba convencido de que habían coincidido antes. Kristin era la mejor amiga de Mara y había ido a la boda de Dante y también a la de Jared, pero por entonces aún no se había recuperado del accidente que había sufrido.

—¿Ya se te ha curado la pierna? —le preguntó, intentando aliviar la tensión que existía entre su hermano y la camarera respondona.

Se podía palpar perfectamente la animadversión que existía entre ambos y, como estaba sentado en medio, se encontraba en plena línea de fuego. ¿Qué diablos había ocurrido entre ellos para que se llevaran tan mal? A Julian le gustaba dárselas de listillo, pero solo era una fachada, la forma que tenían los actores de Hollywood de asimilar el rechazo y los fracasos de los primeros pasos de su carrera.

Kristin era muy franca y directa. Por lo poco que sabía de ella, no permitía que nadie intentara tomarle el pelo.

Era atractiva, pero no una mujer despampanante. Tenía más curvas que el paradigma de mujer que vendía Hollywood, y llevaba recogida la melena pelirroja en una coleta. También vio alguna peca, por lo que era obvio que no llevaba maquillaje. Kristin era una belleza serena, no una supermodelo espectacular como las mujeres a las que se había acostumbrado Julian en los últimos tiempos.

Estaban condenados al desencuentro. En ocasiones Julian se comportaba como un cretino hasta que la otra persona se esforzaba por conocerlo mejor, y era obvio que a Kristin no le hacían ninguna gracia sus tonterías.

Micah sonrió a Kristin. Le pareció interesante que no se dejara intimidar por la fama y el éxito de su hermano, que se había convertido en toda una estrella mundial, el actor que todo el mundo quería para su siguiente película.

Sin embargo, a la pelirroja le importaba bien poco quién fuera.

—La pierna bien, gracias, ya me he recuperado.

Le ofreció una sonrisa sincera y Micah no pudo evitar devolverle el gesto. Era de una belleza poco convencional, pero le resultaba mucho más atractiva que la mayoría de mujeres con las que había salido su hermano. Era obvio que Julian pensaba lo mismo porque se estaba tomando demasiadas molestias en provocarla como para no encontrarla interesante.

—Me alegro de que estés mejor —dijo Micah con sinceridad. En su opinión, resultaba más atractiva cuanto más feliz y relajada se mostraba.

—¿Queréis que os traiga algo más? —preguntó Kristin, muy correcta.

Miró a Evan y a Micah, pasando olímpicamente de Julian, lo que obligó al hermano de este a reprimir las carcajadas al ver el enfado del joven actor con el rabillo del ojo.

—No, gracias. Tenemos que irnos dentro de poco —le dijo con amabilidad.

—Y creo que yo ya he bebido suficiente —admitió Evan, mirando el vaso medio vacío con el ceño fruncido.

—Más que de sobra —añadió Micah, a quien no le entusiasmaba la idea de tener que sacar a Evan del bar a rastras si no paraba de darle a la botella.

Nunca lo había visto tomar alcohol, de modo que a pesar de su corpulencia era muy probable que le afectara más que a la mayoría.

Kristin le guiñó un ojo a Micah.

—Mejor que no pruebe ni una gota más o se caerá de la silla. —Se acercó a Evan y lo obligó a sentarse erguido con la cadera—. ¿Necesitas que te eche una mano?

—No, todo está controlado. No tenemos que conducir. —Micah no había bebido mucho, pero Stokes los estaba esperando fuera para llevarlos a casa.

Kristin asintió y se fue. A Micah no se le pasó por alto que Julian no le quitaba el ojo de encima a la camarera mientras esta regresaba a la barra.

—Tengo que hablar con ella —dijo Evan arrastrando las palabras. Se irguió, pero tuvo que apoyarse en la mesa.

—Será mejor que no lo hagas hoy. Dale tiempo para que asimile todo lo que ha pasado. ¿Cuándo has dicho que empezó vuestra relación epistolar? —preguntó Micah con curiosidad.

—Hace más de un año —respondió Evan a regañadientes—. Me conquistó con un correo electrónico con el que intentaba dárselas de lista. Desde entonces no puedo quitármela de la cabeza.

—¿Cómo es posible que ninguno de los dos supiera quién era el otro?

—Al principio quise averiguar su identidad, pero lo único que descubrí fue que escribía desde el centro. Luego dejé de intentarlo. Acordamos que no lo revelaríamos. Para ella yo solo era un tipo más, no un multimillonario de una de las familias más famosas del mundo. Y a mí me gustaba que fuera así. Es cierto que tenía ganas de conocerla, pero no creo que ella quisiera saber quién era yo. —Evan logró recuperar el equilibrio apoyando los brazos en la mesa—. Y ahora que lo pienso, debería haber sabido que era ella.

—¿Por qué? —preguntó Micah.

—Porque me conquistó con sus mensajes, pero también en persona —admitió Evan, arrastrando cada vez más las palabras.

—Si sabíais tan poco el uno del otro, ¿de qué hablabais? —preguntó Julian con gesto serio.

—De cualquier cosa —respondió Evan tras meditarlo—. Tampoco entrábamos en muchos detalles. Hablábamos de nuestros sentimientos sobre ciertos temas. Casi nunca tratábamos cuestiones del trabajo o de otras personas. Su madre murió hace poco y Randi hablaba sobre todo de ella y de lo duro que era perder a un ser tan amado.

—Estuviste a su lado —afirmó Micah. El respeto que sentía por su primo aumentó al saber que había apoyado a Randi cuando ella lo había necesitado.

—Ella hizo lo mismo —dijo Evan, mirando a los ojos a Micah—. Ha cambiado mi forma de mirar la vida, ha logrado que no me lo tome todo tan a pecho.

¡Caray! Evan estaba tan desolado que Micah se compadeció de él. Su primo había sufrido mucho, pero para él la prioridad siempre había sido su familia. Merecía un poco de cariño. Esperaba que tarde o temprano Randi entendiera que no la había engañado a propósito. Todo se debía simplemente a su torpeza en las relaciones personales.

—Ya se nos ocurrirá algo —le dijo Micah con firmeza.

—Tengo que hablar con ella. —Evan parecía al borde de la desesperación.

—Esta noche no —insistió Micah, negando con la cabeza. Entonces se le ocurrió una idea para que Randi comprendiera que Evan la amaba de verdad—. Creo que deberías escribirle un mensaje. Así fue como empezó vuestra relación y quizá te resulte más fácil expresarte de este modo.

—Buena idea —concedió Julian—. Así no podrá darte un portazo en las narices.

—No creo que lo lea —murmuró Evan.

—Lo leerá. Las mujeres son así. Si le envías un mensaje, tendrá que leerlo —le dijo Micah con solemnidad.

—La necesito —le confesó Evan con tono apasionado—. No sé qué haré con mi vida si no vuelve a dirigirme la palabra.

—Seguro que te hablará, ya verás —le dijo Julian para tratar de consolarlo.

Micah estaba seguro de que su hermano comprendía la gravedad de la situación ahora que había visto lo mal que estaba Evan.

—¿Qué planes tienes para mañana? Creía que tenías que volver a San Francisco.

Evan negó con la cabeza.

—No voy a irme hasta que Randi vuelva a hablar conmigo. Me da igual el tiempo que tarde en conseguirlo.

—Podrías echar a perder una posibilidad de negocio importante —le advirtió Micah, que conocía la empresa que Evan estaba intentando comprar. Sin duda era una buena ocasión.

—Ya habrá otras oportunidades —dijo Evan con amargura—. Me da igual.

Jamás se habría imaginado a su primo diciendo algo así. Micah miró a Julian, que se encogió de hombros como si estuviera tan confundido como él.

—¿Me prestas tu avión mañana? Tengo que ir a Los Ángeles y Micah se va a Nueva York.

—Como quieras —le dijo Evan—. No creo que vaya a ningún lado durante unos días.

Micah había pensado en pedirle a su piloto que lo dejara en Nueva York y que luego llevara a Julian a Hollywood, pero si Evan no iba a usar su avión, Julian podía regresar antes a Los Ángeles, ya que podía ir directo.

—Gracias —murmuró Julian.

—Deberíamos irnos a casa. Mañana toca madrugar —dijo Micah, que se levantó y se puso la americana del esmoquin, colgada en el respaldo de la silla de madera.

—Tengo que escribir a Randi —dijo Evan, procurando mantener el equilibrio.

—Déjalo para mañana, Evan —le sugirió Julian con sinceridad mientras se ponía la americana—. Yo me encargo de la propina.

Micah no sabía qué cantidad había dejado Julian para Kristin, pero a juzgar por los billetes que asomaban bajo la servilleta de la cerveza vacía, había sido muy generoso.

—Vámonos, Evan —le dijo Micah a su primo.

—Me gustaría hablar con Hope —replicó Evan, que apuró el resto del whisky y cada vez arrastraba más las palabras.

—No creo que siga en la fiesta. Ha ido con el bebé y seguramente ya estará en la cama. Es tarde.

Llevaban un buen rato en el Shamrock. Micah estaba seguro de que la fiesta tocaba a su fin.

Evan frunció el ceño.

—No puedo despertarla. Seguro que está cansada porque el bebé llora cada dos por tres.

Micah vio que Evan se dirigía hacia la puerta tambaleándose, pero lo agarró del cuello y le ayudó a andar recto.

—Gracias por venir. Que descanséis —les dijo Kristin desde la barra.

Micah levantó la mano para despedirse, pero se dio cuenta de que Julian se había vuelto para lanzar una sonrisa impostada.

—Es una chica agradable —dijo Micah mientras ayudaba a Evan a entrar en el Rolls.

—Es una arpía —replicó Julian, sonriendo.

—A mí me cae bien —insistió Micah, que no vio la sonrisa de su hermano porque estaba demasiado ocupado ayudando a su primo borracho a ponerse el cinturón.

Julian lanzó un suspiro.

—A mí también me cae bien.

Micah puso los ojos en blanco y se preguntó cómo se comportaría su hermano con una mujer que realmente no le gustara, porque con Kristin había sido un auténtico cretino. Era incapaz de demostrar interés de un modo agradable.

—Pues deja de portarte como un idiota cuando la ves.

Julian se encogió de hombros.

—No puedo evitarlo. Me hace mucha gracia ver cómo le cambia el color de los ojos cuando se enfada.

Era revelador que Julian se hubiera dado cuenta de ese detalle. Micah le hizo un gesto para que entrara en el vehículo antes de hacerlo él.

Por un momento lo asaltaron las dudas y se preguntó si Tessa se habría dado cuenta de su ausencia. Se le ponía muy dura al pensar en su cara cuando habían bailado. Recordó la sonrisa que le había dirigido y pensó que su rostro le resultaba familiar, como si lo hubiera visto en algún otro lugar. Pero no creía que los hubieran presentado antes porque, en tal caso, lo recordaría.

Acarició el cristal que le había dado Beatrice. Por algún motivo decidió conservarlo, a pesar de que no tenía ningún sentido que hubiera aceptado un regalo de una anciana a la que no conocía.

Lo malo era que él no tenía salvación, no había ninguna mujer que lo estuviera esperando. Era libre como un pájaro, y viajaba de un lugar a otro en busca de nuevas emociones fuertes. Micah estaba encantado con la vida que llevaba.

Soltó la piedra y sacó la mano del bolsillo antes de sentarse en el vehículo.

Incapaz de olvidar el delicado rostro de Tessa, Micah intentó concentrarse en Evan y en cómo podía ayudarlo para que recuperara a su mujer.

Sin embargo, al día siguiente iba a subir a bordo de su avión y se preguntó cuánto tardaría en ver de nuevo a Tessa.

Esperaba que no fuera mucho tiempo.

Capítulo 21

Por la mañana, Evan se sentó ante el portátil en su despacho. ¿Cómo diablos iba a escribirle a Randi? Antes siempre le había salido de forma tan fácil y natural que no le costaba entablar conversación con ella. Sin embargo, en ese momento todo era distinto y era mucho lo que estaba en juego.

Tomó otro sorbo de café, a pesar de que tenía el estómago algo revuelto y se había tomado un par de pastillas para aliviar el insoportable dolor de cabeza. Y aunque en este sentido había mejorado algo, el café no le estaba sentando muy bien.

Tomó unos cuantos antiácidos y guardó el frasco en el cajón.

«Por eso nunca bebo. Me siento como una mierda».

Intentó dejar a un lado su malestar y se quedó mirando el mensaje de correo electrónico en blanco con gesto serio. Sin duda, desde el principio había sabido que a Randi no le haría ninguna gracia que él no le hubiera dicho quién era, pero jamás se habría imaginado que se sentiría tan traicionada. Lo único que quería era un poco más de tiempo. No soportaba pensar que por culpa suya Randi fuese ahora una mujer triste y desconfiada. Prefería morir antes que verla sufrir, emocional o físicamente.

«¿Qué voy a hacer si no me perdona?».

—Es mejor no planteárselo —gruñó Evan, poniendo los dedos sobre el teclado. La noche anterior había sido una montaña rusa, había pasado de la euforia a las profundidades de la desesperación. Ella le había dicho que lo amaba y luego lo había abandonado—. Aún me quiere —murmuró—. Necesito que comprenda que no pretendía hacerle daño.

«No. Solo me he comportado como un cretino egoísta. No pensé en cómo le afectaría mi secreto, en cómo se sentiría ella por no haberle revelado de inmediato que había descubierto su identidad».

Evan intentó ponerse en su lugar y llegó a la conclusión de que él también se habría enfadado, pero creía que con el tiempo lo habría superado. Al final se habría alegrado de que las dos mujeres que provocaban tanta fascinación en él fueran la misma persona.

El problema era que no sabía que ella no reaccionaría igual.

«Nunca podría amar a un hombre como él...».

Maldita sea... ¿Por qué había escrito eso? Nada le habría impedido declararse de haber sabido que ella lo amaba. No le importaba lo más mínimo cuáles fueran sus orígenes o qué obstáculos tuvieran que superar juntos.

«Te quiero».

¿Se lo había dicho en serio o había sido un pensamiento fugaz pronunciado en el momento de máximo placer? Si se trataba de lo primero, ¿lo amaría aún?

Evan empezaba a odiarse por haberse dejado dominar por sus inseguridades, y no era un hombre que supiera gestionar bien el fracaso, la ansiedad, la indecisión o las dudas.

—Al diablo con esto —dijo en voz alta. Ojalá Lily estuviera allí. Al menos la perra ladearía la cabeza y fingiría que lo escuchaba. Además, solía estar de acuerdo con lo que decía, o al menos así era como interpretaba él sus gestos—. No dejaré de escribirle hasta que me haga caso.

Esa mañana había mantenido una breve conversación con Hope para explicarle por qué él, Micah y Julian habían desaparecido de la fiesta antes de que acabara. Le confesó que no había hecho caso de su consejo. Tras un largo sermón, su hermana le dijo que lo mejor que podía hacer era darle un poco de espacio a Randi.

«Voy a escribirle, pero sé que no tardaré en presentarme en la puerta de su casa. No puedo estar sin ella».

Evan tuvo que hacer un esfuerzo titánico para reprimirse y no ir directamente a buscarla y decirle que tenía que ser suya para siempre.

—Es mía. Estaba predestinada a serlo. Nunca he conocido a alguien como ella —gruñó, furioso, consciente de que había echado a perder la única oportunidad que había tenido de ser feliz. Y ahora sabía lo que era la felicidad: Randi.

Quizá lo supo desde el mismo día que no pudo resistir la tentación de responder al mensaje de sabelotodo que le había escrito ella, hacía ya más de un año, pero en aquel momento no había sido capaz de admitirlo. No le había mentido al decirle que, quizá de un modo inconsciente, siempre había albergado la esperanza de que Randi fuera su misteriosa amiga epistolar. Sin embargo, había descartado la idea por la firma que ella utilizaba para despedirse en los mensajes y porque no sabía que Randi tenía una madre de acogida. Nunca habían mantenido una conversación lo suficientemente larga para que él conociera detalles tan íntimos de su vida. Pero, en el fondo, Evan creía que nunca había desechado del todo esa posibilidad, aunque no tuviera demasiado sentido.

Evan estaba empezando a descubrir que no todo estaba anclado en la realidad; algunos sentimientos nacían como por arte de magia...

Estimada M.:

¿Alguna vez has deseado algo con tantas ganas que has hecho una estupidez para conseguirlo?

239

—Que esté en casa, por favor. Que lea mi mensaje, por favor. Que me entienda, por favor —susurró Evan con desesperación antes de enviar el mensaje al ciberespacio, con la esperanza de que sus tres deseos se hicieran realidad y evitar de este modo acabar en las garras de la locura.

**

«No voy a mirar el correo. No voy a mirar el correo».

Randi le acarició la cabeza a Lily mientras devoraba el enorme bocadillo que se había preparado recitando su particular mantra. Había salido a correr como todos los días, había hecho los ejercicios de yoga y había meditado.

Y no había servido de nada.

Aún tenía que reprimir las ganas de consultar el correo para ver si Evan le había escrito. Ya era media mañana, de modo que sin duda se habría ido ya. Estuvo a punto de romper a llorar al ver los dos jets privados que surcaban el cielo a primera hora, mientras salía a correr. Cuando se despertó hacía frío, pero el cielo estaba despejado, por lo que decidió dejar la cinta para otro momento. Se sintió de fábula al aire libre y todo iba a las mil maravillas hasta que oyó el rugido de los motores, el ruido inconfundible de un avión privado que despegaba del pequeño aeródromo que había a las afueras de Amesport. De hecho, fueron dos los aparatos que despegaron con pocos minutos de diferencia, y Randi supo que eran Evan y Micah, porque Julian no tenía avión y los demás hermanos Sinclair no habían planeado ir a ningún lado.

«Sabía que se marcharía. No debería haberme dolido tanto. ¿Habrá pensado en mí?».

Gran parte de los sentimientos de ira se habían desvanecido, habían desaparecido al pensar en todas las conversaciones que había mantenido con S. y Evan. La sorpresa inicial se fue evaporando al darse cuenta de que Evan no había obrado así de forma intencionada, sino más bien por ineptitud.

«No voy a mirar el correo. No voy a mirar el correo».

Podía conectarse a internet en el portátil de casa. No tenía ningún motivo para hacerlo desde el Centro Juvenil.

Randi lanzó un suspiro y tiró el resto del bocadillo a la basura. De repente no tenía hambre. Había pasado gran parte de la noche en vela, intentando averiguar quién era el Evan Sinclair real. No podía negar que al principio se había sentido profundamente herida, y el dolor era aún más intenso desde que él se había ido. Después de pasar la noche dando vueltas en la cama, reviviendo muchas de las cosas que él le había dicho, no estaba tan convencida de que Evan hubiera tenido la intención de burlarse de ella. Todo lo que habían compartido, en internet y en persona, había sido muy real.

Entró en el dormitorio de sus padres lentamente, se sentó y después de darle mil vueltas al asunto, se fue sin encender el portátil.

«Por el amor de Dios, míralo y ya está. ¿Qué más da? Se ha ido».

El deseo de saber si había intentado ponerse en contacto con ella antes de marcharse era superior a sus fuerzas. No le había enviado ningún mensaje de texto ni la había llamado, de modo que el correo electrónico era la última esperanza.

«Si no me ha escrito, puedo empezar a olvidarlo y pasar página. Si no ha intentado al menos justificarse, no vale la pena que derrame más lágrimas por él».

Randi encendió el portátil y se conectó a la dirección de correo electrónico, conteniendo la respiración.

Mientras esperaba se dio cuenta de que daba pena, no podía depositar todas sus esperanzas en la posibilidad de recibir una explicación. Quizá debería haberle escuchado la noche anterior, pero su reacción instintiva fue sentirse traicionada, vulnerable y herida porque le había dicho que lo amaba y él... ¡Bam! Fue un golpe muy duro saber que él conocía su verdadera identidad desde hacía tiempo.

Al final apareció la bandeja de entrada y respiró hondo al ver que había un mensaje de Evan y que usaba la misma dirección de correo electrónico que siempre había utilizado para escribirle.

Estimada M.:

¿Alguna vez has deseado algo con tantas ganas que has hecho una estupidez para conseguirlo?

Randi se quedó mirando el mensaje de una sola frase, intentando entender por qué seguía usando el mismo estilo y el mismo nombre para hacerle la pregunta. Comprobó la fecha y vio que hacía menos de una hora que se lo había enviado. Era evidente que estaba hablando de ellos dos. ¿A qué estupidez se refería?

Estimado S.:

Empezó a escribirle, sabiendo que iba a seguirle el juego. La necesidad de obtener una respuesta convincente era demasiado imperiosa. No quería pasar el resto de la vida sin saber por qué no había sido sincero con ella.

No, creo que no. Me parece que nunca he deseado nada con tanta intensidad como para cometer una estupidez. ¿Ha sido algo ilegal?

Envió la respuesta al ciberespacio, con la esperanza de que Evan se explicara, y se sorprendió al recibir su mensaje al cabo de tan solo unos minutos.

M.:

No ha sido algo ilegal, pero debería serlo. Te he hecho daño y, para mí, eso es algo inaceptable. Eres la última persona de la tierra a la que querría hacer daño, pero lo he hecho, no puedo negarlo, porque soy un estúpido. Lo siento mucho, Randi.

Rompió a llorar al leer la disculpa y respondió para dejar de fingir.

Evan:

¿Por qué no me lo contaste? Necesito saberlo.

Supuso que S. era una abreviatura de «Sinclair». Había usado la inicial de su apellido cuando empezó a escribirle, algo similar a lo que había hecho ella al emplear la inicial de su nombre. Sin embargo, todo aquello era cosa del pasado y no le apetecía ocultarse tras una inicial que apenas usaba.

Le vino a la memoria la acalorada conversación con Evan de la noche anterior, sobre todo lo referente a la posibilidad de que, en el fondo, ella siempre hubiera sabido que S. podía ser Evan. Aunque no había llegado a reconocerlo, o no había sopesado esa eventualidad de forma consciente, quizá había una parte de ella que deseaba que fueran el mismo hombre. A lo mejor era uno de los principales motivos por los que no había querido conocerlo en persona, porque sospechaba que con otro hombre que no fuera Evan no habría sentido la misma química. Si hubiera conocido a S. y no se hubiera producido esa atracción, habría perdido a un amigo que había llegado a significar mucho para ella.

Evan le había confesado que no se llevó una gran sorpresa al descubrir que ella era M. ¿Y ella? ¿Se había sorprendido al saber que Evan era su misterioso amigo? Siempre se había sentido atraída por ambos de un modo distinto, aunque el vínculo era muy similar. Ahora que todo había salido a la luz, no entendía cómo no se había dado cuenta de que Evan y S. eran la misma persona. Su relación por correo electrónico se había prolongado durante varios meses, pero el vínculo era demasiado fuerte para dos personas que no se conocían en persona. Su conexión física con Evan había sido inmediata e intensa. Con ambos existía un estrecho lazo que no había experimentado jamás. ¿Tan increíble era que fuesen el mismo hombre? Seguramente no.

«¿Será cierto que en el fondo siempre esperé que S. fuera Evan? ¿Por eso nunca quise conocerlo en persona? ¿Quería mantener viva la llama de la fantasía, por miedo a no sentir la misma atracción en persona que por correo electrónico?».

Ahora podía responder con certeza que quería que fuesen el mismo hombre. Era más que probable que siempre lo hubiera deseado, pero que hubiera tenido miedo de llevarse una decepción al descubrir que no era así.

Tardó unos minutos, pero al final Evan respondió.

Randi:

Podría decirte que no sé por qué lo hice, o que no encontré el momento de hacerlo, pero no sería verdad. La verdad es que tenía miedo de perderte. ¿Y si tú no querías que yo fuese tu amigo misterioso? ¿Y si él era más importante que nuestra relación física? Necesitaba saber cómo me enfrentaría a ello, pero no llegué a ninguna conclusión. Supongo que me he comportado como un cobarde y que decidí no renunciar a mi papel de S. para saber qué sentías por mí. Jamás pensé que podría hacerte daño. Quise contártelo antes de ir al baile, pero cuando me dijiste que no podías amar a un hombre como yo, me derrumbé. Sentí que ya no tenía ningún sentido confesarte mi identidad.

Randi rompió a llorar desconsoladamente al releer la respuesta de Evan con los ojos anegados en lágrimas. Si hubiera sido otro hombre, habría dudado antes de creerle. Pero se trataba de Evan y era especial. Su cerebro funcionaba de un modo distinto, y apenas tenía experiencia en relaciones formales. Le creyó.

Y respondió a su mensaje.

Evan:

¿Por qué te importa tanto lo que dije? Desde el principio sabíamos que nuestra relación no tenía futuro. Yo tengo mi vida aquí y tú estás siempre viajando por el mundo. No pretendía enamorarme de ti. Sucedió y ya está. Quizá no debería habértelo dicho, pero tampoco podía quedármelo en mi interior. Aun así, no sabía que esas palabras fueran a tener un efecto tan grande y la verdad es que no esperaba ninguna reacción por tu parte. Acabo de descubrir que la vida es demasiado breve para no decirle a alguien que lo amas si lo quieres de verdad.

Randi lanzó un suspiro al enviar el mensaje. Todavía le temblaban las manos por el hecho de saber que sus sentimientos eran tan importantes para un hombre como Evan, que no tardó en responder.

Randi:

Quizá nunca había estado con una mujer tan importante para mí como para quedarme en el mismo sitio. Quizá me he dedicado a perseguir objetivos que ya había conseguido. Quería ser mejor que mi padre y esa ha sido mi prioridad durante años. Supongo que cuando conoces a la mujer adecuada, tus prioridades cambian por completo. Te desafié y te pedí que me hicieras feliz. Y lo has logrado. Eres la única persona capaz de ello. Da igual lo que hagamos. Soy feliz si estoy contigo.

Randi leyó el mensaje rápidamente y entendió que le estaba diciendo que quería algo más. Aunque ella deseaba lo mismo con todas sus fuerzas, no era posible y, entre lágrimas, escribió una rápida respuesta.

Evan:

Estar juntos en una relación estable no es una opción práctica. Soy hija de una prostituta. Viví en la calle. Tú eres un hombre muy poderoso y la gente se moriría por conocer este tipo de chismes para hacerte la vida imposible. Así que, por mucho que lo lamente, no puedo permitirlo.

Después de enviar la respuesta, Randi sabía que debía desconectarse. Estaba agotada emocionalmente y ya había obtenido la respuesta que necesitaba, más sorprendente de lo que había imaginado. Ella era tan importante para Evan que él tuvo miedo de no estar a la altura de su amiga por correspondencia. Para ser un hombre tan complejo, sus emociones eran muy simples. Le aterraba la idea de ser rechazado.

Al cabo de muy poco, recibió un nuevo mensaje.

Randi:

¡Tonterías! ¿Crees que me importa una mierda lo que puedan pensar los demás? Tu pasado te ha convertido en quien eres, y todo lo tuyo me gusta. Claro que quisiera poder cambiar la infancia que tuviste, pero solo porque nadie te defendió como merecías hasta que conociste a tus padres de acogida. Se me parte el corazón cada vez que pienso en todo lo que podría haberte pasado.

—Evan me ama —le dijo Randi a Lily, acariciando la cabecita dorada de la perra, apoyada en su regazo. Lily irguió las orejas al oír el nombre de Evan, meneó el hocico y agitó la cola antes de volver a apoyar la cabeza.

El corazón de Randi empezó a latir desbocado, con tanta fuerza que incluso oía el pulso. Le respondió de inmediato.

Evan:

Podemos hablar cuando vuelvas a Amesport. Quizá necesitemos un poco de tiempo para darle vueltas a lo sucedido antes de tomar una decisión estúpida. Como ya estás de camino a la reunión de San Francisco, podemos dedicar estos días a pensar en alguna forma de superar esto.

Randi estaba convencida de que debía darle un descanso a Evan, una oportunidad para que lo meditara todo con calma y fuera consciente de la persona con la que quería mantener una relación antes de decir algo de lo que pudiera arrepentirse. La distancia y el tiempo no iban a cambiar sus sentimientos hacia él; simplemente lo echaría más de menos.

—¿De verdad creías que iba a irme? Voy a convencerte de que te cases conmigo antes de que tengas la oportunidad de pensar que te estás comprometiendo con un cretino... aunque tenga que llevar ese precioso trasero a rastras por el pasillo.

Randi soltó un grito ahogado al oír la voz masculina tras ella y se dio la vuelta. El hombre de sus sueños estaba en la puerta del dormitorio, con el hombro apoyado en el marco, el teléfono desde el que le había enviado los mensajes en la mano y una mirada de feroz determinación en los ojos.

—Hola, misteriosa amiga —dijo con voz seductora—. Me alegro de que por fin podamos conocernos en persona.

Randi se derrumbó y rompió a llorar de nuevo.

Capítulo 22

—¿Qué estás haciendo aquí? —Randi tenía los ojos arrasados en lágrimas, aunque eran de alegría más que de pena—. Tu reunión...

—Esto es lo único que cuenta —la interrumpió Evan—. ¿Qué debo hacer para que comprendas que sin ti lo demás carece de importancia?

—¿Has aplazado la reunión para otro día? —Sabía que Evan llevaba tiempo intentando llegar a un acuerdo.

Él se encogió de hombros.

—No lo sé. No les he dicho nada y me da igual. Lo único que quiero es oír que me perdonas por haber sido un imbécil.

Randi sabía que hablaba en serio. Había dejado escapar una gran oportunidad de negocio porque se preocupaba por ella.

—Pero he visto despegar tu avión cuando he salido a correr a primera hora.

—Se lo he prestado a Julian. Tenía que regresar a California de inmediato y le he dicho que utilizara mi avión porque yo no voy a necesitarlo en los próximos días.

Randi tragó saliva.

—¿Ah, no?

—No.

Evan tenía cara de cansado, parecía agotado. No se había afeitado y llevaba barba de dos días.

—¿Estás bien? —preguntó ella, preocupada.

—No. Anoche me emborraché por primera vez y no he dormido. No podía dejar de pensar en ti y en lo mucho que te quiero. —Se enderezó, dejó caer el teléfono en la mesa de cualquier manera y se dirigió hacia ella. Sus ojos refulgían con el brillo del deseo, la posesividad y la pasión.

Randi se levantó y Lily se puso a correr en círculos en torno a Evan, gimiendo y reclamando su atención. Él le acarició la cabeza y la perrita se puso loca de alegría.

—¿Me has dicho que me quieres? —preguntó Randi, incapaz de apartar los ojos de Evan.

—Es amor o locura. Pero yo creo que es el amor, que provoca una especie de locura. He visto a Hope y a mis hermanos pasar por lo mismo. Nunca me imaginé que llegaría a sentir esto —le dijo con voz ronca. Por fin llegó junto a ella y la abrazó.

Viniendo de Evan, la declaración tenía unos visos mágicos. Parecía torturado y aliviado al mismo tiempo. Randi lo abrazó del cuello con fuerza, arrastrada por las intensas emociones, los dos amantes convertidos en un único ser.

—Te quiero, Evan. Te quiero tanto que me duele —admitió entre lágrimas, sin apartar la cara del jersey de Evan. Estaba guapísimo con sus pantalones informales y el jersey de lana. En cierto modo, Randi se sentía mal por llevar solo unos pantalones de *sport* y una vieja sudadera.

Ella sabía que iba hecha un desastre, pero a Evan eso le daba igual. La abrazó con fuerza, la levantó en volandas y la llevó a la sala de estar. Se sentó en el sofá sin soltarla.

—No llores. No quiero que sufras por amor —le pidió Evan con voz grave.

—Son lágrimas de felicidad —se apresuró a añadir ella—. No es dolor lo que siento, sino algo maravilloso.

—Pues cásate conmigo, Randi. Quiero que te sientas maravillosa el resto de tu vida, y te daré lo que necesites para seguir así. Bien sabe Dios que tú me has enseñado lo que es la felicidad, un sentimiento que yo desconocía hasta ahora. Te necesito.

Randi ladeó la cabeza, lo miró a los ojos y vio su propio futuro.

—No necesito nada material para ser feliz, Evan. Solo a ti.

Él aún no se había dado cuenta, pero lo necesitaba tanto como él a ella. El destino había unido sus vidas en un momento en que Randi precisaba no sentirse sola y le había dado algo especial, un hombre al que amaba en corazón, cuerpo y alma.

—Tenemos que hablar del matrimonio —dijo Randi con precaución. Quería darle el sí con todas las fibras de su ser, pero iba a ser un gran paso para ambos.

—Nada de hablar —gruñó él—. Dime que sí o me volveré loco —le advirtió.

Randi se sentó a horcajadas encima de él y lo abrazó del cuello.

—¿Y qué pasa si te digo que no? —preguntó con curiosidad.

Evan la agarró de la nuca y la atrajo hacia sí para besarla sin darle tiempo siquiera a parpadear.

—Voy a hacerte el amor hasta volverte loca de gusto y que no te queden fuerzas para decirme que no —murmuró él, y entrelazó las manos en su pelo para besarla.

Randi se derritió en sus brazos mientras él la devoraba. Tenía un sabor delicioso, muy masculino. Era el Evan de siempre. Ella le devolvió el beso e, incapaz de resistirse más, empezó a restregarse contra la potente erección.

Cada vez más excitado, Evan la besó con lengua, conquistando aquello que le pertenecía y dándole lo que ella necesitaba con desesperación.

Sin embargo, no se detuvo ahí y, sin soltarla, se puso en pie y la empotró contra la pared.

—Desnúdate —gruñó apartándose unos segundos. Sus ojos eran dos llamas azules mientras la devolvía al suelo.

Aquella demostración de dominio absoluto la había excitado de un modo increíble y notó que empezaba a mojarse. Evan le arrancó la sudadera, le quitó el sujetador y lo tiró al suelo sin pensárselo dos veces. A continuación, se desprendió del jersey y lo dejó caer en el montón de ropa. Los pantalones y las bragas de Randi corrieron la misma suerte al cabo de poco.

—Qué hermosa eres —dijo Evan en tono reverencial mientras se deleitaba la mirada con su cuerpo desnudo.

Randi sabía que lo decía con sinceridad. Daba igual que no fuera un bellezón de pechos grandes que pasaba varias horas a la semana cuidando su físico. Él la consideraba atractiva y eso era lo único que importaba.

Para ella, Evan era la perfección personificada y deslizó las manos por su torso musculoso.

—Siempre he pensado que eres el chico más guapo que he conocido jamás —susurró entre jadeos. Necesitaba que la poseyera allí mismo o empezaría a suplicar.

—¿Siempre? —preguntó con arrogancia enarcando una ceja.

—Sí. Desde que te conocí en la boda de Emily —exclamó cuando él empezó a pellizcarle los pezones.

—Cásate conmigo —insistió.

—Ya hablaremos luego del tema —dijo Randi entre gemidos.

—No es necesario hablar. Solo quiero que digas que sí.

Deslizó lentamente las manos, bajó hasta el vientre y se detuvo en la entrepierna. Empezó a acariciarla suavemente, abriéndose paso entre los labios húmedos.

—Oh, Dios. —Randi se aferró a los hombros de Evan y cuando sus caricias llegaron al clítoris, empezaron a fallarle las piernas—. Hazme el amor, Evan. Ahora.

—Estás empapada —le susurró él con voz sensual, y de pronto dejó de acariciarla, se llevó la mano a la boca y empezó a lamerse los dedos, uno a uno—. Tu sabor causa adicción. ¿Lo sabías? Cada vez que te veo me dan ganas de meter la cabeza entre tus muslos.

Las piernas de Randi cedieron por completo cuando vio que Evan se chupaba los dedos, saboreando su esencia como si fuera néctar. Él la agarró de la cintura y la dejó suavemente en el suelo, sobre el montón de ropa.

Se desnudó del todo antes de arrodillarse entre sus piernas.

—Ya no puedo esperar más —le dijo con voz exigente—. Dímelo, Randi, porque no creo que pueda aguantar mucho sin metértela hasta el fondo para ver cómo llegas al orgasmo.

Se inclinó sobre ella con una mirada feroz y peligrosa, pero Randi no sintió nada, solo la emoción de verlo perder el control.

—Pues ¿a qué esperas? —le dijo, y empezó a acariciarse para provocarlo—. Yo tampoco aguanto más.

Randi lo miró con aire desafiante mientras se masturbaba. Incapaz de reprimir los gemidos, su cuerpo se estremecía de deseo mientras con la otra mano empezaba a frotarse en los pezones. Su excitación estaba alcanzando unos niveles incontrolables. Sabía que era un juego arriesgado, pero no le importaba.

Debería haberle dado algo de vergüenza masturbarse ante él, pero no fue así. Quería que Evan perdiera el control y demostrarle que no siempre iba a salirse con la suya, provocándola hasta que ya no podía más.

Ciertos temas requerían de una conversación lógica y racional.

—¿Te gusta? —preguntó Evan con voz grave, sin perderse ni uno de sus movimientos.

—Oh, sí —gimió ella, observando la mirada excitada de su amante cuando empezó a acariciarse el clítoris—. Ojalá pudiera sentirte dentro ahora mismo. Me vuelvo loca cuando llenas mi vacío.

—Quiero verte estallar de placer —replicó él, fascinado.

La reacción de Evan la desconcertó. Era cierto, solo quería verla gozar. Al principio había insistido en que ella le prometiera que iba a casarse con él, pero su deseo de verla feliz lo llevó a dejar de lado sus necesidades.

Evan Sinclair era el hombre más complicado que Randi había conocido jamás, y el único capaz de volverla loca y hacerla sentir especial al mismo tiempo.

—¡Te quiero tanto! —gimió Randi. La mirada de placer de Evan, que quería verla llegar al clímax, la excitaba de un modo indescriptible.

—Yo también te amo. Y ahora quiero tu orgasmo —le pidió, sin dejar de mirarla.

El hecho de que no se perdiera ni un detalle era tan erótico que Randi no tardó en llegar al clímax.

Entre jadeos, arqueó la espalda, se estremeció y sacudió la cabeza de un lado a otro.

Randi profirió un grito cuando Evan le abrió las piernas, la agarró de las manos y la penetró con una fuerte embestida. Aquella sensación, sentirlo dentro en pleno orgasmo que ella misma se había provocado, fue más de lo que podía soportar.

—Nunca había vivido una experiencia tan excitante —dijo Evan, encima de ella—. Pero empezaba a tener celos de tus dedos.

—Nada puede superar esto —gimió Randi, que le rodeó la cintura con las piernas—. No pares, lo necesito.

Evan lanzó un gemido de desesperación y empezó a embestirla de nuevo.

—Te quiero, Randi. No lo dudes jamás. Nunca ha habido alguien como tú en mi vida. Y nunca lo habrá.

Lo creyó de inmediato. Ella experimentaba lo mismo y sabía que los sentimientos eran sinceros.

—Qué placer —dijo entre jadeos—. Más. Por favor.

Evan le dio todo lo que quería, le soltó las manos y se puso una pierna sobre el hombro para cambiar el ángulo de penetración. Su miembro enorme, en estado de máxima excitación, le rozaba el clítoris con cada acometida, arrastrándola hacia el anhelado placer.

Randi lo miró fijamente mientras se preparaba para otro orgasmo inminente. Evan era un milagro, un hombre con el que jamás había soñado. Poco podría haberse imaginado unos meses antes que era muy real y que tras su fachada de arrogancia se ocultaba un corazón de oro.

—Te quiero, Evan —gritó ella cuando un orgasmo estremecedor recorrió su cuerpo y todas las emociones quedaron sepultadas bajo la oleada de intenso placer.

Randi levantó las caderas para acomodar sus embestidas mientras el corazón le latía desbocado y su cuerpo vibraba de éxtasis.

Evan dejó caer la pierna apoyada del hombro y se abalanzó sobre ella para besarla, para absorber sus gritos de placer con un gesto de posesión absoluta. Ella lo abrazó del cuello con la misma pasión desenfrenada, clavándole las uñas con toda la fuerza para dejarlo marcado.

Él se apartó ligeramente y le mordió el labio inferior.

—¡Sí! —exclamó Evan con un gruñido animal mientras ella seguía clavándole las uñas y sus espasmos le arrancaban hasta la última gota de su esencia.

Ambos alcanzaron el orgasmo a la vez y permanecieron abrazados, empapados en sudor, intentando recuperar el aliento.

—¡Eres mía! —gruñó Evan—. Siempre serás mía, Randi.

Ella se estremeció al oír su tono animal, aquellas palabras ávidas de pasión carnal. Sin embargo, su afirmación tenía el matiz de un juramento, de la promesa de que estaría a su lado el resto de la vida.

Evan la agarró y, sin soltarla, giró sobre sí mismo para que Randi quedara encima. Ella lanzó un suspiro. Sabía que era uno de sus gestos para protegerla y que no tuviera que soportar todo su peso, a pesar de que lo hacía con auténtico gusto.

—Sí —dijo al final Randi con la respiración aún entrecortada.

—¿Sí? —preguntó Evan esperanzado.

—Sí, quiero casarme contigo.

Iba a hacer cuanto estuviera en su mano para que Evan fuera más feliz de lo que había sido jamás. Merecía amar y ser amado, más que cualquiera de los hombres que había conocido. Randi sabía que nadie podría amar más que ella a alguien tan complejo como él. Y nadie lo comprendería tan bien. Seguramente nunca sería capaz de desprenderse de ese halo de arrogancia que lo acompañaba, pero ella sabía que bajo aquella coraza latía un corazón bondadoso.

—¿Qué es lo que te ha convencido? —preguntó, eufórico.

—No han sido tus estrategias de seducción —le regañó ella.

—¿Entonces? Me gustaría saberlo para tenerlo en cuenta en el futuro —dijo Evan en tono burlón.

Ella le acarició la mandíbula y respondió con sinceridad.

—Yo tampoco he conocido a nadie como tú.

La mirada de alivio de Evan habló por sí sola y, en un gesto de dicha absoluta, le tomó la mano y apoyó la frente en la de Randi.

—Menos mal —susurró, como si ella fuera la persona más importante de su vida.

Consciente del tremendo dolor que había sufrido Evan y de la gran carga que había asumido totalmente solo, lo abrazó con fuerza y se prometió a sí misma que no permitiría que su gran amor volviera a enfrentarse solo a los problemas.

—Te quiero, preciosa —dijo él con voz grave.

Randi lanzó un suspiro de felicidad y pensó que, después de todo, quizá no le quedaba más remedio que creer en la magia de Beatrice.

EPÍLOGO

Al cabo de unos meses...

—¿Qué hacemos aquí? —preguntó Randi con curiosidad mientras Evan la acompañaba a la parte trasera de la casa de sus padres de acogida.

No había sido una decisión fácil poner la finca en venta, pero ambos vivían en la mansión de Evan porque no soportaban la idea de estar separados. El viejo edificio necesitaba un nuevo dueño, otra familia que pudiera encontrar la felicidad. Randi no quería que se quedara vacío. Parecía... triste.

La primavera había llegado a Amesport y Randi sabía que probablemente la propiedad se vendería a finales de primavera o principios de verano, por lo que se sorprendió un poco cuando Evan le dijo que le apetecía acercarse a su antiguo hogar.

—Quería seguir con la tradición un año más —respondió con solemnidad. La agarró de la mano y se dirigieron hacia los campos que se extendían más allá del jardín trasero.

—¿Qué tradición? —Randi estaba algo confundida.

—Esta. —Se detuvo y señaló con la mano el arroyo que cruzaba la finca.

Randi se paró y se llevó la mano a la boca.

—Oh, Dios mío.

Ahí, junto al pequeño arroyo que fluía alegremente, había una increíble cantidad de azucenas que habían empezado a florecer gracias al calor de la época. Era obvio que Evan había ordenado que las trasplantaran, solo porque creía que eso la haría feliz.

Era una escena preciosa, aquel mar de flores junto al arroyo. No podía creer que se hubiera tomado la molestia de pedir que llevaran semejante cantidad de azucenas a una propiedad que ya estaba en venta.

—¿Te gustan? Me ha parecido que eran de la misma variedad de la que me habías hablado —dijo Evan con calma, pero también con cierto temor.

—Son exactamente las mismas. ¿Cómo puedo darte las gracias por esto?

Se lanzó hacia él y lo abrazó. No cabía en sí de gozo. Estaba tremendamente agradecida por tener a un hombre como él en su vida.

En los últimos meses habían disfrutado de una intimidad tan intensa que casi daba miedo, y su amor por Evan había aumentado cada día. Ahora lo amaba con tal intensidad que sabía que no había vuelta atrás. Aunque en realidad no quería apartarse de él.

No pasaba un día sin un gesto de Evan que le derritiera el corazón, y las heridas entre los hermanos Sinclair por fin habían empezado a cicatrizar. La que en el pasado había sido una familia rota, ahora demostraba una unidad sin fisuras.

—Se me ocurre alguna forma... —dijo con voz sensual.

Randi se rio y lo abrazó con fuerza. Evan había aprendido a tomarse la vida un poco más a la ligera en los pocos meses que llevaban juntos. Y su sonrisa aún tenía el poder de alegrarle el día.

—No esperaba menos de ti —dijo Randi en tono provocador.

Ella se dio media vuelta sin huir de su abrazo. Quería que aquella maravillosa escena quedara para siempre grabada en su alma. Evan la agarró de la cintura y Randi apoyó la cabeza en su hombro.

—Es precioso. A Joan le habría encantado.

—¿Estás segura de que quieres venderla? —preguntó Evan—. No necesitas el dinero. Estás a punto de casarte con uno de los hombres más ricos del mundo.

Randi no pudo reprimir la sonrisa. Sabía que cuando Evan decía esas cosas solo lo hacía para constatar un hecho, no porque fuera un fanfarrón.

—Estoy segura. A menos que quieras cancelar la boda.

Iban a casarse dentro de un mes. Evan habría deseado que la ceremonia se celebrara antes, pero también quería que fuera perfecta. Lo cierto era que los preparativos de la boda habían sacado a relucir su faceta más puntillosa, pero a Randi le daba igual. Le resultaba fascinante que estuviera dispuesto a ayudar con la planificación y era más concienzudo que sus amigas.

—Por encima de mi cadáver —le prometió—. Llevo toda la vida esperando este momento.

En realidad llevaba unos meses, pero a Randi también le parecía una eternidad.

Miró la preciosa alianza de platino con diamantes y lanzó un suspiro. ¿Cuánto tiempo tardaría en acostumbrarse a que Evan le hiciera un regalo nuevo cada día?

El regalo que más la había conmovido había sido su promesa de encontrar una finca para construir una escuela para niños con necesidades especiales. Randi no pudo contener las lágrimas cuando él le explicó que no quería que ningún niño sufriera tanto como él.

El mayor obstáculo al que se habían enfrentado, el hecho de que Evan no quisiera tener hijos biológicos, también se había resuelto: ambos acordaron que adoptarían uno si él no cambiaba de opinión en el plazo de unos años. Cuando Evan le dijo que no necesitaba que su hijo tuviera su ADN para quererlo, Randi se conmovió como nunca. A ella tampoco le importaba adoptar a un niño porque sentía lo mismo que él, pero estaba segura de que Evan empezaba a comprender que tener hijos con dislexia no era una tragedia. Ambos los ayudarían a aprender a su ritmo y Randi sabía que Evan sería un padre fantástico.

—Aún no sé qué decir. Es increíble. —Randi sintió una paz absoluta mientras observaba las azucenas.

Lily se tumbó ante los pies de Evan, feliz de estar con él siempre que podía. La perrita había establecido con él un vínculo tan intenso como con Randi. Evan, por su parte, la adoraba y aún le daba trozos de filete a escondidas, aunque por suerte intentaba dosificarlos para que la casa no apestara.

—Dime que me quieres —le sugirió Evan.

—Te quiero —dijo ella, obediente. Nunca se cansaba de oír esas palabras, y ella tampoco—. ¿Seguirás poniendo flores en las tumbas de Dennis y Joan? —Evan aún iba al cementerio a diario. Ya no había nieve que quitar, pero le gustaba que estuvieran limpias y por eso llevaba flores frescas todos los días.

Él se encogió de hombros.

—Siempre que me lo permitan las obligaciones. De momento he ido todos los días.

Evan alargó la mano y entrelazó sus dedos con los de Randi mientras se alejaban del arroyo.

—Beatrice tenía razón —dijo Randi en tono despreocupado.

—Lo sé —murmuró Evan—, lo cual da un poco de miedo, porque también le dio un cristal a Micah cuando vino a la fiesta de Hope.

—¿No quieres que sea feliz? —preguntó Randi con curiosidad.

—No sé si me lo imagino sentando cabeza. Es un apasionado de los deportes extremos y no hay muchas mujeres que soporten estar con un hombre que haga las locuras que hace él —dijo Evan—.

Pero sí, me gustaría que fuera feliz. Xander vuelve a pasar por una mala racha y Julian no tiene tiempo para nada debido a su última película. Micah ha tenido que hacer frente a muchas cosas él solo.

—Me pregunto quién tendrá la otra piedra. ¿Lo sabe?

—No, no me lo dijo, pero para estar con él tiene que ser una mujer increíble.

Randi se rio. Le pareció gracioso que Evan diera por sentado que él era menos arrogante y exigente que Micah. Ya no viajaba tanto y enviaba a alguno de sus directivos de más confianza a negociar posibles acuerdos. A veces tenía que ausentarse unos días, pero habían aprendido a encontrar un equilibrio. A decir verdad, Evan no parecía muy dispuesto a abandonar Amesport. Se mostraba feliz de dirigir su empresa desde el despacho de casa y de pasar más tiempo con su familia, aunque aún no había aprendido a no darles órdenes constantemente. Sin embargo, era gracioso oírle decir que, a diferencia de él, era poco probable que Micah acabara sentando la cabeza.

—Estoy segura de eso. En el caso de los Sinclair, Beatrice ha tenido un porcentaje de aciertos del cien por cien.

Incluso había acertado al vaticinar que Randi iniciaría una nueva etapa de su vida cuando Joan falleció. Ahora llevaba un poco mejor la muerte de su madre, pero la echaba mucho de menos.

Cuando doblaron la esquina de la casa, Randi vio que Stokes los esperaba junto al Rolls. Últimamente el chófer lucía siempre una sonrisa y se había convertido en un miembro más de la familia, en lugar de ser un simple empleado. Aun así, se negaba a jubilarse y decía que aún le quedaba cuerda para seguir al volante durante unos años.

Evan se detuvo antes de llegar al vehículo y le preguntó a Randi:

—¿Estás bien?

—Sí. —Ella sonrió—. Gracias por todo esto. Espero que el próximo propietario de la casa mantenga esta tradición.

Si no lo hacía, tampoco pasaba nada. Sería la casa de otra persona y debía adaptarla a sus gustos. En ese momento el hogar de Randi se encontraba junto al hombre al que amaba y rebosaba felicidad por casarse con alguien que sin duda iba a adorarla durante el resto de sus días.

—Yo también lo espero, cielo —dijo Evan, y le dio un beso en la sien—. Vámonos a casa.

—Voy a hacer espagueti —le advirtió ella.

—Genial, entonces esta noche habrá que quemar calorías —dijo con una sonrisa malvada.

Evan comía todo lo que ella cocinaba, fuera lo que fuese. Y disfrutaba enormemente. Incluso había empezado a echarle una mano en la cocina y la hora de preparar la cena se había convertido en uno de los momentos favoritos del día.

—Vámonos —dijo Randi y echó un último vistazo a la casa mientras se dirigían al Rolls. Su existencia había dado un vuelco desde que había conocido a Evan, pero jamás olvidaría a las dos personas que la habían salvado de una vida horrible en las calles. Ambos permanecerían en su recuerdo para siempre.

—¿Lista? —le preguntó Evan.

—Lista. —Asintió con un gesto firme. No solo estaba lista, sino muy emocionada por empezar un nuevo capítulo en su vida, su vida con Evan.

Se dirigieron al Rolls agarrados de la mano, ambos felices como no lo habían sido nunca por la nueva vida en común que estaba a punto de empezar.